油油飯

蔡楚詩文集

蔡楚簡歷

蔡楚（本名蔡天一），1945年生於四川成都。

自幼調皮。受父母影響，2歲半描紅練習寫字；3歲扮四川名人劉師亮，大白天提著燈籠在巷道裡走；5歲發蒙，不聽師訓，常被罰站在教室外；10歲沒有戴上紅領巾；14歲在課堂上質疑高級點心政策，被老師評定為懷疑黨的糧食政策；15歲寫新詩，被老師評論為：玩世不恭，少年老成；16歲寫出〈乞丐〉，被表妹稱為反革命。

1961年　開始地下文學創作。

1964年　編有自己的地下詩集《洄水集》和《徘徊集》。

1966年　因詩作〈乞丐〉等被人檢舉揭發，受到大字報圍攻和批判。

1970年　因參加地下文學活動，被關押、批鬥100餘天。

1971年　經中國人民解放軍成都市公安機關軍事管制委員會、四川省成都市革命委員會人民保衛組（71）人保刑字第422號刑事判決書，缺席判決：罪行較輕，不予刑事處分。並未通知本人，實則實施內控，出門要請假，派出所每晚來查夜騷擾。

1979年　經四川省成都市中級人民法院（79）刑申字第14號刑事判決書依法判決：「撤銷原判，宣告無罪。」

1980年–1981年　　主編民刊《野草》總第21期～31期。

1993年　　出版與陳墨合著詩集《雞鳴集》。

1997年　　移居美國。

2001年　　選編《野草詩選》在海外期刊上發表。同年，《野草》網站建成。

2001年8月　　接受自由亞洲電台記者的採訪。同年11月參與發起並加入「中國獨立作家筆會」。在海外報刊雜誌及網路上發表作品若干。2002年下半年擔任筆會網路編輯。

2003年11月　　在獨立筆會第一屆網路選舉中被選為副會長，同時兼任組織和網路祕書。

2005年10月　　在獨立筆會第二屆網路選舉中被選為理事，同時兼任監事。

2005年12月　　擔任《民主中國》編輯。現任《民主中國》和《參與》網刊主編。

2008年9月　　出版詩集《別夢成灰》，被大陸官方列為禁書。

2013年10月　　被選為獨立筆會榮譽理事。

2017年12月　　主編《劉曉波紀念文集》出版。

我的文學起於尋求自我安慰，歸於追尋心靈自由。

蔡楚是劉曉波生前三個國際項目合作者。（創建獨立中文筆會，接辦《民主中國》網刊，及推廣《零八憲章》）。

1980年，蔡楚留影於薛濤井

序言

序言（一）

我們的生命像野草

——序蔡楚詩文集《油油飯》

　　蔡楚君囑託我為他的新作做序，我把他的詩文集讀了兩遍，閱讀間不斷生出感慨，不斷回憶起我兩人初次見面的情景。

　　那是45年前的事。1972年，我從上山下鄉知識青年調回城工作，分配在成都軸承廠鍛工車間，我幹的活是鍛工的第一道工序——下料，給我們運料的是一幫臨時工，他們可能是全廠唯一一群在身份等級上比鍛工還低的人。運料工中有一人身材長相都頗為出眾，休息時說話滔滔不絕、旁若無人。他可能已經對我略有所知，見面打個招呼就長聊起來，話題多半是文學藝術，還有人生命運，他說話毫無忌憚，甚至涉及到自己的感情生活，失戀的經歷。

　　我當時沒有問他的姓名，我想，他那時還沒有「蔡楚」這個筆名。他給我的印象深刻，以至於30年之後一位友人一講起曾在成都軸承廠當過搬運工，現為獨立中文筆會負責人之一的蔡楚，我立即把他與我的舊交對上了號。當時我已經在北京工作，他則定居美國。我們別後第一次見面是2015年9月，在香港中文大學。

　　1972年，當時蔡楚君和我都還在底層掙扎。他工裝破舊，塵垢滿面，但笑容燦爛、器宇不凡，我當時就斷定；此人絕非等閒之輩。

　　在四川，在成都，在我的生活圈子之內，有不少人都是這

樣，身份低微，生活清苦，但志存高遠，在看起來毫無希望的時代頑強地生長、頑強地奮鬥，我們的生命像野草。

蔡楚是眾多野草中遭到專制巨輪碾壓幾乎粉碎的小草，他因為所謂的「家庭出身問題」而不能升入高中學習，甚至連當一個正規的體力勞動者都不可能。他的父親在文化大革命中被當成反革命遭到批鬥，在鬥爭會上被毒打致死；他的母親在與人閒聊時涉及政治，被人告發，為了避免被鬥爭和凌辱，憤而自盡。他從少年時代起就承擔起照顧弟弟妹妹的責任，兄妹五人相依為命。「斷瓦頹垣破床敗絮，食不糊口衣不蔽體」。在文革的浪潮席捲中國大地時，千千萬萬的中國人——不論是不甘淪落之輩還是純粹無辜——都遭遇橫禍，蔡楚也險遭滅頂之災，他因為寫詩和參加地下文學活動而被批鬥和關押，最後由於應對得當和僥幸才免於被捕判刑。

在大陸專制社會條件下，蔡楚只能在最底層的泥淖中打滾，他當過16年的臨時工，除了我目睹的搬運工，還當過石工、泥工，拉過架子車，蹬過三輪車等等，但是，他並不自甘卑微和沉淪，他「多了一點野性，常自喻為一朵野花」，這朵野花開放得也許並不絢麗奪目、芳香撲鼻，但其強韌不屈卻引人注目，請看蔡楚本人寫下的詩句，它把對於人世滄桑、宇宙浩渺的慨嘆與自強不息的壯志天衣無縫地結合在一起：

〈自己的歌〉

像一隻深秋的蟋蟀，
哼唱著世紀的沒落；
像一條未涸的小溪，
從最後的荒灘上流過。

或者是逆風的帆船，
在尋找喘氣的停泊。
或者是綻開的花朵，
何日有溫柔的風來撫摸？

我寂寂地唱起，
唱起自己熟悉的歌：
生命是多麼短促，
人世又多麼坎坷……

蹉跎，絕滅的蹉跎，
要向茫茫的太空中去追索！
我希望借來銀河，
去熄滅那照耀的天火！

　　如果說，蔡楚是一棵碾不碎、壓彎了又立起來的小草，那麼更值得注意的是，他屬於一大片頑強生長、相互支撐的野草，他們的存在，他們的聲音，譜寫了當代中國民間詩歌史或民間文學史的不朽篇章。

　　在上世紀六十年代，在成都的民間詩人鄧墾、陳墨等人的周圍，聚集了一批生活在底層，但有文學藝術追求的詩人，他們在政治高壓和生活困頓的條件下寫出在精神上追求自由和獨立、狂放不羈、直抒胸臆的詩篇，並且定期聚會，相互切磋、鼓勵。這個群體逐漸發展成為成都野草文學社，在上世紀七十年代還自編民間刊物《野草》。野草的女詩人無慧說過：「在那個講階級、論出身的年代，我們實實在在是生長在田邊地頭、牆角石縫的野草，任憑風吹雨打，備受車輾人踏。」

《野草》由陳墨任主編，由萬一、鄧墾、徐坯、馮裡等任編輯，組成編輯部，油印完成之後除了分發給同仁，還張貼在成都的鬧市街頭。陳墨說：「《野草》不僅固化了詩友間的相互影響，也使探索成為凝聚力；而想在新詩史上獨樹一幟的派別理想，也得以初步嘗試——那就是卑賤者不屈不撓的野性，我們當然以此而自豪，並認定這便是我們人生價值之所在。」鄧墾說：「這土地，這人世，不平事太多。我們的最大不平，就是不慣於喉嚨被鎖著鏈子，我們的喉頭在痛苦地發癢。因此，我們唱出了這集子。」他在風雨如晦的文革高潮中寫出了〈在那個陰暗多雨的季節〉：

　　　你的歌難道只僅僅是秋雁呼喚的長空，
　　　夜半冷月下的流螢徘徊在荒塚？
　　　你的歌難道只僅僅是神往於一個桃色的夢？
　　　白雲深山裡幾聲清淡的清淡的暮鐘？

　　　不，我相信人們將真實地評價你，
　　　正如落葉最懂得秋天，寒梅不欺騙春風，
　　　當他們提起，在那個陰暗多雨的季節，
　　　血，是多麼紅，心，是多麼沉重。

　　野草的詩與歌，是他們生命的吶喊，這種聲音最為真實，不但對野草們的個體生命如此，對於那個時代也是如此。黑夜就是黑夜，壓迫就是壓迫，飢餓就是飢餓，鮮血就是鮮血。野草們的身份、地位、遭遇，決定了他們看到什麼就說什麼，詩文中所表達的，就是自己感受到的。而中國的大多數詩人，總是不能或不敢直面殘酷的現實，且不說與《野草》同時代的〈雷鋒之歌〉和〈青紗帳——甘蔗林〉——他們轟動一時，傳

頌一時，是貨真價實的頌歌，毛澤東思想的頌歌，但在真正的文學史上被棄之如敝履。就拿民間詩人膾炙人口的篇什來說，基本上也經不起歷史浪潮的沖洗，因為，那些詩作者對於他們身處其中的時代的本質——壓迫、專政、家破人亡、走投無路等等，並無感同身受。他們如同醫學上的安慰劑，最多能起到撫慰和心理緩解的作用。

讓我們來比較一下兩首詩。第一首是食指的〈相信未來〉：

> 當蜘蛛網無情地查封了我的爐台
> 當灰燼的餘煙嘆息著貧困的悲哀
> 我依然固執地鋪平失望的灰燼
> 用美麗的雪花寫下：相信未來

> 當我的紫葡萄化為深秋的露水
> 當我的鮮花依偎在別人的情懷
> 我依然固執地用凝霜的枯藤
> 在淒涼的大地上寫下：相信未來

這是投入文革的紅衛兵一代的代表作，有失望、不滿、哀愁，但文革小將曾經叱吒風雲的餘熱或者餘威，給了他們放眼未來的信心。細究起來，它的感情是矯飾的，正應了辛棄疾的話：「少年不識愁滋味，為賦新詞強說愁。」

再來看蔡楚的詩〈我守著〉：

> 我守著無邊的曠野，
> 我守著亙古的冷月；
> 告訴我有什麼地方？
> 我守著固我的殘缺。

我守著紛紛的落葉，

我守著深秋的蕭瑟；

告訴我、春歸何處？

我守著冬日的寒徹。

我守著，熱望像泡沫似破滅，

我守著華夏的墨色……

　　讀這首詩，我心中沒有產生淺玫瑰色的溫暖的意象，只有寒意，只有絕望，沒有希望。我想起了歐陽脩的「詩窮而後工」，想起了太史公的「此皆發憤之所為作也」。

　　野草與荊棘相伴，與大地相連，與桂冠無緣，但它們是生命世界的一部份，而且是最基本、最重要的部分。世間的繁華會消失，而頑強生長的是野草。

　　我們的詩歌是野草，我們的生命像野草。

徐友漁

2017年11月於紐約

作序者簡介：

　　徐友漁（1947年3月17日-），四川成都人。哲學學者，中國社會科學院哲學研究所研究員，主要成就在於分析哲學、政治哲學和文革研究。中國大陸知名公共知識分子、自由主義者。

　　1986-1988年赴英國牛津大學進修，師從當代分析哲學的重要代表人物——邁克爾・杜米特。後亦曾赴哈佛大學作訪問學者，2001-2002年曾任瑞典斯德哥爾摩大學和法國社會科學高等研究院任帕爾梅客座教授。該職位是提供給「專注於廣泛和平重要領域的國際傑出研究人員」。

　　2008年，他是《零八憲章》最引人矚目的簽署者之一。他一直致力於中國社會民主化的工作，譴責將任何形式的暴力作為一種政治手段。

　　2010年6月，許志永、滕彪、王功權、黎雄兵、李方平、徐友漁和張世和（老虎廟）發起《公民承諾》倡議書，期待中國公民意識能夠更加普遍，共同支持保護公民的權利。徐友漁也是新公民運動的發起人之一。

　　從2015年11月到2017年11月在紐約新學院任駐院學者。

序言（二）

講述是我們的首要責任

——為蔡楚詩文寫序

　　曾經「查勘地下文學現場」，算是一段過往的知情人。所以去年6月，當蔡楚先生寫就〈紅色逍遙兵七零八落部隊〉一文後，《自由寫作》的編輯懷昭命我「幫忙審處這篇稿……有任何細節上需要溝通之處請直接聯繫他」。可能我這審查者的存在，使寫作者憑空添加了壓力？實在抱歉得很。直到〈裸體人〉、〈我的小弟蔡慶一〉等出來，才感到他放輕鬆了，寫得越來越順手。用懷昭姐話說：「看到一本筆調輕盈、內容厚重的回憶散文集的雛形」。

　　就從〈裸體人〉講起，一個聞所未聞的故事：

　　　　閒來無事，我們或去摸魚捉蟹改善生活，或到後山的破廟宇中去尋找一些斑駁的字跡。一天中午，在去後山的山路上，我突然發現生產隊的小煤窯前面，站著一個一絲不掛的男童。我有些吃驚，但借機上去問路。男童大約10歲多，頭髮凌亂，面孔漆黑，枯瘦的身子，只有一雙眼睛告訴你他還活著。問完路，我又看見左側不遠的石頭上，出現了另一個一絲不掛的男子。男子大約30多歲，他可能是聽到了聲音，站在石頭上張望。在正午的陽光下，他全身呈古銅色，但皮膚有部分曬傷後脫皮，頭髮也是凌亂，但又黏結在一起，同樣漆黑的面孔

和枯瘦的身子，只是比男童高出一頭。

我不便多問，就沿著山路往上攀登。待到後山的破廟宇後，我已把對廟宇中文字的關心，轉變成對兩個裸體人的好奇。因此，我提前往回趕，想再找到他們，問問他們怎麼來到這裡，為什麼一絲不掛等。待再回到生產隊的小煤窯前時，他倆已不見蹤影。我四周搜看，發現剛才站男子的石頭後面，有一小塊平地。上面有一座三角形的窩棚，窩棚用竹竿和油毛氈搭建，大約不到兩平方米。窩棚內只有一些稻草和破絮，窩棚前有一個用石塊和黃泥砌成的馬蹄形泥竈，上面有一個裂口的破鐵鍋。我注意看過，鐵鍋內鏽跡斑斑，顯然其主人已常年不見油葷。

講述者坦白：「多年來，我總想寫寫這曾生存在山區的父子倆。寫他倆裸露的身體，漆黑的面孔和枯瘦的身子；寫那件破爛而厚重的百衲衣，為什麼成為賤民的標誌；寫他倆雖身體裸露，卻從不吭聲的原因。1976年，我也試過把〈裸體人〉寫成短篇小說，但文友們看了都感到枯燥無味，也許是我力所不逮的緣故。今天，我再度提筆寫〈裸體人〉，是我不願意無聲地埋葬〈裸體人〉和我自己。……」為什麼把自己跟父子倆相提並論？那是因為當年的蔡楚兄，就是同為賤民的「黑五類」子女。

「Can the subaltern speak?」——好不好說直到今天都很尖銳？只是，讓蔡兄念念不忘的，顯然不限一些特殊人群。且看〈搶糧〉：

一次，傍晚休息時，我用捉來的青蟲在小山溝裡釣鯰魚，聽到溝對面的墳場傳來一陣哭泣聲，我抬頭看到幾

個人披麻戴孝在埋餓死的親人。由於見慣了當時「新墳疊舊墳」的慘狀，我沒有在意。突然，一聲「打倒共產黨！」的呼聲把我驚呆了。我長大到16歲，從來都是接受的所謂的正面教育，而這樣的呼聲我是第一次聽到。我馬上停止了釣魚，站在溝邊觀看。結果，再沒有聽到呼喊，估計這些人由於飢餓，連呼喊的力氣都沒有了。雖然，他們於慘痛中發出的一聲呼喊，埋沒山中沒有其他人聽到，但對我卻猶如石破天驚，終生難忘。

讀到這樣的文字，在我也「如石破天驚」。還有下面一聲聲「淒厲的呼叫」：

一個星期天的早上，我被母親的驚叫聲驚醒。衝出門一看，吳爺爺正用右手伸進我家熬稀飯的沙鍋裡面，抓滾燙的稀飯吃。我家沒有廚房，蜂窩煤爐就擺在門口的屋簷下。驚惶中，我用手推了吳爺爺一把，吳爺爺向側摔倒在我家的大口水缸上。雖然缸破水瀉滿地，吳爺爺幸而沒有摔傷，只是右手掌和手腕上滿是血泡。我趕緊扶他起來，吳爺爺卻突然驚恐地呼叫：「蔡天一萬歲！蔡天一萬萬歲！」，惹得全院老小都圍過來觀看。我即扶他回到小屋，吳爺爺仍不停地呼叫：「蔡天一萬歲！蔡天一萬萬歲！」。淒厲的呼叫聲迴盪在他那黑暗的小屋內。（〈一生的愧疚──獻給吳爺爺的亡靈〉）

理解回憶者的愧疚──「我那驚惶中的一推推倒了吳爺爺對我的關愛，使我愧疚一生」。但是換成別人，誰又能做得周全？在那萬家墨面的年頭，的的確確「如是我聞」：

61年8月，學校從鄉間撤回。走時，我所在的生產小隊只剩下三戶沒有餓死人的完整人家。一戶是小隊長家，一戶是單身的會計家，另一戶則是「跳神」的觀仙婆母子倆。我親眼目睹農民們喝大鍋清水湯度日，親眼目睹每日新墳疊舊墳的悲慘景象，使我逐漸明白了社會與書本和報刊的距離。（〈油油飯〉）

8月初，學校從鄉間撤回。走時，小隊公共食堂已取消。我所在的生產小隊只剩下三戶沒有餓死人的完整人家：一戶是小隊長家，一戶是單身的會計家，另一戶則是「跳神」的觀仙婆母子倆。……10年後，聽當地到城裡做泥工的鄉親說：「四清」中那位會計被檢舉揭發有多吃多占的行為，被作為「民憤很大」的「四不清」幹部逮捕入獄，判刑勞改；那位觀仙婆的兒子，因出身成份好已參軍。（〈搶糧〉）

1961年8月，我隨學校從鄉間撤回。走時，看到我所在的生產小隊只剩下三戶沒有餓死人的完整人家：一戶是小隊長家，一戶是單身的會計家，另一戶則是「跳神」的觀仙婆母子倆。那時候，城裡的糧食、蔬菜、副食品，甚至鹽都是限量憑票證供應的。人們餓得發慌，而又不敢言餓，因為說吃不飽的人，就是誣蔑總路線、大躍進和人民公社「三面紅旗」，就是反革命。而院子裡的吳爺爺剛剛被餓死，使我很困惑，因此，我偷偷地問華婆婆：「舊社會農村是否餓死人？」華婆婆因為是貧農出身，不怕犯錯誤，她高聲說：「四川是天府之國，舊社會鄉間抬滑桿的人都有熬鍋肉吃，咋會餓死人！」（〈謝媽媽〉）

同一故事，一講再講。從文章組織的角度，你可說是應該避免的重複。可站在講述者角度，說明何等銘心刻骨。至於文章中出現的「使我很困惑」、「逐漸明白了」等字眼，好不好說替作者考慮的話，其實有點涉險？而且看來作者，一直都在「鑽牛角尖」：

　　　59年下半年，見到成都大學路的商店裡，賣一種不收糧票的點心，其外表和普通點心差不多。問售貨員多少錢一個，售貨員說，這是高級點心，五元一個。我又問她，怎麼外表看上去與普通點心差不多？她答，心子不一樣，是用豬油和蜂蜜做的。記得在放學的路上，我邊走邊想，國家規定糧票是無價證券，怎麼能變相漲價？第二天，在政治課上，我站起來提問，表明不理解。張椿年老師答，要相信黨的糧食政策。後來知道，張老師給我學期品行打3分，評語是，對黨的糧食政策不滿。又把班上的女團員詹××調來與我同桌，幫助我。此時嘗過高級點心，我問尹一之，五元一個的高級點心是否合理？尹一之答，不合理你又搞子（做啥子）？使我瞠目結舌。（〈紅色逍遙兵七零八落部隊〉）

　　——好一個「高級點心三問」！難道真是「相信黨的糧食政策」？真不是「對黨的糧食政策不滿」？或者更透徹講，難道真是「相信要到迷信的程度，服從要到盲從的程度」？乾脆用今天的話講，難道真不是以下犯上「妄議」？所以說，作者有點涉險。
　　我雖愚鈍，從小都知道「花崗岩腦袋」，是一切「中外敵人」的標配。但是人總該，活著心不死。時代再瘋狂，要把持自己。

於是讀到〈思念〉——「我常思念，在中國的都市和鄉鎮存留下大大小小不計其數的廟墳，廟墳內常常燈火長明香煙繚繞供人們跪拜或瞻仰悼念。然而，更多的卻是散落於村野的無名荒塚和裸露的白骨。」於是想到〈祖墳〉——「有過迷失的年代，那是六十年代後期。五十年代我們太小，父親未來得及帶我們走這山路。六十年代走得太快，匆匆地把父輩丟進死亡，卻沒有丟進祖墳。我們因此迷失過……也許，明年我該再去祖墳。至少該在祖父墓碑的下款上，添上姑姑和妹妹們的名字。因為，作為家族的歷史，應該更為健全。」

都是多年前的文章了。還有一篇〈油油飯〉。還有今年〈祭母文〉。

〈油油飯〉讀了，只有沉默。有個「名詞解釋」，知道怎麼回事，總是有點隔膜。所以要抱歉講，我們的少年夢不同——雖然還沒達到一位台灣作家所講，「因為我們沒有共同的歷史記憶」……的地步。但〈祭母文〉能讀進去：

　　　　母親當年已是職業女性，無論經濟或精神都取得了獨立。從照片看，母親當年容貌端莊。一頭油亮的捲髮，皓齒蛾眉，身穿半高開叉的窄窄旗袍，腳蹬一雙高跟鞋，使她顯得優雅淑靜。

　　　　母親的婚姻也是自由戀愛，她在同學蔡啟琳家中認識了我父親蔡啟淵。由於我祖父是一位織絲綢的小手工業者，家有四個子女，家境貧寒，而當時社會環境，婚姻講究門當戶對。我父親擔心外祖父不同意，遂用毛筆給外祖父寫去求婚信。哪知外祖父惜才，看信後十分讚賞父親的一手好字和國學功底，慨然允婚，並送楷隸篆草四幅屏以賀，成就了這段姻緣。

　　　　只是看著美好，就要擔心結局。尤其那些年間。當

我滾動著一條條、一款款的敘述:「母親出身於書香門第」、「母親品學兼優」、「母親是新文化運動後的職業女性」、「母親為人善良、正直,認真」……就要為滾滾「歷史車輪」開進現代叢林而扼腕。甚至頭腦裡,按捺不住地響起「時耶命耶?從古如斯」之嘆:

　　母親生前常說:「人生識字憂患始」和「龍游淺底遭蝦戲」。我們當時不甚了了,現在才明白,母親是不願意苟活於亂世。我大妹回憶說:「當年被學校紅五類紅衛兵批鬥,迫於壓力回家問母親是否留戀舊社會?母親不吭聲。」其實,母親早就說過:「我家最好的日子,就是抗戰勝利後兩年。」母親常唱〈夜半歌聲〉,也是無奈中的婉轉表達。

　　記得陳寅恪〈王觀堂先生輓詞序〉寫:「凡一種文化值衰落之時,為此文化所化之人,必感苦痛,其表現此文化之程量愈宏,則其所受之苦痛亦愈甚……」人們談論「王國維之死」時常引用它。其實「凡……為此文化所化之人」,就是注意到一普遍現象。即是「必感苦痛」者,不限於名滿天下的宏儒碩學。我想說蔡楚先生母親,就是這樣一位不幸人生識字,更不幸「翻身翻到床底下」,加之又「嶢嶢者易缺」的剛直女性。看到蔡坤一寫:「母親認真而又極度厭惡說假話,這個品質也傳給了我們。……她那時就沒有什麼指望,只盼望孩子們有點吃的,間隔兩歲一個的五個孩子能順利長大。」看到〈祭母文〉寫:「母親是我熱愛音樂的啟蒙老師,她不僅教我唱兒歌,還教我唱英文歌和古詩詞歌。如〈When We Are Together〉(當我們同在一起)和柳永詞〈雨霖鈴‧寒蟬淒切〉。稍長,我常聽母親唱〈夜半歌聲〉和她改詞的〈松花江上〉,那哀婉的歌聲,始終縈繞在我四周……」,一種精神的失落和深深的

疲憊就彌漫開來。且看〈夜半歌聲〉兩段歌詞：

> 風淒淒雨淋淋
>
> 花亂落葉飄零
>
> 在這漫漫的黑夜裡
>
> 誰同我等待著天明
>
> 我形兒似鬼似的猙獰
>
> 心兒似鐵似的堅貞
>
> 我只要一息尚存
>
> 誓與那封建的魔王抗爭

　　如果檔案中有關「揭發」靠譜，則她1962年在院子裡罵「這些幹部白吃人民大米，十足的官僚」；還有1964年到辦事處、派出所去罵所長、主任：「眼睛瞎了，這麼官僚，你們白吃人民大米，看看我們娘娘母母的生活嘛，瞭解瞭解下情況嘛！」……的確有點無視人家「歷史潮流不可抗拒、不可抗拒」。至於最後的奮身一躍，固然是走投無路，卻也是隱忍了多年的「誓與那魔王抗爭」──也就是「經此世變，義無再忍」。

　　〈祭母文〉寫：「母親為維護自身的尊嚴而投井自殺」，這是深思熟慮後的不刊之論。而自身的尊嚴這東西，該怎麼說呢？「解放後」不講究這些。我們的情形，正像流沙河先生回答《南都周刊》記者採訪時所指認，老舍那一代很看重尊嚴自殺者很多──「他們那一代自殺的多，我們這一代自殺的少。為什麼？因為他們接受的是舊社會的傳統文化，還要做gentleman，把尊嚴看得很重。而我們這一代呢，建國初期我們還年輕，都積極地參加批評自我批評，習慣了罵自己，侮辱自己，因此更容易逆來順受，更容易苟活。」

的確悲哀。難怪蔡楚集中，諸多野有遺賢的故事。如〈五姨媽〉、〈紀念賈題韜老師〉、〈紀念華西協合大學劉之介教授〉、〈一張老照片——紀念老友張友嵐〉、〈成都「志古堂」傳人的遭遇——紀念五姨媽和大表哥〉等，使人興「黃鐘毀棄、瓦釜雷鳴」之嘆：

> 1972年至1979年期間，我在張友嵐之上半節巷6號故居，多次見過三位老先生。周掄園前輩在文革中，因「破四舊」，他被迫以畫骨灰盒為生。當年他講起此經歷時，還唏噓不已，感到人格受辱。書法家陳無垢，時在成都量具刀具廠做工。直到他的書法「牆內開花牆外香」引起日本書法界的讚譽，找到成都，這才引起輿論和圈內的注意。賈題韜老師曾在他四道街8號家中，與我對局一盤中國象棋，使我受益匪淺。三位老先生彼時都很淒涼，不僅門前冷落，生活困難，賈題韜老師還被扣上「反革命分子帽子」，出門要給派出所請假。（〈一張老照片——紀念老友張友嵐〉）

一般而言，這些人現在「升值」厲害。比如看網上，「周掄園作品是有待挖掘的金礦」、「周掄園作品不出十年必將突破千萬」……之類標題。可「曾幾何時」呢？「革命年代的大師們」，包含多少辛酸、多少難堪。何況惡夢還在惡。就像「志古堂」一文講述的：晚清以來，志古堂即為四川首屈一指的書坊。大陸易幟後，五姨媽因為是志古堂業主，家中又有幾畝薄田，被劃為「地主分子」。「志古堂」只能關門大吉，書版捐獻人民政府，文革中作為「四舊」焚毀。而志古堂的匾牌，這塊文化見證物，被五姨媽送到鄉間親戚家。

不無辛酸的是，在那個知識越多越反動的年代，這塊文化

的見證物在鄉間親戚家也是穢物，親戚只好把它反轉扣在豬圈前面，作為糞坑的踏足板，反而在幾十年的風風雨雨中倖存下來。

作者記下匾牌因何偷生，也記下幾十年後翻雲覆雨：

> 1979年時，成都市某些人要自詡為中華文化的傳人，異想天開地要為一己之利，修成都市的出版志。他們千方百計出重金要收購志古堂的匾牌，這時五姨媽和大表哥從羅家碾的糞坑上找回了這塊文化見證物，其勇氣和文化秉性卻突然閃現出來。五姨媽同大表哥斷然拒絕了，他們的形象在我心中陡然高大起來。
>
> 更記下經歷了這麼多，當晚年兒孫滿堂，可享天倫之樂時，五姨媽「不想活了」——「這話中難道就沒有難言的隱痛？」「一、二、三、四、五、六、七……這數字透著中華文化的寧靜和書香，將永存於成都的文化史中，讓後代更加警醒，給當代諸公數落著他們的斑斑劣跡。」（〈五姨媽〉）

注意到五姨媽，「是我母親唯一的胞姐」。的確應該，完整記載。當然蔡楚集中，還有「地下文學藏經洞」的故事。〈勇敢是信念和智慧的果實〉、〈亡秦必楚——記陳墨二三事〉、〈追尋的燦爛——記鄧墾二三事〉、〈紅色逍遙兵七零八落部隊〉等篇，講述著「仍然有野草，只是她們默默地，在聖殿的下面」。如〈七零八落〉云：

> 1961年初秋的一天，院鄰謝朝崧老師對我說，欲介紹一位傳奇性的詩人與我認識。謝老師畢業於昆明工學院，在成都東郊107保密工廠當教師。當時，我剛隨母校成都工農師範學校的師生，到龍泉驛八一公社支農半年

後返城不久。由於在鄉村見到餓死不少人，胸中有太多的表達衝動，而且，我正處於學寫詩的高峰期，於是便答應下來。謝老師說，傳奇性的詩人叫尹金芳，筆名尹一之。之所以傳奇，是他能獨善其身，沒有大的波折。

這位尹一之，射洪縣人，是唐代大詩人陳子昂的同鄉。五十年代初期畢業於西南政法大學，因其叔父參加過藍衣社，遂被當局取消畢業分配。1958年初，他在自謀的小學教師崗位上，已做到校長職位，但為避「反右」（工農中不劃右派），他以近30歲的年齡，毅然到西郊成都閻門廠當學徒工。顯示出無奈中的智慧。

認識到「方今之時，僅免刑焉」，這位尹一之無論如何都是高人。「他說他大多數作品都不能發表，因為不能示人」……同樣是基於清醒。至於對詩的愛，是另一回事。「當時，我剛隨母校成都工農師範學校的師生，到龍泉驛八一公社支農半年後返城不久。由於在鄉村見到餓死不少人，胸中有太多的表達衝動……」，難以理解嗎？身陷古拉格的曼德爾施塔姆坦白：「詞就是純淨的歡樂，就是擺脫憂傷」，難以理解嗎？1980年獲諾貝爾文學獎的米沃什評註：「曼德爾施塔姆向獄中的一對難友朗誦他的詩歌，這是一個崇高的時刻，它使生活變得可以忍受。」我想其中道理，大概並不深。

「地下文學藏經洞」，不過是春鳥秋蟲自發聲。就像野草詩人鄧墾所講：「這土地、這人世，不平事太多。我們的最大不平，就是不慣於喉嚨被鎖著鏈子；我們的喉頭在痛苦得發癢。」也像另一位詩人陳墨，這位一生的「底層窮苦力，黑五類狗崽子」在半個世紀前喃喃自語：「蝸裡稻草暖身／夢中文字暖心」、「孤獨的吟哦者，／自己是自己的知音」、「我該慶幸：／在任何牢籠裡／總會有新鮮空氣吹來」……若干年

後的2007年，他當妻子入獄、自己受憂鬱症折磨時一再確認：「……黑暗中，有些東西的確在發著光，並且溫暖著接近她的人。洞中又冷又黑。」

蔡楚集中還有，一位母親奮不顧身、「雞蛋碰石頭」的傳奇。〈一位抗戰時期兒童保育者的悲慘遭遇——紀念賀婆婆〉寫：1963年認識賀婆婆，時值她與孫兒住成都轉輪街。那時她已患老年性白內障，不能書寫派出所責令「四類分子」每週必須上交的「思想匯報」或「坦白交代」。故而，有時她口述，幫她代寫交代材料，「我才知道了她在1952年3月25日在自貢市大逮捕中銀鐺入獄的經歷」：

> 她說，當年國共兩黨合作，保育會和自貢市慈幼院及自貢教育界都錄用了國共兩黨的人員。在國民黨當政時期，她多次為保護有共產黨黨籍的員工向當局陳情，或組織人員上街示威遊行要求釋放她的員工，一般都得到尊重，該員工會被教育釋放。而且，她還因此受到自貢市教育界的普遍讚賞。……易幟後，賀婆婆以為共產黨會更民主和自由。因此，習慣性地為被當局逮捕的，並被稱為國民黨特務的華樹之向當局陳情，但沒有效果。繼而，她又組織人員上街示威遊行，這次，卻雞蛋碰到了石頭。

揪心的故事。歷史的補丁。讓今天的讀者及後世人領教了——曾幾何時，有這樣一位不尋常的母親，由於「不懂政治」、「不識時務」、「不知進退」地替人鳴冤，而被鐵血政權終身報復……此前的我，當真以為，不會有這樣的事。各人自掃門前雪，哪管他人瓦上霜——這是我們的寶貴傳統嘍。記得魯迅先生當年，指斥我們歷史上少有「撫哭叛徒的吊客」，

多是「見勝兆則紛紛聚集，見敗兆則紛紛逃亡」的聰明人……好像現在看，不全是那樣？也有這種，捨己為人的「母親—反動派」？記得鼎革時，舉手投足間，有位賀婆婆。

　　繼續講述吧，蔡楚先生。理解當年朋友，面對過去「說是傷心事、不願意去碰」的心情。也理解你說，「惜墨如金是我的習慣，怕影響國內幫助過我的朋友是真」，以及涉及到朋友時的剖析：「……人固然不完美，但既然相交幾十年，我怎樣寫自己喜歡的人的雙重性（包括自己），我還沒有把握。」我們曾經，發生爭執。你說：「你是寫史的，我是寫詩的，風格不同，各自保留吧。」我說：「文筆簡潔是優點，我也很羨慕；可是作為一言難盡的見證寫作，對於『簡潔』（包括某種詩意）的迷戀或偏於簡單化的持守，在一定程度上會成為作繭自縛。」現在看來，是僭越了。寫作是個人的事，文學是心靈的事。涉及情感，不煩「踏勘」。

　　看到了我所喜愛的龍應台先生指明：「記憶，是情感的水庫。記憶是一門非常、非常困難的功課。……一個人的記憶就是他的尊嚴，我們欠他一個真誠的傾聽吧？」的確應該，講述啊、傾聽啊先行。也就是節制考證、批評的衝動。還想到埃利・威塞爾，這位納粹大屠殺倖存者、諾貝爾和平獎得主在一次演講中說：「我的責任不僅僅在於生者，對於死者我有同樣的責任。……我相信，我們相信，記憶才是答案，或許是惟一的答案。」想到他在更早些時候，在另一場影響深遠的演講中說：「讓我們來講故事，別的一切都可以等，必須等——」

　　「讓我們來講故事。那是我們的首要責任。評註將不得不遲到，否則它們就會取代或遮蔽它們意在揭示的事物。」

李亞東2017年11月13日初稿，19日改定

作序者簡介：

　　李亞東，男，1962年生。1975-1979年，甘肅省甘谷縣第一中學讀書。1983年7月，畢業於西北師大中文系。1983-1985年，甘谷縣農業中學任教。1985-1987年，縣文化館從事文物考古工作。1987-1990年，四川師大中文系攻讀文藝學碩士學位。1988年，參加全國文藝理論研究會第五屆年會（蕪湖）。1989年7-9月被收容審查。1990-2003年，《四川畜牧獸醫》雜誌編輯。期間，先後兼任《商務早報》「成都評說」、《天府早報》「綠色家園」專刊編輯。從2003年9月起，到四川師大文學院任教，傾心中國寫實主義文學研究。中華全國美學學會、獨立中文作家筆會會員。

　　李亞東近年來研究《福音與當代中國》，寫出不少論文，被美國相關大學邀請訪美證道，並被當局禁止出國。李亞東是研究「福音與當代中國」和「當代中國文化」的學者和美學家。

目次

■ ▇ 詩歌輯

■ 導讀

散文輯

我

──一個漂泊者

蔡楚，一個漂泊者，因為生活及姓名中都缺水，遂告別「挖山族」，拋棄所有憂傷及疑慮，與妻兒一起移居大西洋邊的莫比爾市靠海居住。

有人說，他祖籍浙江，而今又從四川出發去追逐那無家的潮水，終將成為永恆的異鄉人。有人說，他以知天命之年離別了土地又眷戀著土地，其結局還是葉落歸根。

其實，我只是身世太飄零。我在大陸幹過16年的臨時工，石工、泥工、混凝土工、燒窯工、築路工、搬運工、裝卸工等，還推過雞公車，拉過架架車，蹬過三輪車。總之，我吃慣了新鮮飯，多了一點野性。所以我常自喻為一朵野花，始終堅信槍桿子下面必然出王權和皇權的道理，因此而大聲疾呼人的權利。我在海外幹過三年的洗碗工、打雜工、清潔工、油漆工，懂得了生命在於運動，在於嫁接的道理。我們的祖先為了生存，早就開始了國際大循環，也許，我將斷梗流萍終生無法安定。

父母親在文革中相繼冤死，遺下我兄妹5人相依為命。斷瓦頹垣破床敗絮，食不糊口衣不蔽體，往事歷歷真是不堪重述。1982年父親平反時偏偏又找不到遺骸，於是，在故鄉的龍泉山頂留下了那座令我魂繞夢牽的葬著母親的骨灰和父親的相片的合葬墳。

我常思念，在中國的都市和鄉鎮存留下大大小小不計其數的廟墳，廟墳內常常燈火長明香煙繚繞供人們跪拜或瞻仰悼念。然而，更多的卻是散落於村野的無名荒塚和裸露的白骨。

他（她）們或死於異族的侵凌，或死於連年不斷的內戰，或死於彼伏此起的天災人禍。無論日出日落冬去春來，年年歲歲他（她）們何曾享受過一次祭奠、一縷煙火？！比起他（她）們，父母親同我算是幸運的。我更思念，在那塊世世代代播種仇恨，朝朝代代爭奪皇冠的土地上，悲劇並沒有結束。還是一位四川詩人寫得好：

　　思念，屬於明天／雖然明天難以預見／但每一朵自在的雲霓／每一頂蔥綠的樹冠／就能叫暴烈的天體逆轉／。

　　　　　　　　　　　　　　　　　　　　1997年春

母親邱淑珮和兩歲的我

祖墳

清清的山澗幽幽的樹，一代代走向這不歸路。

生與死的界線就在這裡。祖父來祭曾祖，父親來祭祖父和曾祖，我來祭父母親和祖宗，提著香燭錢紙，走在這青青的山路上。

每年都在桃紅李白、鵑泣春暮的時節來登這龍泉山。有時還下著雨，點點滴滴像淚似的雨，點染了蒼翠而霧濛濛的山，舒緩了無聲的寂寞。連山風也來助興，陣陣細語般的林濤，像父輩的招喚，掠過這山路又不肯消逝，一波一波地掀動我的思緒。濕了的黃泥，沾上了鞋，沾上了心。拖累了我的腳步，卻拖不住我年年靠近祖墳的距離。不知何故，已多年未聞鵑聲。那一聲聲纏綿淒迷，聞之令人黯然神傷的哀鳴去了哪裡？這怕比「杜鵑啼落桃花月」更為悲涼！唯有路旁的野草野花和澗底的蝌蚪是可愛的，它們躁動著生的樂趣，在這登向祖墳的山路上。

可是，也有過迷失的年代，那是六〇年代後期。五〇年代我們太小，父親未來得及帶我們走這山路。六〇年代走得太快，匆匆地把父輩丟進死亡，卻沒有丟進祖墳。我們因此迷失過，好在祖墳座落在山中，沒有被掘去。後來，我表弟去山中宣講「批林批孔」，無意間找到了祖墳。但那時這山路無法走，只有等待。

能走這山路時，母親的骨灰已在我家的爛黑皮箱裡躺了十多年。姨媽多次勸我，把母親的骨灰撒進錦江中，也算中國人的入土為安。但我不肯，我一直等著迎回父親的遺骸。又誰知那個年代，屈死的人除了不能收屍，甚至不必通知家屬。等了

蔡楚父母親生前尊容

十多年，總算等到稍近人道的年代，父親的遺骸卻不知所蹤。
一張父親五十年代的照片，使我們欲哭無淚。這已淡去的哀
思何能揮去？就是這樣，我們仍沿著這山路，在祖墳中添下一
座，葬著父親的照片和母親的骨灰的合葬墳。

　　不必敘述山民的遭遇。150多年來，他們都守著樸實，守
著對祖墳的承諾，守著貧窮和悲哀。即使在那餓殍遍野的年
代，在那殘酷超過中世紀宗教迫害的年代，我家的迷失，並未
影響他們對祖墳的照料。但在物欲橫流的時候，他們對祖墳下
了手。雖然只掘到累累白骨，卻掘斷了彼此的情誼，掘醒了我
的夢。

　　今年初，我遠去了異鄉。我深知，那建立在貧窮和風水上
的承諾不必去追究。我在祖墳某個角落上的定位並不重要，我
不能僅僅為厚重的歷史和「無後為大」的家族而生存。令人意
外的是，漂泊於萬里之遙的我，在寂寞的春夜裡突聞鵑鳴聲。
這真是「蝴蝶夢中家萬里，杜鵑枝上月三更」。這消魂般泣血
似的，如喚「不如歸去」的哀鳴，喚起我淡淡的鄉愁。給我一
種意外的溫存感，使浪跡天涯的遊子感到莫大的欣慰。也許，
明年我該再去祖墳。至少該在祖父墓碑的下款上，添上姑姑和

妹妹們的名字。因為，作為家族的歷史，應該更為健全。或許我還會種上幾株樹，挖出一條排水溝，再獻上一束山花。

1997年11月

於美國阿拉巴馬州莫比爾市

蔡楚父母親合葬墳墓

思念

思念，屬於從前
每當清明時節
去野草叢生的墳頭
悄然無聲地
把晶瑩的淚珠點燃
⋯⋯

前些天，接到小弟從老家四川寄來的信及照片，信中說他和弟媳於清明日駕摩托車去賈家場上墳，特寄來照片以療我故土之思。照片上依舊是那座令人魂繞夢牽的，葬著母親的骨灰和父親的照片的合葬墳。墳頭上野草青青，墳四周桃李爭豔，墳當面墓碑上的字跡十分清晰，看得出那是1983年清明日立的⋯⋯許多的往事立即湧上心頭。

1968年4月，四川的武鬥正逐步升級。記得當年有「8月紅花遍地開」的說法，用以形容武鬥造成血流遍地的慘烈場面。那時，我在「開氣找油」的隊伍中，地處威遠縣的一條小山溝裡做臨時工，每日不抓革命也不促生產。閒來無事，或去摸魚捉蟹改善生活，或去觀看生產隊的小煤窯和守窯人的三角形窩棚，或到後山的破廟宇中去尋找一些斑駁的字跡。

一日，忽然接到沙君的電報，要我火速趕到成都去處理好友孫從軒君的喪事。我有些茫然，趕回成都後才知道孫君是迫於生活，蹬平板三輪車載人路過華西大學（四川醫學院）校門口時，被「保衛毛主席」的紅衛兵小將用槍射殺的。

由於孫君家中只有臥於病榻的老母，我們只好瞞著老母，

通過警司，在殯儀館的停屍房內找到了孫君的遺體。天氣炎熱，屍體已經變形。我們請人把孫君遺體上的血汙清洗乾淨，換上一套乾淨衣服就匆匆運到火葬場火化了。記得當時選了一個刻有荷花的骨灰盒，正中嵌上孫君昔年的小照，如花的年歲，過往的一切就這樣輕易地裝去了。

料理好孫君的後事後我趕回家中。聽大妹講，父親已經三個月沒有音訊了。弟妹們在五月份照例收到父親從山西寄來的45元匯單，但過了幾天又收到父親寄來的一張8元的匯單，匯單上無任何留言，從此就音信杳無。

弟妹們十分擔心父親的安危又茫然不知所措，這兩月的生活費都是向姨媽和姑姑借的。我想，父親每月工資不過50餘元，平常每月總是匯回45元，留下十來元生活費，手中並無積蓄。而五月匯回45元又匯8元，這不是連生活費也匯出了嗎？

聯想到母親因生活艱辛不堪批鬥於去年投井自殺的情況，我感到那張8元的匯單是不祥之兆，也許就是一種暗示。

但又想，去年母親自殺後，我和父親分別趕回成都時，母親的遺體已經火化，骨灰寄存在火葬場。我同父親一起步行到琉璃場火葬場去的路上，我曾請求父親，不管在什麼情況下都絕不能自殺！因為我們已經失去了母親，不能再失去父親！何況四個弟妹都是在校中小學生，尚無自理生活的能力。父親的回答很簡單：「我是個軍人，在任何情況下都絕不會自殺！」。

左思右想，我得不到結論。只好同弟妹們一起去找姨媽和姑姑商議。誰知姨媽和姑姑都悄悄地把我叫到一邊，分別拿出一封內容相同的父親的親筆信給我看。

信中講：「這裡有人從山東帶回毛主席的最新最高指示，說此次運動是同國民黨反動派長期鬥爭的繼續，要清理國民黨的殘渣餘孽云云，因此，張村小學的造反派組織對我進行了

批鬥。我雖曾在國民黨成都軍校任過上校築城教官，但上無片瓦下無寸土，從未有過魚肉鄉民的行為，歷史是清楚的；故每次運動都能改造過關，希望這次也能如此。但是這次打得很兇，所以一旦遭遇不測，請姨媽和姑姑代為照料年幼的兒女……」。

讀信後我立即提筆給張村小學負責人寫去一信，請他們告知我父親的情況，以便作子女的好向所在單位的領導交待，並說如果父親已經去世，請幫忙寄回遺物。不久後我們收到從山西寄來的信及包裹，信中說父親係歷史反革命，又是現行反革命分子，已經服安眠藥自絕於人民。包裹裡除了四卷《毛選》外，還有幾件破舊的衣服，其中棉衣褲上滿是血汙，聯想到「打得很兇」和父親絕不會自殺的諾言，使我對來信中所說的服安眠藥自殺產生了疑問。

1963年春節，蔡楚父親蔡啓淵四兄妹和子女在成都合影。

　　父親於1909年出生於成都小淖壩巷。小時候家裡很窮，無力供父親繼續讀書。父親遂步行到重慶，經鄉親資助才輾轉南下考入黃埔軍校第八期。抗日戰爭初期，父親任教於武漢軍校，曾到八路軍駐武漢辦事處見董必武先生，表達過對國共合作共同抗戰的支持。

　　1947年，父親因厭惡不正常的政治爭鬥而從成都軍校退伍。後來為生活計，父親曾學過中醫，也曾推過雞公車遊弋於街頭巷尾，叫賣過小百貨。1951年，父親的一位共產黨高官同學要父親去北京某軍校任教，父親拒絕了，理由是不願再當軍人。

　　1952年，父親被山西省招聘團招聘赴山西任教；開始在太原市教高中，後來調到臨汾地區教初中，再後來就到了張村小學；雖然父親從未提起過其中的緣故，但其間的曲折是可想而知的。

　　1963年，我因所謂家庭出身不好而失去升學機會時，父親利用假期返蓉的機會帶我到斧頭巷姓方的中醫家拜師。父親說一技可以養家，一言可以滅族，要我少讀點文學作品，多幫助困難的家庭。

　　父親又說他已經50多歲了，生活的接力棒仍然交不出去，要我一旦到了法定年齡就和當時的一位女友完婚。我不以為然，心想父親不是能背誦千餘首古詩詞，寫得一手好毛筆字麼？於是，我天天去泡省圖書館，整日編織著自己年輕又渺茫的文學夢。

　　1978年，我先後發出幾十封信，要求對父親的死因重新調查。1982年，山西方面終於來人。專案組的結論是：父親是在批鬥會上被踢破下身致死的；自殺的現場是偽造的；所謂現行反革命問題，是父親在「向黨交心」時寫了三首詩，當時認為是反黨的。

　　我們要求追回父親的遺骸，來人捧出一個用紅綢裹著的骨

灰盒，盒裡只裝有一張父親的照片，說當時是軟埋的，由於無任何標誌，事隔多年現已無法找到軟埋的地址。

父親的下半生欲避開殘酷無益的政治爭鬥，然而，無情的鬥爭並沒有放過父親。

如今，為使生活的接力棒能夠順利接交下去，我舉家移居美國，留下那座墳，在故鄉的龍泉山上。

我常思念，在中國的都市和鄉鎮存留下大大小小不計其數的廟墳，廟墳內常常燈火長明香煙繚繞供人們跪拜或瞻仰悼念。

然而，更多的卻是散落於村野的無名荒塚和裸露的白骨。他（她）們或死於異族的侵凌，或死於連年不斷的內戰，或死於彼伏此起的天災人禍。無論日出日落冬去春來，年年歲歲他（她）們何曾享受過一次祭奠、一縷煙火？！比起他（她）們，父母親算是幸運的。

我更思念，在那塊世世代代播種仇恨，朝朝代代爭奪皇冠的土地上，悲劇並沒有結束。

　　思念，屬於明天
　　雖然明天難以預見
　　但每一朵自在的雲霓
　　每一頂蔥綠的樹冠
　　就能叫暴烈的天體逆轉

1998年7月30日

油油飯

油油飯是一種極鮮美的米飯，是我少年時期夢寐以求的佳餚。

六十年代初期，鄰家的小伙伴如果端一碗油油飯在我身邊遊走，我會饞得清口水長流，恨不得搶過碗來吞入腹內。

記得是61年3月初，我就讀的成都工農師範學校，舉校下到成都近郊的龍泉公社八一大隊去幫助農民春收春種。

那時候，糧食、蔬菜、副食品，甚至鹽都是限量憑票證供應的。民眾中傳言說：「除了自來水不要票，其它都要票。」

我們學生每人每月定量供應大米或麵粉30斤（強制性「節約」2.5斤，故只剩下27.5斤）、肉類半斤、菜油3兩，加上每人每天配給半斤蔬菜，如果說短期內用限量的食品來維持生命，這些配給還算勉強。但時間一長，由於缺乏副食品，年輕的生命要成長，就顯得營養不足，尤其不能進行大運動量的體育訓練或勞作。

民以食為天。糧食、蔬菜原本產自農村，但那時地裡的草比麥子高，既然由糧店菜店配給了，就需要由城裡往鄉下拉。

送食品的工具是板板車，每週送兩至三次，每次重量幾百斤不等。距離：到八一大隊單程約25公里，去路由城裡到山上全是上坡的碎石路，還有5公里鄉間小路，道路崎嶇不平。由16歲左右的學生來承擔這樣的任務，其艱鉅的程度是可想而知的。

然而，命運選擇了我和劉元知同學。班上幾十個同學，男生不上十人，因此，我們義不容辭。一個月下來，以我1.72米的個頭，體重竟降至89市斤，雙腿開始微微發腫，拉起車來已感到力不從心。

油油飯

4月3日是我的生日，當天又要送食品。母親知道後，頭天晚上從家裡趕到學校，給我送來一個月牙形的鋁合金飯盒。那是一個有提手的雙層飯盒，上層裝菜，下層裝飯，據說還是父親在成都軍校時的軍用品，結實而美觀。我打開一看，上層是兩個雞蛋和一些菜，下層則裝滿了我夢寐以求的油油飯。母親囑咐我不要馬上吃掉，要待到明天半路上，快到大面舖時再吃，因為大面舖的坡陡長，吃了可增添些力氣。

那時，我並不懂得油鹽柴米的艱辛。但是，我知道當時每家人吃飯已經不是一鍋煮，而是流行蒸飯。因為蒸飯可以一人一個器皿，把每人的定量分開達到互不相涉。一家人為吃食的多寡而爭吵打架的情況，已經屢見不鮮。況且，我的配給在學校，而母親與弟妹們的配給在家中，為這兩個雞蛋和一盒油油飯，母親不知道又要忍飢挨餓多少天！望著母親離去的背影，我的淚水不禁奪眶而出。

61年8月，學校從鄉間撤回。走時，我所在的生產小隊只剩下三戶沒有餓死人的完整人家。一戶是小隊長家，一戶是單身的會計家，另一戶則是「跳神」的觀仙婆母子倆。我親眼目睹農民們喝大鍋清水湯度日，親眼目睹每日新墳疊舊墳的悲慘景象，使我逐漸明白了社會與書本和報刊的距離。

許多年過去了，每當母親的祭日或我的生日時，我總要想起那盒油油飯，母親離去的背影又清晰地浮現在我的眼前，我的淚水總是潸然而下。雖然，以現今的眼光看，油油飯不過是

非常簡單而粗糙的米飯，因為它只是用少許豬油和醬油與米飯拌合在一起的簡易食品。但在那個年代卻是一種佳餚，居然佔據了我少年時的夢。

　　油油飯是那個荒唐年代的見證。油油飯是母愛的餽贈，伴我在漂泊的生涯裡堅韌前行。

2003年2月27日 於LAKETAHOE

一生的愧疚

——獻給吳爺爺的亡靈

　　1958年，為修建成都長途汽車站，我家居住的臨江西路11號院落，被撤遷到離江邊稍遠的臨江路。院落建好後門牌編為65號，原來大門後的門房，被改建到門後左側，成為一間獨立的小屋。這時，搬來了院主謝媽媽的親戚吳爺爺。

　　吳爺爺高瘦的身材，穿一件那時已少見的洗得發白的藍布長衫子；夏天，頭戴一頂灰色的線帽，冬天，在線帽上再纏一張藍布帕；一張絲瓜布似的臉上的高度近視眼鏡似乎已無濟於事，成了一種裝飾品，吳爺爺看人或看書時都貼得太近，被我戲稱為「聞人」或「聞書」。

　　吳爺爺搬來後，我與小伙伴們逮貓或下江游泳的時間開始減少，因為復建的院落光禿禿的，失去了原有的綠蔭，因此需要重新種植。而於我來說，更重要的是失去了我們逮貓的躲藏點，和我們曾有過的偷摘青澀的蘋果或花紅果的樂趣，因此需要重新找回。

　　想一想，白天沒有知了的鳴叫，夜晚聽不到叫咕咕的吟唱，該有多枯燥。因此，放學後我自覺地成了吳爺爺的幫手。開始栽萬年青形成通道，然後在幾塊空地上分別植上了蘋果、橘子、枇杷、桃及桑樹的幼苗。記得一個星期天，吳爺爺叫上我，拉起板板車到東郊的果園裡拖回了一棵碗口粗的柑子樹，種在謝媽媽住的正房前，寂靜的院落裡便漸漸地增添了許多生命的喧鬧。

　　偶爾，我也竄進吳爺爺的小屋，聽他講那重複得發黃的故事。總是在他的老家資陽縣鄉下，他曾種過多麼大的果園，又

曾業餘醫好過多少病人。他會從枕頭下翻出幾本破舊的線裝書給我看，然後摸著我的手說：「娃娃，你手掌上的脈象很旺，將來你會發達的。」那時，我一定會好奇地問：「吳爺爺，你咋個會算命呢？」

59年下半年，城市裡開始供應「高級點心」。同樣的質量，不用糧票買，每個人民幣0.50元，而用一兩糧票買，每個人民幣0.05元。天真無邪的我不理解這現象，因為我相信政府，而政府發的糧票背面印有說明：「糧票係無價證券，嚴禁買賣云云。」少年的好奇心驅使我在中學的政治課堂上向老師提出了我的疑問，老師沒有回答我，但期末我的成績單上政治品行這門是三分。評語是：「對黨的糧食政策有懷疑。」那時代，這已經足以決定我一生多舛的命運。吳爺爺喲！你怎麼沒有算到？

城市裡的公共食堂也散伙了，人們重新購回大煉鋼鐵時獻出的鐵鍋鐵鏟，吳爺爺的小屋內也冒出了炊煙。但當時城鎮居民的糧食定量不高，記得起初是每人每月27斤，後來最低降到19斤，這才真正決定了吳爺爺的命運。

60年起，我與吳爺爺見面很少，因為我就讀的師範學校規定住校，每週只返家一次，但有時卻能遇見他的侄孫九九來叨擾他。記得最清楚的一次是他煮了兩斤米的乾飯，自己吃不飽還叫上我。我倆一陣風捲殘雲似的把它吃個乾淨利落。吳爺爺還未盡興，於是抓出一隻他捉到的活耗子，血淋淋地烤在爐火上，我看著有點噁心，趕快逃出了他的小屋。

61年下半年，我從下鄉勞動的龍泉驛回到成都，再見到吳爺爺時，吳爺爺已經脫形。我去小屋內看他，吳爺爺蜷縮在床上，完全不理會我，母親說吳爺爺餓瘋了。

一個星期天的早上，我被母親的驚叫聲驚醒。衝出門一看，吳爺爺正用右手伸進我家熬稀飯的沙鍋裡面，抓滾燙的稀

飯吃。我家沒有廚房，蜂窩煤爐就擺在門口的屋簷下。驚惶中，我用手推了吳爺爺一把，吳爺爺向側摔倒在我家的大口水缸上。雖然缸破水瀉滿地，吳爺爺幸而沒有摔傷，只是右手掌和手腕上滿是血泡。我趕緊扶他起來，吳爺爺卻突然驚恐地呼叫：「蔡天一萬歲！蔡天一萬萬歲！」，惹得全院老小都圍過來觀看。我即扶他回到小屋，吳爺爺仍不停地呼叫：「蔡天一萬歲！蔡天一萬萬歲！。」淒厲的呼叫聲迴盪在他那黑暗的小屋內。

吳爺爺的女兒住在青石橋正街，離臨江路不遠。當天傍晚，謝媽媽就把她請來，接走了吳爺爺。不久，她還特地來賠了我家一口水缸，並說吳爺爺已經去世。

83年，65號院落又被撤遷。建成樓房後，我家搬上了五樓。雖然樓房已接通了自來水，但我還是把吳家的水缸抬上了五樓。每當看見它，吳爺爺淒厲的呼叫聲又迴盪在我的腦海裡，鞭笞我？警醒我？我那驚惶中的一推推倒了吳爺爺對我的關愛，使我愧疚一生。直到97年我移居美國前，還特地請來九九，在那棵於世事的變遷中倖存下來的柑子樹下面，我倆拍了一張照片，作為對吳爺爺的懷念，也留下一張綠色無言的見證。

安息吧！吳爺爺，請接受我遲到的愧疚。

2003年2月28日夜於LAKETAHOE

二姨婆

61年深秋的一天，五姨媽來我家說二姨婆去世了。母親與五姨媽商議一陣，決定由五姨媽帶著我到新都縣鄉下去辦理二姨婆的喪事。母親說二姨婆帶過我，小時候，母親曾把我寄養在二姨婆家中半年，因此要我去盡盡孝道。

小時候雖然在二姨婆家中住過，但留下的唯一印象是她家附近有一座楊狀元墓。墓前方的一些奇形怪狀的石人石馬使我很奇怪，後來，很長一段時期，那些黑黑的東西，都曾闖入過我的夢境。

不見二姨婆已好幾年，她老人家在我心中最深的印象有兩個。一個是她有一肚子打不完的謎語。記得52年，父親被招聘到山西教書後，二姨婆曾到我家照料我和弟妹。那時，我放學回家後總是纏住二姨婆，要她打謎語或講故事。她打過的許多謎語至今我還記憶猶新，如字謎：「一點一橫長，一漂漂南洋，南洋有個人，只有一寸長。」

另一個是她每次從新都來我家，總要帶來我最愛吃的桂花糕和紅板兔。母親卻老是把桂花糕收起來，又把紅板兔掛在牆上，高高的使我搆不著，害得我每次都要搭個高板凳，才能偷摘下紅板兔上的兩個香噴噴的兔腰。

到了鄉間，才知道二姨婆是餓死的。五姨媽同我，在一座大院落正房左側的房間裡見到了二姨婆形同枯木的遺體。我剛從龍泉山區回城，知道那裡餓死不少人。但新都縣素來富饒，連城郊的平壩上也餓死人！看來，這種現象絕不是偶然的了。

村裡人大都姓魏，而且是一族人。隊長因此也與我們沾親帶故，所以對五姨媽同我非常客氣。隊長說不曉得二姨婆是哪

天去世的，鄉鄰們發現後，他才派人通知五姨媽，為此表示了歉意。

從五姨媽與隊長的交談中我才知道，近幾年二姨婆已未下地勞動掙工分。隊上分口糧，都靠二姨婆在西藏部隊裡的兒子寄錢來買。二姨婆的孫女已十來歲，從小被送到二姨婆身邊撫養。前些年農村糧食不成問題，雖然二姨婆的孫女口糧戶口不在隊上，隊上也分給她。但前年以來，隊上糧食減產而上繳增加，就停止多分給二姨婆。而孫女正在長身體，二姨婆只能忍飢挨餓讓給孫女吃。五姨媽問隊長二姨婆的兒子知道不知道，隊長說開始不知道，後來知道了常寄些食品回來，但也是杯水車薪不解決問題。幾個月前，二姨婆的兒子專程從西藏回老家來接母親和女兒，但二姨婆堅持不去西藏。兒子拗不過母親，只能帶走了女兒。

孤單單的二姨婆在61年不去西藏，而待在浮誇風嚴重的四川，實際上已逃不脫死亡。

等二姨婆的兒子，從當時交通極其不便的西藏趕回來安葬二姨婆，顯然不可能。於是，隊長同意了五姨媽的建議，把二姨婆房間內的地板撬下來，給二姨婆做了個簡易的火匣子。隊長說房間是土改時分地主浮財分給二姨婆的，因此不犯什麼原則。當天下午，我們在二姨婆房間後的竹林裡挖了個大坑，便把二姨婆安葬了。臨走時，五姨媽指著大院落前方左側的一棵柚子樹對我說：「記住這棵柚子樹，鄉壩頭路不好找，二天好來給二姨婆上墳。」

中國大陸的事情你很難弄明白。以我所受過的教育來理解，我外祖父土改時上吊而死，因為他是地主；我父親在文革中被批鬥至死，因為他當過舊軍校的教官；我母親在文革中投井自殺，因為她是剝削階級的孝子賢孫；我岳母在文革中投江而歿，因為她承受不了生活的重壓；這樣的死，顯然都輕如鴻毛。

　　但是，像二姨婆像吳爺爺，以及千千萬萬的無產者和貧下中農，無論他（她）們居住在城市或鄉村，在已經翻身解放當家作主十年以後，居然會活活地被餓死！這樣的死，究竟是重如泰山？還是輕如鴻毛呢？

　　我至今弄不明白。

　　　　　　　　　2003年3月2日於赴SEGUOIA國家公園途中

五姨媽

　　五姨媽，瘦削而哮喘。70多歲了仍然滿頭青絲，講起話來細聲細氣十分吃力，但從她身上輕易看不出歲月的磨痕。

　　87年春節時，我們兄妹因父母去世多年，全仰仗五姨媽及老輩們的照料，所以，照例到五姨媽家團年。在一派祥和的氣氛中，大表哥提議合影留念，五姨媽卻突然說：「快來照唒，不然二天照不到囉。」當時我們並未在意，不想沒過幾天，五姨媽即發作「肺腦病」。我到醫院去照料她時，五姨媽已不省人事，但是口中不斷有節奏地數著數字。任你怎樣呼喚她，五姨媽始終用一、二、三、四、五、六、七……來回答你。彷彿在訴說她像數字一般有序的一生經歷，又像在翻閱著一本又一本她酷愛的書籍的書頁，令人在單調重複的數字聲中，聽出許多悲愴。

　　大表哥告訴我，前幾天五姨媽曾說：「不想活了。」

　　一個人正值兒孫滿堂，可享天倫之樂時，雖有哮喘病的折磨，卻斷然「不想活了」。這話中難道就沒有難言的隱痛？

　　五姨媽出身於書香門第。我外祖父邱光第老先生係前清舉人，曾任過民國初期成都市長黃隱的文學顧問，和成都外國語專門學校的訓導主任。

　　他曾同時應聘於成都石室中學、樹德中學等八所著名學校，是著名作家巴金的老師，也是蜚聲於當時四川的學者和書法家。

　　五姨媽畢業於益州女子中學。在上個世紀的初期，這已算受過良好的教育。1932年，五姨媽與王新培結婚，從此，更與文化結下了不解的因緣。王家自清道光28年（1848年）即在成

蔡楚的五姨媽邱淑琚

都學道街首建書坊——志古堂。其時，由於志古堂刻印的書選題對路，校勘與製版精美，從而深受當時文化學術界的好評。原四川總督吳棠、學政張之洞都曾先後捐資志古堂刻印出《許氏說文解字》、《望三益齋》、《韓詩外傳》、《杜詩鏡銓》等精美刻本。志古堂不愧為晚清四川首屈一指的書坊。

　　1945年，姨父王新培去世後，五姨媽即與王家婆婆一道艱難維持住志古堂的開業，在軍閥混戰民不聊生的狀況下面，五姨媽與志古堂員工一道擔負起文化傳承的苦苦生計。

　　大陸易幟後，開始一系列的運動。前朝的高官及親屬早已逃往海外，而人微言輕的小老百姓開始還以為民主、富強、平等、自由的新中國已經從天而降。待運動一一展開，就感到自己變成了一葉顛簸在大海的風浪中的孤舟，只能聽憑風暴的安排。除了死亡可以自行選擇外，自身已經別無選擇。

　　在我的親屬中，最早選擇死亡的是我的外祖父和二叔父。土改時，外祖父因祖上傳承下20多畝田地，被劃為「職員兼地主」。他認為土地被沒收，有辱於祖宗，遂吊死在汪家拐街的

蔡楚與五姨媽邱淑琚和表哥表姐

家中。我二叔父是個遊手好閒的川劇滾龍，雖說上無片瓦下無寸土，但在戒大煙運動中，吊死在小淖壩家中門板後的掛鉤上。在激烈的社會興替中，生命於當權者是微不足道的，好在我祖上還算積了德，家族中，僥幸還沒有被槍斃鎮壓的。

其餘的人雖然活下來，但大都活得提心吊膽。五姨媽就因為是志古堂的業主，加之家中有幾畝薄田，被劃為「地主分子」。所幸只戴帽管制兩年，沒有像其他的「地主分子」，帽子戴到死，還要由子女繼承。究其原因，怕是大表哥在福建前線保衛祖國，作為現役軍人的「光榮軍屬」，五姨媽戴一頂「地主分子」帽子，於當局的臉面也不光彩吧？

志古堂自然只能關門大吉。抗美援朝時期，五姨媽又將志古堂的書版全部捐獻給成都市人民政府，由政府派員運走，存於成都文殊院內。這些珍貴的文化遺產，不幸在文革中被作為「四舊」焚毀，而志古堂的匾牌，這塊文化見證物，卻可憐惜

惜地被五姨媽送到鄉間親戚家。不無辛酸的是，在那個知識越多越反動的年代，這塊文化的見證物在鄉間親戚家也是穢物，親戚只好把它反轉扣在豬圈前面，作為糞坑的踏足板，反而在幾十年的風風雨雨中倖存下來。

從此，五姨媽被管得服服貼貼。織毛錢、打臨工，好不容易才混入衛生部門，充當一名掛號、劃價、收費的勤雜人員。家中的書籍、字畫全部蕩然無存，剩下破裂的墨硯被墊在破櫃足下作為平衡的支點。直到改革開放初期，五姨媽婆家的親戚從香港來信尋找他們時，五姨媽還不敢回信，悄悄地把來信燒了，怕又來個「秋後算帳」。

五姨媽啊，妳31歲守寡，含辛茹苦守著一片文化家園。可是1979年時，成都市某些人要自詡為中華文化的傳人，異想天開地要為一已之利，修成都市的出版志。他們千方百計出重金要收購志古堂的匾牌，這時妳從羅家碾的糞坑上找回了這塊文化見證物，妳的勇氣和文化秉性卻突然閃現出來。妳同大表哥斷然拒絕了他們，妳的形象在我心中陡然高大起來。五姨媽啊，妳不愧為志古堂的傳人。妳的一句「不想活了」，流溢出多少中華文化曾經遭受過的痛苦！浸透了妳在那個無奈的社會裡的悲哀！

一、二、三、四、五、六、七……這數字透著中華文化的寧靜和書香，將永存於成都的文化史中，讓後代更加警醒，給當代諸公數落著他們的斑斑劣跡。

安息吧！五姨媽。

2003年3月16日

漂泊

漂泊是人間苦。但漂泊又是人間苦中的一種積極的選擇。我們的先輩在天災人禍頻頻降臨時不願坐以待斃，因此而「走西口」、「闖關外」、「下南洋」，或許還可以求條生路。

今天，在我們賴以生存的兩條母親河，一條曾經奔騰咆哮的黃河已經斷流，變成季節性的間歇河；另一條曾經萬年清澈的長江變得渾濁不堪桀驁不馴時；我們還能像往昔一樣「喝令三山五岳開道，我來了！」麼？

顯然，人口的壓力和水資源的枯竭逼迫我們變得清醒起來：我們不能淪為土地神的奴隸，成為「戰天鬥地」的殉葬品；我們不能總是「挖山不止」，而世世代代不肯稍有搬遷。於是，有了變通，有了大批的漂泊者們。而漂泊又彷彿變成了一種時髦。

其實，因為缺水而遷到離水稍近的地方或靠海而居都是人之常情。而這群世世代代未曾離開過黃土地的漂泊者們無論漂泊到哪裡都依然是軒轅氏的後代，誰也改變不了他們的黃皮膚，黑頭髮，黑眼珠和一張較為扁平的臉。漂泊是一種無奈！從他們的滿目眷戀中，你可以讀出峨嵋山的象池夜月和莫高窟的大漠風沙；也可以讀出暮色蒼茫中的黃鶴樓或晨霧繚繞的浣花溪；還可以讀出樸實無華的古城西安和靜謐安祥的白髮蘇州。他們從祖宗遺傳下的老屋內走出，一下子就走進了漂泊。這時漂泊成了人生的旅程，因為人們從世界各地走來，反而使漂泊者們並不感到零落；正因為選擇了漂泊，因為他們的大海情結，使他們成了新世紀的拓荒者。

我們的祖先頭頂樹葉，身披獸皮，足踏木筏撐一根樹幹在

漫天的洪荒中漂泊。漂泊曾是人類賴以生存，尋求生存的必然手段。

我們的前輩詩人為尋夢、「撐一支長篙，向青草更青處漫溯」，在康橋的柔波裡，漂泊不過是彩虹似的夢境。

在美國，兩百年前人們從世界各地漂泊而來，為了共同的今天和未來夢，而把這塊新大陸建成了新興的發達國家。至今，美國人的流動性仍然很大，因此，有人把美國人稱為汽車上的民族。在這裡，漂泊不過是一種刺激，是一種增長知識豐富閱歷的趣事，更是增加年薪、改善生存環境的途徑。

也許我生來就注定要漂泊。兒時就住在故鄉蓉城的錦江邊。兒時的伙伴們常打著光屁股在江中游泳。那清澈見底的江水，那歷歷可數的游魚，那江邊成林的公孫樹，那背負纖索逆江而上的纖夫和一排排的木筏，那清越哀遠的川江號子聲，至今仍縈迴於我的夢境。那時，雖已不見「門泊東吳萬里船」但「窗含西嶺千秋雪」的勝景在能見度好的晴天仍然可以遙望，使兒時的我充滿了憧憬。

少年時讀過英國作家笛福所著《魯賓遜飄流記》。被魯賓遜神奇般的充滿風險和浪漫色彩的漂泊生涯深深地吸引。從此，對大海的浩瀚和神祕就寄託了幻想。

後來，江邊的公孫樹被斫去了，江水漸漸變得渾濁，西嶺雪景也被工業煙塵遮蔽，生存環境變得十分擁擠和嘈雜。於是，漂泊自然成為一種告別，但有時卻在美國發現某些景點和兒時的鄉景十分相似。這時漂泊又成為一種依戀，成為細雨般的纏纏綿綿點點滴滴的期望。

行前，漂泊者們在裝滿中文書籍的行李中又塞進了各種各樣的植物種子，無論他們遷到哪裡，總遷不走祖祖輩輩植物一般植根的那片黃土地。所以他們就把帶去的種子種遍了全世界。漂泊者們從來都不理會「生於淮北」、「水土異也」，人

們一看到他們後院長得像模像樣的中國菜，就知道他們一定來自遙遠的東方。

3月，相思的季節，窗外草坪後的映山紅前幾天就開得火紅。我們現居住的城市又名杜鵑花城。3月來臨，各色各樣的杜鵑花一團團一簇簇地在屋前後、街道旁，花展裡爭相競豔令人目不暇接。思故鄉亦正是「子規啼血」的時節，想那漫山遍野的杜鵑花怕正紅得燦爛！那杜宇鳥一聲聲「不如歸去」的啼鳴怕正叫得淒愴！雖然現代科技使漂泊者們拿起電話就可以與親朋敘別，坐上飛機十多小時就可以回到那片久違的黃土地。但漂泊者們大都很忙，由於忙，回鄉的日子總往後拖，拖到共看明月一夜鄉心之時，拖到兒童相見不相識之時，拖到巴山夜雨，夜雨秋池，那濕黏黏的苔蘚已浸滿心底。彷彿又回到四、五百年前，漂泊者與故土之隔不是澄澈的天空而是險惡的海洋。我們需要重新認識地球和自己。看！鄭和率艦隊七下西洋，成為世界遠程航海史上的創舉；看！哥倫布的船隊橫渡大西洋，未能到達印度和中國，卻無意中發現了新大陸；看！麥哲倫在菲律賓遇難，他的船隊完成了第一次環繞地球的航行，證明了我們居住的地球是圓形的。

那片黃土地是多麼需要一點圓的和諧的精神，而人們又多麼需要同圓形的地球和睦相處，人世似海，歸夢難圓。呵！漂泊。

1999年3月於美國阿拉巴馬州莫比爾市

勇敢是信念和智慧的果實

對於一個誠實正直的人來說，無論在哪種社會形式下生活是完全沒有區別的。誠實而富有進取精神的意志會為自己開闢道路。

———歌德

　　我的床頭，放著一本長41公分、寬29公分、厚3公分的大書，這是一本由三期《野草》和81期《詩友》的複印件，自行裝訂成冊的地下讀物。我常常捧讀這沉甸甸的、真實地記錄著我們的心路歷程的大書，詩友們那狂躁的心跳聲（鄧墾語），那滿足於一吐為快的心理本能的衝動狀（阿寧語），那具有蓬勃的生命力的野性文章（陳墨語），都一一響於耳畔，到了眼前。

　　1967年秋，鄧墾寫出了〈在那個陰暗多雨的季節〉：「你的歌難道只僅僅是秋雁呼喚的長空，／夜半冷月下的流螢徘徊在荒塚？／你的歌難道只僅僅是神往於一個桃色的夢？／白雲深山裡幾聲清淡的清淡的暮鐘？／／不，我相信人們將真實地評價你，／正如落葉最懂得秋天，寒梅不欺騙春風，／當他們提起，在那個陰暗多雨的季節，／血，是多麼紅，心，是多麼沉重。」形象地表達了他對文革的控訴。

　　1976年，野鳴寫出〈探監〉：「母親帶著小兒子去探監，／走過一道又一道鐵柵欄。／這監獄又深、又冷、又陰暗，／從1976一直連著焚書坑儒那一年……／媽媽，這兒關的是老虎嗎？／不，這兒不關老虎，關的是人權。／媽媽，人權是什麼呀？／就是手不願在地下爬，背不願變彎。」生動地揭示了中國奴役人的勞改制度的黑暗。

1976年，馮裡寫出了〈自由〉：「你在哪兒？／一個監獄接著一個監獄！／一把鎖鏈連著一把鎖鏈！／你痛苦地記在歷史的卷帖上。／你在什麼地方？／一張書頁連著一張書頁，／一種思想接著一種思想！／你悄悄藏在人們的記憶上。」深切地傾訴了他對自由的渴望。

此外，陳墨在1964年寫出的〈蚯蚓〉，1968年寫出的〈零碎的愛〉和〈她要遠去〉，1976年寫出的〈天安門〉，1979年寫出的〈野草〉；鄧墾在1964年寫出的〈歸來啊，我的遠方的戀人〉，1973年寫出的〈當春風歸來的時候〉，1979年寫出的〈三峽〉和〈海螺〉；蔡楚在1961年寫出的〈乞丐〉，1975年寫出的〈透明的翅膀〉，1976年寫出的〈等待〉，1980年寫出的〈我的憂傷〉；白水在1969年寫出的〈雨夜懷友人〉，1970年寫出的〈復硯冰信〉和〈遲開的荷花〉；萬一在1976年寫出的〈縴夫〉；徐坯在1971年寫出的〈夜巡〉和〈夢〉；阿寧寫出的〈坑和人〉和〈危機是什麼？〉；明輝在1960年至1984年寫出的〈溯洄集〉和〈文革雜詠〉等。都是在這「後代難以想像的惡劣環境下」（陳墨語），詩友們曾有過的掙扎、反抗、夢想和追求的真實見證中的代表作。

早在六〇年代初期，鄧墾和陳墨便顯露出他們的文學才華。1963年，鄧墾就編有自己的《雪夢詩選》、《白雪戀》、《海誓》等詩集。1964年，陳墨也編有《殘螢集》、《燈花集》、《落葉集》、《烏夜啼》等詩集。二人志趣相投，並合編了《20四橋明月夜》小詩合集。蔡楚亦在1964年編有自己的《洄水集》、《徘徊集》等詩集。

在那個陰暗多雨的季節裡，鄧墾周圍不知不覺地集聚起一個獨立追尋的文學群落，僅是當時居住在成都錦江河畔的就有20餘人（後來發展成為成都野草文學社）。鄧墾說：「以詩的形式說自己想說的話。」他又說：「這土地，這人世，不平事

太多。我們的最大不平，就是不慣於喉嚨被鎖著鏈子，我們的喉頭在痛苦地發癢。因此，我們唱出了這集子。」

1972年，在陳墨的鼓動下，鄧墾把眾詩友的習作選編出一本《空山詩選》（14人，150首）。尚未油印成冊，友人某某被打成現行反革命，鋃鐺入獄。鄧墾夫人恐連累眾詩友，遂將這手抄孤本付之一炬。1976年，詩友吳鴻又編了一本《空山詩選》，也因文字獄之故，被迫又將這手抄孤本燒掉。

1978年2月，《野草》的畫家苟樂嘉、陳卡琳（女）等人，在成都草堂小學舉辦了五〇年代以來，中國大陸最早的民間畫展──《2月畫展》。展出了油畫〈人〉，水粉畫〈華表坍塌了〉等數十幅作品。

1979年3月，在陳墨的發起下，詩友們創辦了成都地區第一份民刊《野草》，並公開走向社會。陳墨說：「《野草》不僅固化了詩友間的相互影響，也使探索成為凝聚力；而想在新詩史上獨樹一幟的派別理想，也得以初步嘗試──那就是卑賤者不屈不撓的野性，我們當然以此而自豪，並認定這便是我們人生價值之所在。」

《野草》雖只出了三期，並被當時的成都市委書記正式宣佈為反動刊物而被迫停刊。但影響還是有的。為了延續《野草》的生命，79年11月18日魏京生入獄剛半月，詩友們決定《野草》以手抄小報形式，並更名為《詩友》繼續辦下去。從公開轉入地下，作為《野草》同仁間聯絡感情，互學互勉的紐帶。

79年11月23日，鄧墾終於手抄編寫完《詩友》創刊號，但至28期又被當局定性為黑刊。社長鄧墾痛苦地說：「我們人生這點點追求與樂趣，又被當局給剝奪了。」1988年2月，大約氣候適宜，鄧墾、陳墨、蔡楚和孫路共定《詩友》復刊。孫路說：「說真話，抒真情，捍衛自己的人生基本自由，用筆記錄真實的歷史和人生，已經是我們自己選擇的無法改變的道

路。」「六四」事件發生，詩友孫路、潘家柱、滕龍入獄，《詩友》再停刊一年，90年復刊至93年底共出81期。1994年，詩友們集資出了本沒有書號，不能公開發行的《野草詩選》（45人，369首），99年又出詩文選集《野草之路》。這種自悅自樂，相互切磋的方式至今不輟。

《野草》這個獨立追尋的文學群落，在漫長的歲月裡不知不覺地形成。她之所以能生存到今天，一方面因為她的個性極不張揚，而另一方面則是她的誠實、正直、堅定和執著起了重大的作用。在30多年的風風雨雨中，她沒有任何綱領和章程，卻表現出極強的凝聚力。無論中國的政治氣候怎樣變幻，詩友們從未因個人的遭遇而出賣這個群落。他們都十分珍惜詩友間那種神交意會的依托感，比較淡泊地看輕文藝的功利性。詩友阿寧說：我們都不是搞藝術的人，自始自終懶得去爭什麼桂冠。但卻是些認真生活，願意說真話的人。除了良知我們的詩不受任何的指使，我們並不企圖反映什麼規律、趨勢，只滿足於一吐為快的心理本能的衝動，因此，我以為「詩友」二字，當以友字為重。

如果說開初的幾位詩友鄧墾、陳墨、徐坯、明輝等，故然因年紀相仿，住宅相鄰，社會背景大同小異，自然容易走到一起。但到了後來，這個群落的地域越來越寬，年齡跨度越來越大，社會職業也五花八門，藝術流派亦五光十色，從成都到榮經，從翩翩少年到耄耋老人，從工人、農民、知青、社青到學生、中醫、教師、文史研究者、企業管理人員。他們中的絕大多數人雖然都沒有固定的職業和收入，卻有固定的信念──堅持抒發自由的心聲，用筆見證社會和人生中的真相，進而上升到置疑、反思和批判。陳墨說：「我們所處的社會，不但有幾千年的專制道德，還有比專制道德更吃人的共產主義道德（雷鋒就是這種道德的楷模、標準），不但有否定個人一切自由的

法律（所謂的「憲法」），還有比法律更嚴酷，幾乎等於中世紀宗教的信仰束縛和凌駕於法律之上的領袖意志的緊箍咒。再加上我們這個社會發揚了人性中假、醜、惡的一面，被扭曲的人們之間的互鬥，精神生活的極度空虛，物質生活罕見的貧乏，是我們這一代所經歷的深刻的人間苦。我們不得不表現我們的苦悶（用文藝），也不得不表現我們的追求。」詩友們有的坐過牢，有的曾被土勞改，有的進過派出所，但這個陰陽互補的凝聚體（謝莊語），並未沉淪，他們在僅有的條件下互教互學，不斷豐富自己的知識，開啟自己的智慧，以圖保持一個真我。陳墨說：「我們的掙扎是真實的，我們的求索是真實的，我們的反汙染的搏擊也是真實的。因為我們在文字獄的陰影下堅持創作，既不為名為利，也不想贏得唾沫或掌聲，這只是我們找回一個真我的形式。」

此外，作為一個人，要想保持自己的尊嚴和獨立，就應當有對正義的選擇。因為人人都放棄對正義的選擇，那麼，由正義所保障的權利就會受制於政治，或者說受到一個利益集團的驅使。著名倫理學家羅爾斯說過：「正義是社會制度的首要價值，正如真理是思想體系的首要價值一樣……在一個正義的社會裡，平等的公民自由是確定不移的……。」他把正義的第一原則表述為：「每個人對與其他人所擁有的最廣泛的基本自由體系，相容的類似自由體系都應有一種平等的權利。」因此，我們應當具有對正義的選擇的道德勇氣。《野草》這個獨立追尋的文學群落，正是做到了這一點。

還值得談談的是《野草》的藝術追求，我們知道，毛澤東在1958年成都會議上說：「中國詩的出路，第一條民歌，第二條古典，在這個基礎上產生出新詩來。」他還在1965年致陳毅的信中說：「用白話寫詩，幾十年來迄無成功，」這是繼他指定文藝要無條件地為無產階級的政治服務後，又武斷地否定

了新文化運動中產生的新詩，封閉式地切斷了新詩借助白話和世界資源以求得探索發展的道路。而《野草》斷然拒絕遵命文學。她的主要成員深受新詩史上新月派和現代派的影響，詩作風格大多有本真唯美的傾向。這明顯的是對新詩幾十年來建立起的基礎和主流的肯定和傳存。我的體會是經過反右運動後，當時的中國詩壇上除了大量的民歌體的，諸如〈紅旗歌謠〉之類的偉大的空話外，剩下的也只有賀敬之、郭小川幾個寥寥可數的承顏順旨派。而少數有勇氣的中國知識分子並沒有放棄他們的追求，他們除了有自己的枕頭文學以外，還私下在民間傳遞，人被批得臭不可聞，作品被貶得一文不值的胡適、徐志摩、梁實秋、戴望舒等人的作品。1961年，我在詩人尹一之先生處第一次見到徐志摩和戴望舒的詩作。我的感覺是中國怎麼還有這麼美的詩？繼而產生了閱讀新文化運動主將們作品的願望。於此同時，鄧墾、陳墨、白水、萬一、馮裡等詩友都不約而同地受到了中國新詩主流的影響，選擇了拒絕遵命的程式。從這裡可以看出，人對藝術美具有認同感。任何指令或打壓封鎖，都否定不了文藝作品藝術美的魅力。藝術美是超越時空界限的。

　　《野草》中的幾個主要成員，在詩歌藝術上的追求語言美。詩，不僅應有悟性和境界，還應強調詩的音樂性，不但要有韻，更重要的是有節奏感和旋律感。詩的語言美，不僅應表現在語言的結構上有所變化，還應強調語音語調的起伏變化，以結構和語音語調的起伏變化來烘托詩的情緒的變化。少數幾個詩友還對新詩的格律化做了一些探索，特別是陳墨的詩作和他不願在中國文藝領域內湊熱鬧的一貫態度，表現了一個唯美藝術追求者的深刻的孤獨。從他們的詩作中，能明顯地讀出中國古典詩詞天風海雨般的氣韻和含英咀華般的琢磨的影響。同時，也可以看出借鑑西方詩，受英國浪漫派和法國象徵派影響

的痕跡。

　　《野草》到了中後期，還突出地展示了藝術美的包容性。不同的流派，不同的風格在《野草》中光彩奪目，恰好驗證了「天上的星星是沒有一顆相同的」燦爛的藝術景觀。

　　《野草》諸友都是沒有名望的人。如今，他們中除了一兩個人被接納進官方的作協之中，其餘諸友都依然在中國大陸默默地守護著自己的精神家園。雖然，他們在功利上一無所有，然而，他們早已在精神上提前邁進了文明的門檻，他們至今仍是足以自豪的自由民，古希臘偉人伯裡克利說：「幸福是自由的果實，自由是勇敢的果實！」從《野草》的歷程中，我的領悟是：勇敢是信念和智慧的果實。

2000年10月16日

紅色逍遙兵七零八落部隊

【作者按】這是地下文學藏經洞中的一部份，區別於那些浮遊在地面上，卻自稱地下文學的泡沫文學。如果說，上帝的童話是天堂；那麼，人類的童話就是家園。而地下文學的藏經洞，就是我們終身追尋的心靈自由的家園。

> 無戀亦無厭，始是逍遙人
>
> ——白居易

在「不革命就是反革命」的年代，做一個逍遙人真難。「紅色逍遙兵七零八落部隊」是尹一之在文革中，對我們在成都打平伙（AA制）的「星四聚餐會」的諧稱。「星四聚餐會」從1961年初具規模，到71年正式打成反革命組織，幾經波瀾，終於煙消雲散。

1961年初秋的一天，院鄰謝朝崧老師對我說，欲介紹一位傳奇性的詩人與我認識。謝老師畢業於昆明工學院，在成都東郊107保密工廠當教師。當時，我剛隨母校成都工農師範學校的師生，到龍泉驛八一公社支農半年後返城不久。由於在鄉村見到餓死不少人，胸中有太多的表達衝動，而且，我正處於學寫詩的高峰期，於是便答應下來。謝老師說，傳奇性的詩人叫尹金芳，筆名尹一之。之所以傳奇，是他能獨善其身，沒有大的波折。

這位尹一之，射洪縣人，是唐代大詩人陳子昂的同鄉。五十年代初期畢業於中央公安學院重慶分院短訓班，因其叔父尹九參加過藍衣社，在老家被判刑勞改，遂被當局取消畢業分

配。1958年初，他在自謀的小學教師崗位上，已做到校長職位，但為避「反右」（工農中不劃右派），他以近30歲的年齡，毅然到西郊成都閥門廠當學徒工。顯示出無奈中的智慧。

謝老師拿出他珍藏的前五期《星星詩刊》，第五期上有尹一之寫給一位姑娘的情詩，迄今我還記得其中幾句：

> 浮雲是你的笑容青山作你的裙
> 你用你臉上的紅霞燃燒了我的心。

剛出校門，看慣了課本和報刊上的大躍進民歌。第一次知道，成都還有《星星詩刊》，有流沙河和石天河，有《草木篇》和《蝴蝶篇》，還有民間的尹一之等一批人。據謝老師說，1957年6月，流沙河寫出著名的〈亡命〉詩：

> 今夕復何夕，亡命走關西。狂風摧草木，暴雨打螻蟻。
> 曲悲遭千指，心冷橫雙眉。逃死奔生去，焉敢料歸期？
> ……

尹一之從省文聯內部得知，曾私下勸過流沙河，「乍暖還寒時候，最難將息。」

過了幾天，尹一之、謝老師的高中同學老周（畢業於貴州師範大學）等幾個文友到謝家擺龍門陣，尹一之約我下週到鹽市口餐廳吃高級點心喝紅酒，飢荒年間，我正患輕度浮腫，巴不得有人做東，還兼義務教學。

尹一之身材高大，面容如成都的天空，極少晴朗。一副鷹鉤鼻子打破了周身的平庸，給人以很倔強的印象。況且，他酒後海闊天空、人世沉浮、信手拈來、滔滔不絕，使我如墜雲霧。他說，「李白斗酒詩百篇」（杜甫），「俯仰各有態，得

酒詩自成」（蘇軾），教我飲酒寫詩，不拘一格。

59年下半年，我見到成都大學路的商店裡，賣一種不收糧票的點心，其外表和普通點心差不多。問售貨員多少錢一個，售貨員說，這是高級點心，五元一個。我又問她，怎麼外表看上去與普通點心差不多？她答，芯子不一樣，是用豬油和蜂蜜做的。記得在放學的路上，我邊走邊想，國家規定糧票是無價證券，怎麼能變相漲價？第二天，在政治課上，我站起來提問，表明不理解。張椿年老師答，要相信黨的糧食政策。後來知道，張老師給我學期品行打3分，評語是，對黨的糧食政策不滿。又把班上的女團員詹××調來與我同桌，幫助我。此時嘗過高級點心，我問尹一之，五元一個的高級點心是否合理？尹一之答，不合理你又搞子（做啥子）？使我瞠目結舌。

他送我一本艾青作序的《戴望舒詩選》，談起胡適、徐志摩、聞一多、李金發、朱湘、卞之琳等民國詩人。又替我擬定讀書計劃，要求我書寫讀書筆記和名人名言卡片。記得讀書計劃中有《胡適文存》，可惜當時在省圖書館借閱《胡適文存》必須要單位介紹信，使我這個待業少年像當初失學一樣失落。我交給他幾首習作，請他教正。分手時，天空飄落秋雨，頓生一絲寒涼。

62年，我陷入初戀，習作增多，步行到尹一之廠裡單身宿舍，找他求教的次數也增多。一次，談得興起。他說他大多數作品都不能發表，因為不能示人，權且叫做枕下文學或抽屜文學好了。我見他黑油油的枕邊有一本《孫子兵法》，感到好奇，他說這叫「無為而無不為」，我似懂非懂，無言以對。他解釋說，林語堂講：「道永遠順任自然，不造不設，好像常是無所作為的，但萬物都由道而生，恃道而長，實際上卻又是無所不為。」我若有所悟，第二天趕緊到省圖書館借書查閱。

63年，我在成都一磚廠做臨時工，不分晝夜地挖黃泥、切

磚坯、出磚窰。偶爾得假，回家看母親。聽謝老師說，尹一之找了一把紅傘罩著，新娘是廠工會的黨員幹部，可以替他遮風避雨。一支獨木舟躲進了避風港，所以，特地約我和老周等去朝賀。婚禮那天，由於新娘在場，尹一之和我們不敢造次，只能喝悶酒。

64年於我很不平靜。先是失戀，之後我被派出所董所長喊去訓話，威脅說，若我不主動申請下鄉，就送我去勞教（被我開病情證明化解）。繼而，我在10月社青學習時，說聽到赫魯曉夫已下台，被參加學習的孫同學檢舉我帶頭收聽敵台。從此，在等級森嚴的社會裡，我失去參加社青學習的資格和調正式工作的機會，淪入「社閒」（社會閒散人員）行列。

這年看了《早春二月》等批判片，又聽尹一之給我講解蘇聯電影《第四十一》，知道了導演格裡高利·丘赫萊依。他還特別提到三〇年代梁實秋和魯迅的論戰，使我明白了世上確有超階級的愛同美，確有超階級的人性，確有超階級的文學。尹一之反感毛澤東的「階級鬥爭，一抓就靈」的口號，說是毛澤東的反攻倒算。我很好奇他哪來這麼多消息。那幾年，看了一些外國電影，不僅學會了主題曲，思維也受到啟迪。由於失戀，我深切地感受到，在革命的浪潮中，人性中的真善美和愛情中的快樂、苦澀等，常常被吞沒。

65年8月，我經過反覆向街道辦事處申請，被批准到四川石油管理局築路處做臨時工。開山放炮，打二錘、掌炮釺、抬石頭、修公路、平井場，一幹就是五年。這期間，我每年返蓉探親一次，幾乎每次都要去中南大街的市美軒餐館分店參加「星四聚餐會」。當時，文友們多休息星期四，約定星期四聚餐，故模仿先賢，簡稱「星四聚餐會」。

66年文革開始，我的早期詩歌，被同在築路處做臨時工的朋友檢舉揭發。經過追查，我的兩本手抄詩集和讀書筆記

等，在運動初期，我大妹為防本校紅衛兵抄家，已提前燒毀。所以，朋友的檢舉揭發只能憑記憶提供只言片語，我的坦白交待，就僥幸過關。

67年春節，我返蓉探親。又是在中南大街的市美軒餐館分店，聽尹一之吹牛。他分析了文革的形勢，表示同情劉少奇。還講到江青（藍蘋）的一些舊事，說林彪尖嘴猴腮成不了大事。68年春節聚餐，尹一之說，諸位大多沒有參加群眾組織，因此格外逍遙；而且，我們之間分散各地，不如把「星四聚餐會」戲稱「紅色逍遙兵七零八落部隊」，引來一陣哄堂大笑。文友們對冠以「紅色」，亦心照不宣。他還當場約文友們夏天去峨眉山，效彷莊子「逍遙遊」，我因假期已完，沒有答應同去。「他們都尋找著精神的他鄉，都生活在遠離『中心』的別處。」

「星四聚餐會」逐漸擴大，增加了十多個吃口，以文革前畢業的大學生為主。聚餐時，逍遙兵們討論的題目也逐漸擴大，從詩歌到小說，再到戲劇、歷史、音樂、繪畫、電影、外文等包羅萬象，無所不及。夏天，他們去峨眉山，下山時，把沿山石砌的毛主席語錄牆一路推倒。還用粉筆把自己的詩詞，書寫於寺壁、山崖之上。以凝練的題詩，表達了對文革的憤懣之情，揭露出文革中萬家墨面、血流成河、爭權奪利的實質。這就惹下大禍。

70年1月初，我突然被築路處土建隊的群專隊揪出來批鬥，一直延續到6月中旬。每天照樣出工，晚上接受噴氣式批鬥，寫坦白交待。

有時，被抓去處公審大會陪鬥、批鬥。不但頭吊黑牌、拳打腳踢，還被扯斷不少頭髮。軍管會和群專隊命我交待與「紅色逍遙兵七零八落部隊」的關係，說成都已掌握了此反革命組織，攻擊中央文革小組的信件。我不知所措，只能避重就輕革

自己的命。軍代表找我訓話，警告我說謝某已交待了我的早期反動詩〈乞丐〉等。我只能依樣畫葫蘆，把文革初期向工作組交待過的反動詩作了重新交待，並重點交待受到謝某的影響等。而對其他人，則基本不提，或假裝不認識。6月下旬，我被開除臨時工隊伍，8月送回成都，繼續在派出所接受審查。

在此期間，專案組人員多次傳我去派出所，逼我按他們的要求坦白交待。記得有一天下午，他們要我當場簽字畫押承認八項罪行，其中最嚴重的是「組織上山打遊擊」和「組織收聽敵台和放黃色唱片、唱反動歌曲」兩項，說他們已經掌握了證據。我與他們爭辯，他們拍桌子打巴掌，驚動了董天溥所長。董問怎麼回事，他們說我氣焰囂張，拒不交待。我申辯說，沒有的事不能承認。董因被造反派毆打過多次，而我從來沒去造他的反，就勸專案組人員放我回家好生想，明早再來交坦白交待。專案組人員看他的面子，就答應了。我回家後，找到謝老師，串通了供詞，第二天才去交卷。

審查到71年11月才結束。經中國人民解放軍成都市公安機關軍事管制委員會、四川省成都市革命委員會人民保衛組（71）人保刑字第422號刑事判決書，尹一之被以反革命罪判處管制三年，謝老師被以反革命罪判處，將帽子拿在群眾手裡，交群眾監督改造，以觀後效（文革中特有的判決方式）。我被缺席判處，「罪行較輕，不予刑事處分」。

未通知我本人，實則對我實施內控，出門要請假，派出所經常來查夜。其他11人，被以反革命罪分別判處不予刑事處分、管制或有期徒刑。只有謝老師的大學同學尹胖子被另案處理，被以反革命罪和投機倒把罪判處有期徒刑20年。

後來，謝老師偷偷告訴我，「紅色逍遙兵七零八落部隊」是被文友帶來聚餐的人檢舉揭發的。成都市革命委員會人民保衛組當時正追查攻擊中央文革小組的信件，以為這批人是重點

追查對象，馬上佈置跟蹤，準備釣大魚。一天，保衛組人員發現文友尹胖子從家裡轉移一口大皮箱到郊外，判斷他是轉移反革命組織的綱領和文件，於是立即抓捕了他，但打開大皮箱翻看，卻發現尹胖子轉移的是尹家的族譜。保衛組人員大失所望，馬上佈置把「紅色逍遙兵七零八落部隊」的主要成員，抓進成都工學院的群專大樓。我當時在外地，所以保衛組人員通知築路處軍管會，對我進行批鬥。

謝老師拿出一些錢和糧票，要我化妝後，送到被判五年徒刑的文友鄧先根的妻子手上。鄧先根其人古道熱腸，有俠士風。他在中南大街市美軒餐館分店工作，多年來，給我們聚餐提供必要的條件。送過幾次錢和糧票後，鄧先根的妻子說太危險，叫我不再送了。

1975年，估計尹一之已摘去帽子，我去成都市區以北10公里的龍橋鎮，成都閥門廠新廠區找他。當時，我既無工作證，又無介紹信。結果，門衛不讓我進廠，說他沒有上班。我問他是否還在產品檢測部門，門衛答，在掃地。我再問他住在宿舍哪間房子，門衛答，你是他什麼人？我說是他表弟，門衛問，表弟還不知道他的住處？我立即落荒而逃。

1979年，文友張江陵（四川省林業科學研究所翻譯員）等對原判不服，提出申訴。經四川省成都市中級人民法院（79）刑申字第14號刑事判決書判決：「經本院複查，張江陵、鄧先根等在1967年至1968年期間，常在一起『研究文學』、『評論形勢』，其內容主要是反對林彪和四人幫的。原判以〈惡毒攻擊我黨和社會主義制度、無產階級文化大革命〉的反革命罪，判處上列人員是錯誤的。據此，特依法判決：撤銷原判，宣告無罪。」這次我被通知到中院現場，法官要我們感激華主席。張江陵和我高聲反駁法官：「不需要感激華主席，歷史已宣判我們無罪。」宣判後我們高談闊論，說專制猶如酒桶，現在毛

已去世，桶箍崩裂，專制必然散架。對時局寄託了些許幻想。

尹一之在平反後，托謝老師帶話，說知道我去找過他。鄧先根到過幾次謝家，其他逍遙兵與我再無來往。次年3月，我介入另一地下文學群落《野草》，與他們漸行漸遠。

白雲蒼狗，聚散如雲。我在移居海外後，多次聯繫尹一之老師，都未能如願。直到四年前，謝老師給了我他家電話，我才兩次打過去。第一次他不接電話，我與黨員師母聊了幾句。第二次他接了電話，但說不認識我。之後，聽謝老師講，他已失憶。令我扼腕。

林語堂說：「一個人徹悟的程度，恰等於他所受痛苦的深度。」這使我領悟到，「紅色逍遙兵七零八落部隊」是一個追求美，追求心靈自由的文化沙龍。我們所謂的「逍遙」，表面上是指文化人的逃離野蠻、大隱於市，以及對藝術的唯美追求，但其核心是一種「權利意識」，即對於人性、人權以及人的尊嚴的追求。這樣做，在那時顯然就是「以卵擊石」。

我常想，像尹一之老師、謝老師這類文化人，儘管權利意識超前，也曾反抗極權暴政，若沒有自由、民主、人權、法治、憲政的現代文明制度的保障，個人的悲劇遲早都會發生。不管你多麼智慧，多麼機巧。

花雖未墜，卻已枯萎；葉雖未落，卻已殘黃。不久，花和葉都將隨風而逝。可是我一直忘不了，我的文學引路人尹一之老師，在當年「星四聚餐會」時一再吟詠的胡適先生幾句早期詩——

> 花瓣兒紛紛落了，／勞伊親手拾存，／寄給伊心上的人，／當一封無言的書信。

2016年4月21日初稿，2016年5月4日定稿

裸體人

【作者按】那時代，成百上千萬的地主及其子孫，有的一夜之間便成了冤魂，而活下來的也因此生不如死，成了永遠的階級敵人，永世不得翻身。我想，受難者和失敗者必須言說，有言說才可能進入歷史，讓後人不至重蹈覆轍──這是一個寫作者對暴政的反抗和對自由的基本渴望。

　　1967年夏天，武漢720事件後，7月22日，江青對河南省群眾組織講話時，首次提出「文攻武衛」口號，武鬥於是進入了重武器的階段。毛澤東發動的「文化大革命」從此進入全國範圍內「全面內戰」、停工停產的武鬥時期。

　　記得當年，全國最大的兩場武鬥都發生在四川。一是1967年至1968年間在重慶發生的一大片、一系列戰場的武鬥；尤其是重慶楊家坪武鬥，還出動民船改裝的「軍艦」、大炮、坦克等重武器，使楊家坪謝家灣地區路斷人稀。另一次，瀘州武鬥造成的損失無法一一統計。從1967年7月18日發動第一次「武裝支瀘」起，到1968年7月4日發動的第三次「武裝支瀘」止，僅三次「武裝支瀘」就使瀘州地區的工農業生產陷於全面癱瘓。

　　那時，我在「開氣找油」的隊伍中，在地處威遠縣越溪鎮余家寨附近的史家溝做臨時工，每日不抓革命也不促生產。而聽聞瀘州武鬥進入「陣地戰」的消息，則是來源於紅村的《石油怒火報》和《文攻武衛戰報》，這些報紙還突出報導了32111石油鑽井隊分裂成兩派，分別參加了瀘州武鬥的消息。

　　閒來無事，我們或去摸魚捉蟹改善生活，或到後山的破廟宇中去尋找一些斑駁的字跡。一天中午，在去後山的山路上，

我突然發現生產隊的小煤窰前面，站著一個一絲不掛的男童。我有些吃驚，但借機上去問路。男童大約10歲多，頭髮凌亂，面孔漆黑，枯瘦的身子，只有一雙眼睛告訴你他還活著。問完路，我又看見左側不遠的石頭上，出現了另一個一絲不掛的男子。男子大約30多歲，他可能是聽到了聲音，站在石頭上張望。在正午的陽光下，他全身呈古銅色，但皮膚有部分曬傷後脫皮，頭髮也是凌亂，但又黏結在一起，同樣漆黑的面孔和枯瘦的身子，只是比男童高出一頭。

我不便多問，就沿著山路往上攀登。待到後山的破廟宇後，我已把對廟宇中文字的關心，轉變成對兩個裸體人的好奇。因此，我提前往回趕，想再找到他們，問問他們怎麼來到這裡，為什麼一絲不掛等。待再回到生產隊的小煤窰前時，他倆已不見蹤影。我四周搜看，發現剛才站男子的石頭後面，有一小塊平地。上面有一座三角形的窩棚，窩棚用竹竿和油毛氈搭建，大約不到兩平方米。窩棚內只有一些稻草和破絮，窩棚前有一個用石塊和黃泥砌成的馬蹄形泥竈，上面有一個裂口的破鐵鍋。我注意看過，鐵鍋內鏽跡斑斑，顯然其主人已常年不見油葷。

下山後吃過晚飯，我找到生產隊的余隊長（兼民兵隊長），告訴他半山腰有兩個蓬頭垢面的裸體男人。由於當時階級鬥爭的弦總是繃得很緊，我問他是不是逃犯。余隊長卻說不要大驚小怪，是生產隊怕別的隊晚上來偷煤，就派他倆去守小煤窰的。我不太相信隊長會派一個小孩去守小煤窰，就又多問了隊上的幾個婆婆大娘，這才搞清楚，原來生產隊的工分值低，全勞力一天也只能掙角把錢。隊上沒有副業可依賴，就開土窰挖煤，再把煤擔到附近場鎮去賣，換點現錢分給社員買油鹽柴米。由於山區貧困，有的隊開窰燒碗，有的隊開窰燒磚，也沒有誰來割資本主義的尾巴。但社員們都怕苦、怕小煤窰塌陷，

因此不願去值班挖煤和守小煤窰。於是余隊長就派這父子倆去常年駐守小煤窰，白天爬進洞去，把煤用十字鎬挖好，用筐拖出洞（只能一人爬進爬出），晚上睡在窩棚裡看守。

我聽婆婆大娘們講述時有點吞吞吐吐，就又去請教房東史大爺（我們寄住在社員家中），請他告訴我，為什麼這父子倆就能聽余隊長的安排，而且他倆為什麼一絲不掛。史大爺把我叫到內屋，悄悄對我說，這父子倆是老地主的兒子和孫子。這家是史家的本家，因祖上積德，傳下20多畝地和幾間瓦房，這在山區就是財主了。土改時，這家被劃為地主成份，老地主前幾年吃不飽加年老死了，地主的帽子就給他兒子戴上。兒子戴上地主的帽子後，媳婦也跑了，留下這父子倆住在一間破房裡。文革前，老地主的孫子沒有資格上學。文革發生後，余隊長乾脆安排這父子倆去挖煤和守小煤窰，並把他家的破房沒收充公。我問史大爺這父子倆吃什麼，史大爺說，山區的主食就是紅苕、土豆和玉米。隊上雖有幾畝田可以種水稻，但大米從不分給這父子倆。

我聽史大爺敘述後才恍然大悟，史大爺還叮囑我千萬不要多管閒事，這周圍兩大姓之間歷來不和，以免引火燒身。後來，在越溪鎮趕場時，我偶爾見過那個男童。他身穿一件破爛而厚重的百衲衣，背篼裡裝了一些農產品，手提一個土瓦罐，慢慢地走在這來回20多里的山路上。有兩次我特意在返回的路上等他，想問問他上街做什麼，但他從不吭聲，只顧走路。無論冬夏，那件破爛而厚重的百衲衣就是他的標誌。

又是史大爺告訴我，隊上允許那個男童趕場時上街，用農產品換點鹽巴。我無語了，雖有千言萬語在心中翻騰，卻再不能去打聽這父子倆的情況，因為余隊長已對這父子倆講過，不許他倆亂說亂動。第二年，土建中隊被調到大邑縣邨江區花水灣，修建一口井場的土建設施。從此，我再沒有回過余家寨。

　　多年來，我總想寫寫這曾生存在山區的父子倆。寫他倆裸露的身體，漆黑的面孔和枯瘦的身子；寫那件破爛而厚重的百衲衣，為什麼成為賤民的標誌；寫他倆雖身體裸露，卻從不吭聲的原因。1976年，我也試過把「裸體人」寫成短篇小說，但文友們看了都感到枯燥無味，也許是我力所不逮的緣故。

　　今天，我再度提筆寫「裸體人」，是我不願意無聲地埋葬「裸體人」和我自己。野夫說：「偉大的土改運動終於在腥風血雨中結束了，據史學家考證，大約有三百多萬所謂的地主為此喪命。他們中多數人只是像我祖父一樣勤扒苦做的世代農民，當新政需要動員全社會來奪取權利時，必須要借他們的頭顱來祭旗。毛何嘗不知他那地主父親的甘苦，他豈會真的相信那些可憐的民間財富來自剝削。一切只是緣於政爭之謀，所以他說——政策和策略是黨的生命。」

　　那時代，成百上千萬的地主及其子孫，有的一夜之間便成了冤魂，而活下來的也因此生不如死，成了永遠的階級敵人，永世不得翻身。我想，受難者和失敗者必須言說，有言說才可能進入歷史，讓後人不至重蹈覆轍——這是一個寫作者對暴政的反抗和對自由的基本渴望。

2016年5月27日

亡秦必楚

——記陳墨二三事

【作者按】翻開中外的文學史，不少傳世的不朽作品在作家生前都未曾發表。他們當初為何寫作？文學作品從某種意義上看，只是個人通過美的表達而進行自我救贖的過程。中國的地下文學充分顯示出，即使社會是醜惡的，人性中卻仍有愛與美的閃光。這些地下文學的寫作者是同時活在過去、現在和未來的人，他們的孤獨是遺世獨立的蒼涼的問號。

1997年1月，我移居美國前，陳墨君特地為我製印送行。古樸的石印印面上篆刻著四個篆字：亡秦必楚。而且，還用一張紙包好。紙上書：「為蔡楚君刻閒章——亡秦必楚。陳墨97年元月。」這原是我供給《詩友》第29期的「詩友小傳」中自述的：「蔡楚，非楚人也。『楚雖三戶，亡秦必楚』。取其意，以明志。」後來出版《野草詩選》時，編輯可能是為保護我，這段自述被刪除。

本來，這「亡秦必楚」出自西漢時司馬遷的《史記・項羽本紀》。原句是：「楚雖三戶，亡秦必楚。」這裡只用了其中半句，顯然閒得可以，閒得離奇。我體會，陳墨君是借我的筆名，用半句典故鼓勵我於閒中勵志。他知道我已過「知天命」之年又不會英文，到了美國必然空閒，不能總是離群索居，得發揮漢語寫作的長處，說點人話，用筆譴責吃人的專制制度。進而在中國的民主轉型中，發揮作用。

陳墨，本名陳自強，俗稱陳瓜娃、烏鴉。屬雞，與我同年。鼻頭肥大，身體健壯。其外相陰沉，內心高傲，沉默寡

言。下鄉五年，自稱「餓農」，以病殘回城。終身不甘平庸，極具個人奮鬥的能力和才幹。故其初中畢業失學後，讀書破萬卷，習得多藝，著述頗豐。直到晚年，還潛心研習甲骨文。上個世紀末編印《何必集》，2014年編印《我早期的六個詩集》（包含《落葉集》、《烏夜啼》、《燈花集》、《硯冰集》、《殘螢集》、《二十四橋明月夜》），2015年編印《何苦集》，2016年著有專著《漢字中的象徵》。

我與陳墨相識於1980年春天，由《野草》社長鄧墾帶我去陳墨的住所「槐堂」，參加詩友們討論評選詩歌「新花獎」而結緣。之前，七〇年代初期，野草文學群落的吳鴻君，曾把陳墨君的〈獨白〉冒卞之琳之名抄給我讀。當時，我認為此組詩明顯有徐志摩和何其芳的影子，但又比他們冷峻，因此留下作者必然是當代人的印象。

後來，讀了陳墨不少早期詩，尤其是他的名句：「蛙聲是潔白的一串心跳，寂寞的箋上蕩著思潮。」和「我的愛有如蛙聲：零碎又單調，然而總不願休止……」。給我留下他是個冷峻而苦澀的單戀者的深刻印象。當然，時間長了，才知道他不僅單戀過一位姑娘，他更是美的單戀者和民國的單戀者。故而大半生苦命，自比蚯蚓，處於地下，酷愛孤獨，又不甘寂寞。按他自己的話說：「陳墨，字硯冰。1945年出生，屬雞，高傲其表，力弱於命，故先天飛之不高，唯於破籬斷牆上作嘶聲力竭無人喝彩之吼叫。」

其實，既是雞，又何必要高飛。只要敢為天下先，「雞鳴早看天」，也就值了。因此，1993年我訪美返蓉，在我的鼓動下，陳墨與我首先合出詩集《雞鳴集》，驚動了《野草》眾詩友，相繼出版了《野草詩選》及《野草之路》等一系列著作。而且，93年底，《詩友》停辦後，2000年11月，「野草」文學社又恢復出刊，刊名仍用《野草》。

1988年初夏，陳墨搭我當時所在單位的便車，去湖南旅遊。我倆在長沙逛「詩書店」，討論現代主義和後現代主義詩歌。我購得《梁漱溟自述》一本。當晚，夜遊嶽麓山，陳墨再尋《北海茶棚》不得。次日，陳墨得老翁贈詩：「願君搏扶搖，飛入寬宏地。解識遙天路，密察自然意。靈動勃以發，妙趣和會神。曲終人不見，唯留楚山青。」陳墨若有所悟。後來，我倆和一群人趕車去汨羅和嶽陽。在汨羅參觀「屈原紀念館」出來後，陳墨感嘆說：「一頂愛國主義的帽子太高太大，把屈原給罩住了。屈原你在哪兒？你的蒼涼的問號呢？」6月1日在岳陽參觀了「岳陽樓」後又去了「君山」。陳墨說，如果說「岳陽樓」是中國歷史雅文化的精粹，那「君山」就是中國歷史俗文化的集中代表。而我返蓉後寫成〈君山二妃廟墳〉和〈黃色的悲哀〉兩首詩，對中國歷史文化中的「廟墳現象」進行了反思。

　　2001年，我參與創建獨立筆會後，邀請陳墨等三人申請入會，他立即同意並於2002年下半年加入筆會。以後兩年他上網很勤，為與我經常聯繫，他還特地送了我一個攝像頭，並為筆會網站題寫了刊名，設計了會徽的最初方案。但他的老習慣仍然不改，有一次我倆在MSN聊天聊高興了，他竟然問我有什麼資格擔任副會長。我回答，為筆會辦網站、建社區、主持博客，做義工取得會員的信任，因此高票當選。他認為副會長一定要有知名度，有點不以為然。他身居底層，以草根為榮，卻有明顯的名人情結和天才情結，可見他內心的掙扎。

　　2004年初夏，陳墨主編《野草》第93期，「甲申360年祭奠專號」。其祭奠二字觸痛了當局的神經。《野草》遂被查封。陳墨不僅被抄家，還連累其妻李明達被抓進監牢。關鍵時刻陳墨犯傻、掉鏈，不但拒絕了我給他推薦的青島李建強律師為此案無償辯護，而且還一反常態地去找關係，把8萬人民幣白白交

了學費。結果，李明達大姐被「政治問題經濟處理」，以莫須有的「職務侵占罪」判刑五年，慘淡經營了20多年的企業被當局瓜分。陳墨不得不逃避到農村躲藏，犯了抑鬱症，新朋舊友均不來往，幾欲自殺。

李明達大姐被判刑入獄後，陳墨的情緒漸趨穩定。但他不回覆我的信件，打電話去他多半不接，就是接了，也語焉不詳。考慮到他生存困難，我推薦他入選人權觀察的赫爾曼‧哈米特獎，得到筆會理事會的一致同意推薦。但他的簡歷卻遲遲不送來，我只能越俎代庖替他代寫，並一桿子插到底，直到他收到獎金。之後，鄭義擔任會長，他幾次提出欲授予《野草》群體自由寫作獎，我都推辭了。這個考慮是怕加劇《野草》的困境，果然《野草》內部有人不願意獲獎。

好在陳墨筆耕不輟，多少使他心理得到些疏解。而且幾年積累下來，書法、楹聯、金石、古文字研究等方面都漸入美的境界。李明達大姐出獄後，還辦得社保。2015年，兒子陳芄弄璋之喜，為他家添了個胖孫子淘淘。陳墨在博客上說，上蒼畢竟待我不薄。他在李明達大姐的照顧下，享有不孤獨的晚景。

十年前，我請陳墨為我題六字：「求忙碌得快活。」他欣然命筆，托人帶來，我一直掛在牆上。既是我的每日功課，也是對他為我製印的回答。我倆雖相隔萬里，彼此仍堅持著對價值的沉鬱的追問。

2013年，陳墨書投子禪師一聯贈我：

春到洞庭南壁岸鳥啼西嶺月升東

他感悟道：「佛既然不能改變世界，也不能普渡眾生，我們又不能視物質世界為『空』。斬斷跟物質世界的所有聯繫，而物質世界的『美』，又確能令我們的精神愉悅、向上、並生

趣盎然。佛不是『真』，佛更不是『善』，佛就是『美』。俗話說，能享受美人、美酒、美食、美宅、美車、美景的人是『福』，那麼能信仰美、創造美的人，就是『佛』了。」可見他通過美的自我救贖，至今已是美的創造者，尤喜形式的美。我體會，他強調真和善需要美的形式展現出來，就是闡明人若不追求美，就不能超越自己，創造未來。

陳墨為他的居室取名「城南人境籠」，可見他反叛專制制度，追求言論自由的決心。我也不懷疑他選擇的苦命人的路會倒拐（轉彎）。但我擔心他，自青年起就動不動與朋友絕交的習慣，到如今有老還少的可能。好在去年我聞訊，他已與幾年不說話的老友有了交流。唯願《野草》諸友，互相扶持，再創新章。

2016年6月8日

「臥底」董麻子

【作者按】他究竟是個「臥底」，還是個地道的反革命，已經不重要，但可以確定，他是那個慘無人道的年代的產物。那時，在對毛澤東的個人絕對崇拜統治下，人們都成為黨的馴服工具，因此都爭先恐後地獻身革命。即使像董麻子，也活在一張假面孔下，成為暴政的附庸。而且，50年來，無論是統治者還是臣民都沒有質的變化。

董麻子，男，名字和年齡不詳，榮縣人，貧農出身。其身材矮小，枯瘦如柴，一張麻臉上總是堆滿笑容，逢人便讓在路旁，作90度鞠躬狀，連連請罪不已，令人不生憎恨，反添同情。

那時，正值「一打三反」的高峰時期，我因參與成都地下文學組織「星四聚餐會」，被石油築路處革委會揪出來批鬥。突然，一天董麻子被從榮縣中隊調到我所在的成都中隊，與我一起被批鬥，而且還安排他晚上與我隔床睡覺，引起我的警覺。

我想，董並未與我同案，而被安排來與我朝夕相處，必定有原因。

因在築路處「軍管」初期，我還在處機關駐地「紅旗村」，「革命造反派大聯委」擔任勤務員時，曾偶然看到一次董麻子被軍代表用軍用皮帶反覆抽打。當時，我很奇怪。經過打聽，才知道董麻子騙了軍代表，把他自己參加大飢荒年間的「勞革黨」的經過，結合文革中揪出來批鬥的「走資派」名單，如羅瑞卿、李井泉、李大章之流並在一起寫成「小說式交代」。在其「勞革黨」全國的分佈網路及其骨幹成員名單上，居然還寫上了當時駐重慶的54軍參謀長耿志剛和當時內江軍分區司令員

等一系列現役軍官。可見董麻子對「文革」現狀的瞭解,而軍代表立功心切,以為抓住了階級鬥爭的新動向,就組織人員內查外調了三個月,結果一無所獲。軍代表惱羞成怒,便當眾毆打董麻子。軍代表沒有想到我瞭解一點董的情況,把他派來臥底,自然就不起作用。

董來後,假裝對我很關心,多次對我說,晚上睡覺要警覺,以免說夢話洩露天機。他就是擔心晚上睡覺說夢話洩露了祕密,才一直保持半夢半醒狀態。我回答他我沒有祕密,所以睡的好,但我半夜聽見他不斷地挫牙齒,知道我們雙方都很緊張。他還要對我像對其他革命群眾一樣,早上打開水,晚上打洗腳水,被我嚴辭拒絕。

董應對批鬥的功夫異乎尋常,他除了在小型的批鬥會上低三下四、醜態百出,引得群眾發笑,使批鬥會流產外,還能在「公捕會」上,作90度鞠躬時打鼾流鼻涕。其鼾聲如雷、流鼾口水的經典行為,嚴重破壞了「公捕會」的形象,當場被保衛科長王富春踢倒在地,引起全處革命群眾哄堂大笑,使「公捕會」會場秩序大亂。

經過董與我幾次較量之後,軍代表見把董放在成都中隊有副作用,就把我和董,還有一個「反動學術權威」程總工程師,三人單獨關在一起,集中到「紅旗村」旁的小農場副業隊,邊勞動邊寫交代,這才使我對董有了更多的認識。

在副業隊時,減少了對我的批鬥,然而,更大的威脅接踵而至。白天三人一起勞動,程總從不吭聲,而董卻絮絮叨叨,尋找話題來與我交談。晚上,程總主持三人小交代會,每天都是同樣的話題,即他倆都是老「運動員」了,只有我是「活老虎」,必須徹底坦白交代我參加過什麼反革命組織,有什麼現行反革命活動,否則就是死路一條。

大概董需引蛇出洞,給我講了他的經歷。董說他出身貧

農，苦大仇深，父親和哥哥都是黨員，擔任過公社的負責人和民兵隊長。1961年他在自貢市讀中醫學校時，由於吃不飽，有一天中午，用蒸的米飯到校門口換紅薯吃（當時一斤米換五斤紅薯，可以感覺飽一點）。沒有想到，一個中年男子招呼他到旁邊，聽他訴說他的飢餓和家史，而且該男子表示非常同情他，還給了他幾斤糧票和幾角錢。從此，他便墜入萬劫不復之地。

原來中年男子已觀察他多次，以後又多次來找他，每次都給他幾斤糧票和幾角錢，久之使他產生了依賴和信任感。慢慢地，中年男子告訴他，國家不是困難，而是黨內產生了「左傾機會主義分子」，使民不聊生，餓殍遍野，如果我們貧下中農不起來革命，無產階級的江山就會變色，或者都被活活餓死。董問中年男子怎麼辦，該男子說：「我們在全國範圍內組織了勞動者的『連心聯盟勞動革命黨』，一旦有機會就會起來革命。」董很激動，表示願意獻身革命。董再問：「今後怎麼聯繫？」該男子說，他住在內江市，以後會與董單線聯繫。之後，該男子又來過一次，給他講解「勞革黨」的綱領和加入的手續，並叫他填寫了申請書，說他已被批准入黨，給了他一些錢和糧票，要他到農村去發展基層組織。從此，該男子就石沉大海，沒了消息。

董按男子的吩咐離開了學校，利用他熟悉中草藥用途的特長，到鄉間走村串戶，當走方郎中。開始由於農民喝大鍋清水湯（一勺稀飯裡只有幾粒米）普遍飢餓，他順利發展了幾個成員，也是單線聯繫。後來，他膽子越來越大，但農村情況有了變化，農民已能自家生火煮飯吃個半飽，他卻急於求成，欲成立自己的組織，不久就被檢舉揭發，鋃鐺入獄。董麻子被榮縣公安人員斷斷續續拷打了一天一夜，也交代不出他的上司。他只知道上司是中年男子，內江人，中等身材，單眼皮，其他就一問三不知。關了半年，公安人員見一無所獲，但念他根子

正，而且能言善辯，就派他到農村去「臥底」，專門破獲「稱
神稱帝」的土「反革命組織」。董麻子自吹曾破獲幾個小土
「反革命組織」，有立功表現，所以沒有被判刑，釋放回家。
不久，石油會戰開始，他就混入築路處做臨時工。我見董麻子
語焉不詳，就追問他調到土建中隊的原因，同時追問他到築路
處做臨時工時，被編在哪個中隊，認識些什麼人。董不肯回
答，但以他的狡詐勁兒，顯然已知道我不會上當受騙。於是董
麻子從此改變了主意，開始關心我的案情。他對我說：「你的
問題不大，只要沒有新的材料，很快就會解放，最壞就是遣送
回家。」過了幾天，程總被軍管會宣佈解放，原來他筆記本上
的反動詩〈蜂〉：「不論平地與山尖，無限風光盡被占。採得
百花成蜜後，為誰辛苦為誰甜。」被一位愛好文學的軍代表發
現不是他的作品，而是他抄錄的唐朝羅隱的詩，所以用此詩來
證明他反黨，顯然是無限上綱。

　　由於主持批鬥我的程總已解放，只剩下我與董倆人，我
猜測自己不會入獄了，而董則說話更加大膽。他問我成都的地
址，說今後到成都找我。我問他找我做什麼，並表明我與他不
是同路人，他一再說對我們的地下文學組織「星四聚餐會」
感興趣，而且他非常愛好文學。我明白他這是放長線釣大魚，
所以我一再拒絕告訴他我的地址。他說不告訴地址他也能找到
我，我說：「你來了我也會閉門謝客。」但我對他無意中產生
了好奇和同情心，雖然我明白今後絕不能再見他。

　　沒過多久，沒有料到，我這個臨時工會被開除臨時工隊
伍，真是個大笑話。我被遣送回成都後，董麻子沒有來找過
我。後來，聽說他又被收監，也許又被榮縣公安人員派遣到什
麼地方「臥底」去了。

　　至今，董麻子消失於人海中。他究竟是個「臥底」，還是
個地道的反革命，已經不重要，但可以確定，他是那個慘無人

道的年代的產物。那時，在對毛澤東的個人絕對崇拜統治下，人們都成為黨的馴服工具，因此都爭先恐後地獻身革命。即使像董麻子，也活在一張假面孔下，成為暴政的附庸。而且，50年來，無論是統治者還是臣民都沒有質的變化。

迄今，董麻子當年的一臉苦笑和流鼻口水的經典形象，依然縈迴在我心中。

2016年5月16日

我被「野鴨子」抓捕的一夜

【作者按】文革中成都武鬥期間，出現了一小股被稱為「野鴨子」的勢力，很讓人討厭。「野鴨子」是成都「紅衛兵野戰部隊」的俗稱，都是一批中學生。他們以「野」著稱，依仗手中有槍，胡作非為。我就親身被「野鴨子」帶進他們的黑牢房，受到過「野鴨子」的傷害。

1968年春節我回家探親，大年初二，院鄰謝老師約我去尹一之老師家喝酒吹牛皮。由於吹得高興，我和謝老師直到半夜一點才離開尹家。途中經過錦江邊四川醫學院（川醫）白果林一帶時，突然被衝出樹林的幾個武裝人員包圍。他們命令我倆舉起手來，喝問我們是幹什麼的。我答，回家的。他們說，說得脫走得脫，跟我們走一趟。他們用手巾蒙起我倆的眼睛，帶到鐘樓附近的一座樓房內。

我因被他們從小皮包裡搜出一張「兵團證」，立即被帶走，分開審問。我當時在川南山溝裡的石油築路處工地上參加的那個群眾組織，已經加入成都工人革命造反兵團（簡稱兵團），並與在成都的幾個石油部門的兵團所屬組織聯合成了兵團石油系統分團。那時候個人都沒有身份證，而我這樣的臨時工也沒有工作證，帶個「兵團證」在身上，不過是為有時需要證明身份時方便。但沒想到在那派性極強的年代，這個證明卻可能惹來殺身之禍。

分開審問後，我被他們用銅絲把兩個大拇指捆在一起，然後被臉靠在牆上繼續審問。猛然間，一連串槍托打來，我沒有退路，只能硬撐著。他們罵我不老實，命令我轉過身來，只一

槍托就把我打得蜷縮在地上，痛得站不起來。臨走，他們威脅我，第二天帶我去看鏹水池，若我再不老實交代，就丟我進鏹水池。

他們走後，我悄悄掀起手巾，才看到我被關在一間有洗碗槽的小屋內。地上只有一些稻草，而且還有少量積水，所以屋內很冷。由於難以成眠，我聽到謝老師與「野鴨子」們在樓上聊天，還有一位被「野鴨子」叫作老紅軍的，自稱曾是林彪的警衛員，在教「野鴨子」們怎樣應付「兵團」的偷襲。

之後，他們又押進一個「兵團警衛營」的小伙子，他不斷地說：「不要搞錯了，我是『兵團警衛營』的。」我知道他已上當，連自己被關到什麼地方都不知道。（川醫當時是「紅衛兵成都部隊」總部）過了半小時，他們把小伙子押出去槍斃，我聽到一聲槍響，以為小伙子已經一命歸天。結果，他又被丟進屋內，一個「野鴨子」說，沒出息，尿都嚇得拉一褲子，我才明白小伙子是被假槍斃。

天亮前我要求去解小便，想伺機逃跑。一個「野鴨子」剛把我押出大樓門口，就叫我就地撒尿。我聽見拉槍栓的聲音，知道逃跑不成，只好等待天亮再找機會。

天亮後，「紅衛兵成都部隊」總部的廣播響了。我聽到頭上都是無產階級革命造反派聯合起來，向一小撮走資本主義道路的當權派奪權的正義聲音。而我卻被關在樓下的黑牢房裡，這真是台上握手，台下踢腳的派性作怪。由於一夜未眠，加上屋內很冷，我的手指和腳指都被凍傷。後來，我聽見成都警司的車開到「野鴨子」的黑牢房樓前，一位軍官來要「兵團警衛營」的那個小伙子。顯然是「兵團」總部有人向「警司」報了信。可能沒有10分鐘，「野鴨子」就向「警司」交了人。

已接近中午，一個「野鴨子」才帶我到樓上喝稀飯。沿途經過幾個房間，我見到不少傷員，有男有女，分別睡在單人

床上。吃飯時，我趁機問旁邊一個中學生模樣的男重傷員，他說是成都16中「東方紅公社」的，頭上被「野鴨子」用槍托打傷，已經在這裡躺了兩個月，才稍稍好些。我才知道「野鴨子」的黑牢房，樓上樓下都有。

喝過稀飯後我要求去小便，「野鴨子」去找謝老師帶我去廁所。結果謝老師因是東郊保密信箱的，有工作證為憑，並說是「紅衛東」（紅衛兵成都部隊派）觀點，已經被放回家。因是中午，川醫來來往往的人很多，「野鴨子」不便押送我，就叫我去廁所後老實回來。我從小在川醫周圍長大，對川醫的道路非常熟悉，就故意走到靠近廣益壩側門的廁所去小便，出廁所後四顧無人監視，走出校門就一溜煙跑回家中。

回家後我在床上躺了幾天，全仰仗院鄰華婆婆的藥酒泡「三七」和雲南白藥給我療傷。聽謝老師說，是他告訴「野鴨子」們我在外地工作，不可能是他們要抓的「兵團」的「蔡花蛇」（前幾天曾偷襲川醫），「野鴨子」們才故意放我一馬。

雖然兩派當年都有派性，但這些無知、幼稚、易衝動、不怕死的「野鴨子」，極易被派性蒙蔽、愚弄、利用，在武鬥中往往會衝在前面，充當炮灰。這是那個時期的時代氣氛造成的。而且「野鴨子」中有少數人不僅是派性十足，還趁機搶劫財物，姦淫婦女，無惡不作。

過了幾年，我曾見到成都的報刊上有懲治這類「野鴨子」的消息，但遺憾的是，時過50年，當年發動文革的毛澤東至今並未立法進行清算。文革產生的原因和社會基礎並沒有進行徹底清理，因此，文革的野蠻和暴力並未遠去，它不僅制約了中國的文明和進步，而且成為人類和平發展的阻力，毛澤東當年不斷革命，以紅遍全球的陰影，至今還在中國大陸徘徊。

2016年5月31日

一張老照片

──紀念老友張友嵐

【作者按】當年許多老友，沒有聽憑命運的擺布，而是以強烈的求知欲望走上自學之路。如今，他們中有幾位不幸去世。來年秋天，我來祭奠，燭光中我們再議擊秦。

老友張友嵐（1948-1998），四川著名花鳥畫家。生前曾任成都市書法家協會理事，成都少城詩書畫院副院長。晚期尤喜作山水畫和研習書法，與畫家周掄園、書法家陳無垢、禪門大師賈題韜等老先生來往密切。1972年至1979年期間，我在張友嵐之上半節巷6號故居，多次見過三位老先生。周掄園前輩在文革中，因「破四舊」，他被迫以畫骨灰盒為生。當年他講起此經歷時，還唏噓不已，感到人格受辱。書法家陳無垢，時在成都量具刃具廠做工。直到他的書法「牆內開花牆外香」引起日本書法界的讚譽，找到成都，這才引起輿論和圈內的注意。賈題韜老師曾在他四道街8號家中，與我對局一盤中國象棋，使我受益匪淺。三位老先生彼時都很淒涼，不僅門前冷落，生活困難，賈題韜老師還被扣上「反革命分子帽子」，出門要給派出所請假。

張友嵐，號「嵐翁」。微胖，健談，與人交往時一臉笑容，大方周到。一副眼鏡使他顯得更加儒雅。來若山嵐靈氣秀，去若山嵐渺無蹤。

我與張友嵐相識於七〇年代初期。之前曾聽老友賀孝慈多次談起他，他倆1965年曾在川南石油瀘州礦區共事。後來石油大會戰下馬，他們一批人轉入成都市搬運公司工作。當時，張

友嵐在修理蹦蹦車（永向前柴油車），之後他調到工會搞美術板報之類。

由於張友嵐的父親張文濤與我的五姨媽邱淑琚，同在成都中醫醫院藥房抓藥，共事多年。他們彼此的遭遇相似，都曾受過無端的歧視和打壓。因此我與友嵐知根知底，見面後就無話不談，而且很投機。他修習中國畫，我修習中國文學，同是中國藝術的門路，可以觸類旁通且互補，遂成為好友。

當時我未婚，下班後就先去西門的友嵐家、樵山家、謝季筠家、蔣維德家打攪。有時觀書畫，有時下象棋，有時議論時局。特別在友嵐家和樵山家，偶爾還切磋詩詞，飲酒唱歌，譜曲作樂。

友嵐作畫不避喧嘩，當時他家人來人往，但他仍能靜心運筆，談笑自若。他家只有三個房間，父母為他騰出一間做畫室兼會客。一次，一位朋友帶來的小孩哭鬧，友嵐停下畫作，耐心地幫朋友哄小孩，表現出極強的愛心。

記得一次，友嵐給我介紹民國歌曲〈恨不相逢未嫁時〉（姚敏詞曲）和〈初戀女〉（戴望舒詞／陳歌辛曲），而我早已熟讀戴望舒。我對〈恨不相逢未嫁時〉印象深刻，尤其喜歡中間一段：「你為我留下一篇春的詩／卻教我年年寂寞度春時／直到我做新娘的日子／才開始不提你的名字。」其痛苦失望盡在不言中。

76年四月，我創作〈等待〉一詩後，曾出示與友嵐、樵山、馮裡等友人交流。友嵐說，一般的等待都是等待一位姑娘的愛，而這首詩卻是大愛無疆的等待，它出奇地表現了對「不死的靈魂」的祭奠和對「光明的世界」的渴望。6月創作〈銅像──「蓉美香」前〉時[1]，曾與友嵐討論過，他建議我不必敘

---

[1] 「蓉美香」：蓉城春熙路一露天花店名，內有孫中山先生銅像。

述孫中山先生的事跡，可以戛然而止，讓讀者去想像。我採納他的意見，完稿如次：

　　〈銅像——「蓉美香」前〉

　　成年後曾讀過你的「富強」，
　　那正是焚書屠肉的時光。
　　從此後我便認識了你——
　　你也曾是民族的希望。

　　可是每當我來到這裡，
　　來到這奇妙的「蓉美香」，
　　總看見孩子們問媽媽，
　　「這是誰的　銅像」？

1976年6月

　　1981年，四川《青年作家》創刊前，其編輯劉濱通過野草文學群落的吳鴻君，轉達我修改〈銅像——「蓉美香」前〉中「焚書屠肉」四字，以便在創刊號上發表，被我拒絕。

　　1975年秋，由於趙紫陽當政，四川的社會管控已趨放鬆。時賈題韜老師常步行到友嵐家喝茶聊天。一天，當他講到「莫道桑榆晚，為霞尚滿天」時，我在旁插嘴說是唐劉禹錫回贈白居易詩中的一句。他看我一眼，問，你讀得這麼偏？我答，喜歡讀古詩詞，前幾天偶然讀到的。後來，賈題韜老師聽友嵐說我喜歡下象棋，曾得過府青路地區的冠軍，就約我到他家裡喝茶聊天。從此，我多次去賈題韜老師家求教，直到八〇年代，賈題韜老師平反後搬家到棗子巷省政協家屬院，我再沒有見過

他。後來，他托友嵐贈送我一本簽名的再版《象棋指歸》，我知道賈題韜老師還關心著我。

1978年初夏的一天，下班後我去友嵐家，見謝季筠與友嵐在切磋書畫心得。他倆招呼我坐下喝茶，並當場作五幅小橫披送我。友嵐作的四幅小橫披我都喜歡，尤喜「皆若空遊而無所依」[2]和「為有暗香來」[3]兩幅，故一直珍藏在家中。此兩畫，一幅「空」得澄明透徹，不染一絲俗氣。另一幅，展示身處牆角但不自卑的梅，遠遠地散發著暗香。都是友嵐在當時的心境。謝季筠書范仲淹〈江上漁者〉鼓勵我，他倆都明白我此生始終會「出沒風波裡。」[4]

81年我結婚時，友嵐不僅送我他裝裱好的花鳥畫，還請周掄園、陳無垢、劉奇晉、譚昌榕、蔣維德等送我書畫作品。周掄園前輩還是我的證婚人，蔣維德、葉近康等書畫界友人都參加了我的婚禮。記得我婚禮酒筵後，回到院子裡鬧房，眾人要求我走板凳、啃蘋果，友嵐卻要求我唱歌。我乘酒興，為諷刺當年「跑步進入共產主義」，唱了一首「一天等於20年」，引來陣陣哄笑和掌聲，要求我重唱，可見當時人心的向背。八〇年代初期，我曾介紹老友杜九森的母親（謝素雲），去周掄園前輩家拜師學畫。

八〇年代初，我和友嵐分別結婚後，兩家的來往更頻繁。那時，友嵐已留職停薪在家創作兼經營書畫，妻子小汪也留職停薪在家裝裱字畫，家庭收入已不菲。一次，我陪岳父李冀昆老先生（1909-2001）步行去拜訪友嵐。他倆研討書法兩個多小時，我居然在一旁酣然入夢。岳父李冀昆老先生，三〇年代

2　出自唐朝詩人柳宗元的作品。全名〈至小丘西小石潭記〉。

3　出自宋代詩人王安石的〈梅〉。

4　江上漁者【宋】范仲淹 江上往來人，但愛鱸魚美。君看一葉舟，出沒風波裡。

先後就讀於燕京大學和復旦大學，畢業於復旦大學會計系。抗戰時期，曾任職於滇緬公路局，後來又任職於國民政府資源委員會。雖然他沒有參加過任何黨派，但在大陸易幟後仍頗多坎坷，尤其在文革中被打成「漏網地主」，長期被監督勞動，克扣薪金。我岳父酷愛書法，與友嵐結為忘年交。友嵐每次來我家，他倆交流的時間居多。

我介入《野草》後，曾把《詩友》手抄本傳遞給友嵐看，他大感興趣。我又介紹陳墨等詩友與友嵐交往，互借藏書。友嵐慷慨大方，把他的國畫送給很多詩友，並多次參加《野草》的聚會。

九〇年代初，友嵐罹患腎病，他堅持服中藥療治，但一段時間後沒有效用。我建議他去川醫找西醫確診，以便對症下藥。他托人找到一位名教授，經過檢查確診為早期腎癌，癌腫較小，需要及時切除一個病變的腎。他又花錢設法提前預約了該教授做手術，並成功進行了切除術，發現未擴散轉移。在他住院期間，我與樵山、孝慈幾次去看他，據他說術後還要堅持服藥，沒有多大問題。實際上，受當時醫療條件的限制，不能進行腎移植，當腎癌尚局限於腎內，他術後只能生存五年左右。

友嵐沒有被腎癌壓倒，他仍堅持日常的書畫創作和社會活動。但他已在術前同意與小汪離婚，安排好給女兒的遺產。不過他沒有聲張，默默盡力的安排好後事，孤獨地爬涉在人生最後一程的路上。

97年初，我移民美國。事前友嵐為我準備了20多幅書畫作品，囑我初到美國時，用來處理好日常的關係。友嵐不理解我的移居，他說，到美國後你會孤獨得無人說話，直到嘴巴發臭。哪能像現在一樣，經常有好友互相走動。友嵐要我回國時去看他，沒有料到，再見他時已在他的墓地上。

98年秋，老友賀孝慈來電話說，友嵐因腎癌住進了成都空

軍醫院。孝慈去探望友嵐時安慰他說，生老病死自有天命難以逆料，好在你女兒已快成年沒有牽掛，你可以放心地走了。友嵐無言，只有一眶淚水含在眼裡。我託孝慈問候友嵐，孝慈說友嵐唯一不放心還是他女兒，特地委託他和我等老友，今後照顧他的女兒。不久，9月27日友嵐就英年早逝，享年50歲，留下滿屋書畫珍品供後人去市場拍賣。

99年我回成都探親，特地踐約去看望友嵐和杜老伯母（謝素雲），剛好他們的墓地都在龍泉山公墓上，我就分別掃祭了。我在友嵐的墓前燒紙點燭，祭奠亡靈。小汪和友嵐的女兒張硯雨一路陪同。掃墓回去後，我思考，雖然今天的公墓從外觀上見不到荒草、狐狸和野鬼，卻一樣的「親戚或餘悲，他人亦已歌。」（陶淵明）雖說人生無論智愚高低，最後都歸於蓬蒿一丘，但友嵐英年早逝，實在不幸，令我惋傷。

第二年我回成都，再聯繫小汪，電話已無人接聽。

2016年6月11日

謝媽媽

【作者按】所謂由政府經租私房，實際是變相沒收。黨國的社會主義改造政治運動，從土地改革、公私合營到大躍進、人民公社化運動，都是打著公義、公平的公有制旗號，欺騙式搶劫私有財產權的運動。這類運動至今沒有停歇，但社會的正義和公平卻蕩然無存。而黨國的權貴們在一個沒有權力制衡、充斥腐敗的國家內，反而華麗轉身，演化成一個壟斷社會政治、經濟、文化、訊息和資源的新極權主義的操控集團。權貴們演變成新奴隸主的事實充分證實了「共產革命」的欺騙性和罪惡，未來的自由憲政中國，必須立法對此進行清算。

謝媽媽是鄰院謝朝崧老師的母親，姓華，名端成，比我母親大兩歲，鄰居們平時都按習慣，稱呼她為謝媽媽。去年謝媽媽期頤大吉，我沒法回中國，特別囑托兩個妹妹去看望並給她老人家祝壽。今年，謝媽媽已年屆101歲，頭腦仍很清晰，有時還下床走走。

我母親邱淑珮，三〇年代末畢業於成都樹德中學，後經考試進入成都的郵電部門工作。大陸易幟時，母親與謝媽媽的丈夫謝明允，同在四川省郵電管理局機關工作。當時正值土改運動的前奏「減租退押」時期，地主們紛紛拋售房產，價格很便宜，故謝明允伯伯，邀請母親與他合買一座四合院，以便兩家搭伙居住。謝伯伯說，新南門臨江西路11號的四合院，靠錦江邊，半新不舊，環境清靜，賣價才兩千人民幣，我們每家出一千人民幣就可買下。

當時母親受當局宣傳的影響，思想很天真，認為中國已獲

解放，今後的吃穿住行都由人民政府供給，就沒有同意謝伯伯的邀請，但借給謝伯伯一部份錢。謝伯伯買下四合院後，就邀請我家去居住，於是在1950年夏天，我家就從文廟前街的省郵電管理局宿舍，搬進了新南門臨江西路11號的四合院。

謝媽媽樂善好施。我家搬進院子居住不久，謝伯伯調到藏區松潘縣去建立郵電局，並擔任局長，謝媽媽又邀請她的表妹蕭孃孃來居住，之後還邀請她的資陽縣老鄉李承新一家來居住。記得院子裡有幾十棵蘋果樹和花紅樹，我屢次去偷摘青澀的果子吃時，幾乎都會被她發現，但謝媽媽卻從不責罵我，還會給我一些糖果，告訴我果子要成熟後才香甜。我五歲發蒙進入龍江路小學念書時，與謝媽媽的大女兒謝梅立同班，每天上學和放學時都結伴同行。有時候，家中沒有來得及準備晚飯，我就到謝家去吃飯，謝媽媽從來沒有拒絕過。

1956年底，謝媽媽又把院子的正房騰出來，無償地交給居民委員會辦幼兒園，以解決上班父母的後顧之憂。58年為修建成都長途汽車站，臨江西路11號院子，被拆遷到離江邊稍遠的臨江路65號。這時謝媽媽的院子由政府經租，開始還把租金的20%發給她，謝媽媽每年還要交土地費，到66年文革爆發後，政府就不再發租金給全國所有的經租房主——她的院子就被變相沒收，至今沒有償還。

飢荒年間，謝媽媽的母親華婆婆，從南京她兒子家到女兒家居住。華婆婆大名蕭鳴科，雖然沒有多少文化，但由於曾長期在鄉間務農，她的生活技能特別高。如有一次，我的膠鞋被鐵釘穿破，鐵鏽進入足底的傷口比較深，使傷口感染化膿。醫生說需要開刀清除鐵鏽，華婆婆說不用。她給我撈了一個老蘿蔔泡菜，貼在傷口上，第二天鐵鏽和膿水就從傷口中流出，傷口很快就癒合。這種情況，發生過多次，我和弟妹們都用過華婆婆泡的藥酒治跌打損傷，尤其是我。

　　1961年8月，我隨學校從鄉間撤回。走時，看到我所在的生產小隊只剩下三戶沒有餓死人的完整人家：一戶是小隊長家，一戶是單身的會計家，另一戶則是「跳神」的觀仙婆母子倆。那時候，城裡的糧食、蔬菜、副食品，甚至鹽都是限量憑票證供應的。人們餓得發慌，而又不敢言餓，因為說吃不飽的人，就是誣蔑總路線、大躍進和人民公社「三面紅旗」，就是反革命。而院子裡的吳爺爺剛剛被餓死，使我很困惑，因此，我偷偷地問華婆婆：「舊社會農村是否餓死人？」華婆婆因為是貧農出身，不怕犯錯誤，她高聲說：「四川是天府之國，舊社會鄉間抬滑桿的人都有熬鍋肉吃，咋會餓死人！」入秋，謝媽媽安排她的侄兒謝朝忠和我，到謝伯伯老家資陽縣黑沙灣，用背篼背紅苕回來填肚皮。我倆去住了一週，在謝伯伯老家看到，也餓死少數老弱病殘。老鄉們同樣不夠吃，但由於謝伯伯輩份高，面子大，十多家湊夠了兩背篼紅苕，我倆才返回。

　　1963年我在成都一磚廠做臨時工，65年8月，我到四川石油管理局築路處做臨時工後，回家的時候不多。但由於我母親59年從省郵電管理局退職，沒有收入，所以，我家退租了後面一間12平方米的房間，一家人擠在14平方米的前房內。母親和弟妹們經常去謝家借小東西用，比如，我家窮，沒有水桶，常年都去謝家借；再如，我家沒有書桌，弟妹們都在謝家的大方桌上做功課，謝媽媽卻從無怨言。

　　文革爆發後，1967年7月，母親因受不了派出所的威脅，不堪批鬥，投井自殺。繼而，68年5月，父親在山西省平陸縣張村小學的批鬥會上，被造反派踢破下身致死。當時，我大妹三個月沒有接到父親的匯款，以為是武鬥的原因，郵路不通，而家中已面臨斷炊。謝媽媽聞訊後主動借給大妹10元錢，但由於武鬥，致民路一帶的糧店都關閉。大妹迫於無奈，穿過槍林彈雨，到橋對面鹽道街才買回糧食，度過危機。當年冬天，冷風

瑟瑟，大妹和小妹的舊棉衣太小，又沒有新棉衣，謝媽媽見狀即拿出她家的舊棉衣，教大妹和小妹用舊棉衣改縫棉衣。彼時的情景，至今大妹還歷歷在目，電話上對我講述時，猶唏噓不已。

1970年1月初，我因參與地下文學活動，被揪出來批鬥。6月底築路處革命委員會宣佈把我開除出臨時工隊伍，8月用翻斗車遣送回成都，繼續在派出所接受審查。

回成都後，街道辦事處十個月不給我調工作。由於三個弟妹已下鄉，還有小妹在念初中，我只能節衣縮食，先把小妹送去住校，然後自己去找謝媽媽和華婆婆打秋風。除經常去謝家蜂窩煤爐上熬稀飯、在泡菜罈裡撈泡菜、借東西外，春天去謝家的枇杷樹上摘枇杷，秋天去謝家的柑子樹上摘柑子，入冬去謝家的橘子樹上摘橘子都是家常便飯的事。拖到1971年4月下旬，我已沒有存款，實在扛不住飢餓，就去打了兩次黑工。誰知卻驚動了住地的居委會主任劉齁包（齁包：哮喘）和治保主任李瞎子，說要治我的投機倒把罪。6月初，我被迫吃「對時飯」（一天只吃一次飯），一天內嚼二兩生米和喝涼水度日。直到6月中旬，謝媽媽見我幾天不出門，擔心我被餓死，馬上去辦事處請來尹幹事和白幹事。她倆見我躺在破床上，有氣無力，就叫人去買了幾個饅頭，我一陣風捲殘雲吞入腹中，才有了元氣。好心的尹獻群幹事給我寫了張條子，叫我去成都軸承廠主材庫搬運組，頂替一個陳大爺，我才死裡逃生。

後來，謝朝崧老師結婚添女，搬遷到廠裡居住。謝梅立從川醫口腔系畢業，分配到貴州畢節一個保密信箱廠工作。謝家的次女謝志偉和小弟謝誠，也從鄉間調動到畢節附近的工廠與大姐互相依靠。謝伯伯退休回成都，謝家只有三個老人居家。他們年高體弱，尤其華婆婆已80多歲，又是一雙小腳，一旦生病就需要我的幫助。由於從大學路穿過小天竺街、16街、國學巷再到川醫附屬醫院沒有公共汽車，我有幾次只能背著華婆婆

去醫院看病。若遇夜晚，大學路沒有路燈，加上街樹稠密，看不清路面，我很擔心摔一跤傷著了華婆婆。一次，謝梅立回川醫培訓，半夜急病，還是我背著她去川醫急診。當時，一般人沒有自行車；之後也長期憑票購買，還要按單位分配，而且必須到定點專門商店，去排隊等候通知。

世事不斷變遷，謝家的被拆遷卻不變。1983年6月臨江路65號院子被拆遷，謝家的一個十幾間房屋的大院子，只返還他們四個小間，不到50平方米的樓層房屋，只夠部分孫輩們居住。謝伯伯和謝媽媽只好到貴州她大女兒謝梅立家居住，華婆婆重新回到南京她兒子家居住，我們兩家30多年的鄰居關係才中斷，但彼此來往卻比親戚還密。俗話說，遠親不如近鄰——其言甚善。

2014年，謝媽媽在昆明慶賀99歲白壽，謝朝崧夫妻和我兩個妹妹趕去祝壽。謝媽媽見到他們，立即痛哭失聲，說想念成都，不願意終老異鄉。她老人家的面容一點也沒有改變，只是頭髮全白了。之後，她一一列舉了當年的苦難和困惑。當她老人家誇獎我小妹既勇敢又聰明後，說「你大哥不容易」，接下來嘆著氣連說兩聲：「好娃兒喲……好娃兒喲……」

2016年5月11日

我的小弟蔡慶一

【作者按】在「以階級鬥爭為綱」和「千萬不要忘記階級鬥爭」的年代，檢舉揭發他人或自汙是一種社會常態。人人自危，六親不認，揭發有功，隱瞞有罪，連初中一年級在校學生也不放過。

　　我的小弟蔡慶一，自幼就很乖巧，濃濃的眉毛下嵌著一對大眼睛，六歲半時，小弟還沒有上學讀書，就能與父親討論一些地理、礦石收音機等方面的知識，被父親稱讚他比我聰明。

　　可是，母親當年因礙於情面，把他抱養給郵電局的同事羅又明孃孃（無兒女），改名羅易昭，使他心理產生陰影，所以，他常奔波於兩家之間，感到自己是棄兒。後來，我家收入減少，母親又打算把我家毛妹抱養給他人，因遭到母親姐姐（五姨媽）的堅決反對，毛妹才跟了五姨媽，一度改名邱坤一。

　　小弟的聰明進展很快，到小學畢業時，已是門門功課滿分，品行也是滿分。1965年，他以優異的成績考取重點中學──成都七中。成為父母寵愛，街鄰羨慕的好少年。

　　小弟遺傳到外祖父的基因，身材矮小，但人很聰慧。而且，他面孔泛紅，一副娃娃臉。母親說，外祖父邱光第，字仲翔，23歲考中舉人，參與清末四川保路運動。曾任民國初期，成都市歷史上首位市長黃隱的文化顧問，是著名作家巴金的老師。當時，外祖父是成都外國語專門學校的訓導主任，並先後在八所學校任教，是四川省著名書法家和教育家。

　　進七中讀書後，小弟的聰明越發不可收拾。由於他的學習成績，科科都是第一名，加上一副娃娃臉，遂被老師和同學

譽為神童。又誰知平地起風波，66年春末，在一次語文課上，老師講到時代不同了，要批判地繼承李白的詩歌。小弟不服，下課去廁所蹲坑時，對同學說，按老師的說法，毛主席的詩詞同樣要過時，也會有被批判地繼承的時候？想不到隔坑有耳，小弟的疑問被高年級的一位同學聽到，馬上去找老師揭發。而且，加油添醋，變成小弟說毛主席的詩詞要過時。這在「以階級鬥爭為綱」和「千萬不要忘記階級鬥爭」的年代，是一種社會常態。人人自危，六親不認，揭發有功，隱瞞有罪，連初中一年級學生也不放過。

小弟自此聰明反被聰明誤，被學校點名批判。大小會上都說不清楚，被弄來挖階級根源，說他受到反動教官父親的影響，要他揭發父母親的反動罪行。他晚上回家對母親哭訴，使母親擔憂不已，受到驚嚇。隨之文革爆發，小弟受到學校記大過一次處分。學校紅衛兵要小弟主動申請抄家，小弟迫於無奈，離家逃跑。14歲的小弟，開始了流浪生涯。他在成都至貴陽一帶流浪，有時爬火車，有時步行。白天在沿途的飯館裡，或舔盤子或要剩飯吃。晚上睡在破廟裡，或街沿邊。有時，實在沒有吃食，也被迫小偷小摸，賴以存活。一年下來，小弟蓬頭垢面，衣衫襤褸，一身長滿虱子。他估計學校的紅衛兵不會再追究我家，就回到我家門外，站在宅院的巷道上高聲呼叫：「65號的矮子回來了。」連呼幾聲，使母親聞聲悲切。

1967年7月8日，母親因被街道治保主任李瞎子檢舉揭發，受不了派出所的威脅，不堪批鬥，投井自殺。父親聞訊從山西，我從榮縣分別趕回成都時，母親的遺體已經火化，骨灰寄存在火葬場。我同父親一起步行到琉璃場火葬場去的路上，我曾請求父親，不管在什麼情況下都絕不能自殺！因為我們已經失去了母親，不能再失去父親！何況四個弟妹都是在校中小學生，尚無自理生活的能力。父親的回答很簡單：「我是個軍

人，在任何情況下都絕不會自殺！」。

由於兩個妹妹不太懂事，認為母親的自殺與小弟站在宅院的巷道上高聲呼叫有關，故常譴責小弟。父親吩咐我把小弟帶到榮縣，與我相依為命。待我倆返回榮縣不久，石油築路處成都中隊的工地，就搬遷到威遠縣越溪鎮附近的余家寨。

時值文革發展到造反派按照毛澤東的旨意全面奪權後，進入武鬥時期。我不贊成搶槍，就從處機關所在地紅旗村的「抓革命」的「成都工人革命造反兵團石油系統分團築路部隊」，回到工地上「促生產」。每日就是參加維修一條碎石山路，錘石頭、鋪路面、撒沙土、噴水而已，比正常施工時期輕鬆許多。小弟和我住在油毛氈工棚裡，晚上我倆擠在一張單人床上。起初經濟不緊張，靠我37.5元月薪，在當地綽綽有餘。只因小弟的戶口在學校，他害怕去拿糧票，造成一個人的定量兩人吃，使我倆的飯票常常用不到月底。小弟經常說沒有吃飽，有時我只好到我當時的女友，隊醫曾琳那裡去蹭飯，把飯票省給他。

小弟開始自救，改善生活。時而去余家寨山上的水塘裡摳蚌殼，時而去公社的土煤窯附近捉蛇，時而去小山溝裡捕魚抓蟹。偶爾我也與他一起去釣黃鱔，打山雞。小弟摳到的蚌殼，由於沒有菜油和作料，只能用清水煮，吃時很腥臭。但蚌殼受到隊上女工的歡迎，說是可以滋陰。所以小弟用蚌殼換到飯票，表現出很強的生存能力。當時我給小弟取了個綽號「矮粒多」（水稻良種）諷刺他矮子的心多，入夜常常拍著他的頭，唱起〈蒙古小夜曲〉去挪揄他，「火紅太陽下山啦，牧羊姑娘回來啦，小小羊兒跟著媽，有白有黑有的花，你們可曾吃飽嗎？啊──啊──大星星亮啦，卡里瑪薩不要怕，我把燈火點著啦！」。小弟不生氣，跳起來摸我的頭，唱著同樣的歌曲。

1968年5月25日，父親在山西省平陸縣張村小學的批鬥會上，被造反派踢破下身致死。由於成都家中沒有收入，我的工

我的小弟蔡慶一

107

資得按月寄給倆個妹妹15元-17元。沒過多久，我和小弟的生活開始窘迫，於是請他回成都拿糧票，從此小弟就沒有返回余家寨。後來大妹來信說，小弟回成都不久，因到學校找工宣隊拿糧票，被工宣隊送進成都工學院的群專大樓。關了幾個月，經常被群專隊員毆打，但沒有查到現行反革命罪行。學校就出面放出他，安排他上山下鄉當知青。但第一次因身高只有1.35米，沒有批准。直到69年底小弟才被批准下鄉，之後小弟偶爾給我來信，告訴我他在農村很困難，由於沒有勞力，掙不夠工分，需要寄錢去買糧食。我也沒有辦法，只給他帶去一些物品。

70年1月初，我因參與地下文學活動，被揪出來批鬥。6月底築路處革命委員會宣佈把我開除臨時工隊伍，8月用翻斗車遣送回成都，繼續在派出所接受審查。

回成都後，街道辦事處十個月不給我調工作。由於沒有收入，我常處於飢餓狀態，因此對小弟的關心同樣是心有餘而力不足。不久後小弟被調到某煤礦當礦工，每天下井挖煤，推礦車、三班倒，十分辛苦。小弟身矮力薄，在一次下夜班推礦車去礦場卸煤時，下坡控制不住，致使礦車翻倒。他雖然跳車脫險，但造成頭骨凹陷性骨折。從此，小弟不僅記憶力減弱，還失去了他的娃娃臉。

之後小弟要求照顧病殘，被調回成都某廠當燒石灰窯的工人。我勸他學一門手藝，以改變處境。他選擇兒時喜歡擺弄收音機的特長，自習了電工。利用一次車間值班電工溜號的機會，自告奮勇修理好設備，就此踏上電工崗位。恢復高考時，我勸他報名參考，小弟心有陰影不肯去。雖然他後來參加成人高考，取得大學本科學位，而且還當上工人技師，但他兒時的聰明勁和神童味就從此不在了。

2016年5月8日

紀念賈題韜老師

　　1972年至1979年期間，我在老友張友嵐的家（位於成都上半節巷6號），多次見到賈題韜老師與友嵐切磋書法和中國畫技法。賈老師絲毫不像當時某些被管制的人那樣膽小，而是淡泊自守，談笑自若，神清氣爽。

　　1975年秋之後，由於趙紫陽當政，四川的社會管控已趨放鬆。其時賈題韜老師常步行到張友嵐家喝茶聊天。一天，當他講到「莫道桑榆晚，為霞尚滿天」時，我在旁插嘴說是唐劉禹錫回贈白居易詩中的一句。他看我一眼，問：「你讀得這麼偏？」我答：「喜歡讀古詩詞，前幾天偶然讀到的。」後來，賈題韜老師聽友嵐說我喜歡下象棋，曾得過府青路地區的冠軍，就約我到他位於四道街8號的家裡喝茶聊天。

　　賈老師一雙小眼炯炯有神，待人和藹可親，無一點名人架子（傲慢作風）。他精通佛學禪理，講究一個「緣」字。

　　賈題韜老師（清宣統元年1909年-1995年1月8日），號玄非，法名定密，山西省洪洞縣趙城人，畢業於山西大學法學院法律系。易幟前，四〇年代先後被聘為光華大學（今西南財經大學）、成華大學（今成都大學）、金陵大學（今南京大學，當時西遷成都）副教授、教授，講授邏輯學及道家哲學。同時，他還被任命為第二戰區司令部少將參議。

　　賈老師是著名象棋理論家。民國30年（1941年），賈老師所著《象棋指歸》出版，深受象棋愛好者的歡迎，後來被新加坡象棋學會列為「古今象棋十大名著」之一。他不僅開理論著述的先河，民國29年（1940年）11月還曾戰勝過「中國棋王」謝俠遜。下圍棋，他也是國手水平。易幟後，他曾任西藏

佛教協會副祕書長、四川省佛教協會副祕書長、中國棋類協會委員、四川省棋類協會副主席。其著作除前述象棋著述外，尚有《象棋論壇》、《象棋殘局新論》、《賈題韜象棋著作全集》、《論開悟》、《佛教與氣功》、《賈題韜佛學論著》、《賈題韜講「壇經」》、《賈題韜講「般若」》等等。賈老師曾師從釋能海學習佛教，又曾師從趙升橋學習道教，還曾遠赴西藏研習藏傳佛教，與格魯派密悟格西為摯友。他在雪域近30年，得以與藏地各派學者接觸，研習藏傳顯、密二教，功力大進。他曾與密悟格西共譯《正理一諦論》等藏傳佛教典籍。1995年1月8日，這位教人自尋門戶、自開悟門的禪門大師在成都病逝，享年86歲。

交往幾次之後，我知道他被扣上「反革命分子」帽子的經歷。原來，賈題韜老師精通佛學，兼通儒、道諸家及西方哲學和多種文字，1950年他應邀進藏，在擔任第14世達賴喇嘛與張國華之間的通司（翻譯）期間，曾用中藥偏方治好達賴喇嘛的頑固性腹瀉，因此受到達賴喇嘛的信任，並送了他一尊開光的金佛。1959年達賴喇嘛出走後，他同情達賴喇嘛，而那尊開光的金佛就是他的罪證，故被中央指定為專案專管的反革命分子，平時出門要給派出所請假，但因四川籍的朱德、陳毅等人回鄉，都會登門或派車接賈題韜老師下棋，所以派出所並不十分刁難他。

此後，我多次去賈題韜老師家求教。他知道我不信「馬教」，厭惡當政者，有眾生平等的態度，故所談僅限於古詩詞和中國象棋。賈老師擅長絕句，詩才高超，所作深蘊禪意，但當時沒有作品。我當時寫新詩，考慮他的處境，沒有請他指正。

一次，我與同廠的棋友周壽枏（曾拜「蜀中三劍客」之一陳德元為師）去賈題韜老師家求教。當時，賈題韜老師正在教一位十來歲的少年下棋。賈老師招呼我們坐下，介紹說，這是

樂以成的孫兒，剛得過成都市的少年象棋冠軍。他叫周壽栘與這棋童下三盤，結果周三盤皆輸。賈老師就叫我與這棋童下三盤，由於我在旁仔細看過這棋童的下棋套路，結果連勝三盤。賈老師就坐下，與我對局。我請賈老師按與他人對局慣例讓我一馬，賈老師謙虛地叫我先行。棋到中局，賈老師剩下雙車雙卒，單缺象；我剩下車馬炮三兵。賈老師提議和棋，我以為先手在握，子力略優，就不知進退地說：「走走看。」後來，賈老師把雙車連成一線，多次邀我兌車，我不願和棋就讓出了要道，而且丟了先手和三兵，最後慘敗。

當年，我誤以為棋類是雕蟲小技，也不願學禪理，認為禪理和開悟太「玄」，因此不肯跟隨賈老師悟禪學棋，現在想來實在是緣份未到。我就是一個詩歌的唯美追求者，唯有美能陶醉我；而且，不知進退，不明事理，連賈老師讓我一盤和棋也無福消受。

賈老師常給我講他下棋的經歷，說他曾擔任過1959年首屆全運會的中國象棋總裁判長，此生最大的遺憾是不能與胡榮華決一勝負。

他當年能戰勝「中國棋王」謝俠遜的原因是後發制人，先輸後贏。他開始約謝俠遜在家中下棋時連輸五盤，遂記下棋譜，每晚仔細研究。到能勝謝俠遜時，就請謝去成都少城公園公開掛大盤比賽，結果下了17盤，他多勝兩盤。

還有一次，我在老友杜九森的母親謝素雲家，見到一位基督教家庭教會傳道人，聽他講自己的見證和經歷。他告訴我，他剛從監獄出來，坐牢20多年也不改信仰，從來不臣服於「無神論」和「三自教會」[1]。他還自稱是賈老師的姐夫。不久，我問賈老師是否有這位姐夫，賈老師說有這個姐夫，但因基督

---

[1] 三自教會或稱三自愛國教會是由中國政府和中國共產黨所領導、不受國外教會的管理和干預的「自治、自養、自傳」的中國基督教教會。

教信奉上帝為神，而佛教主張眾生平等，人人都可以經過修煉成佛，所以沒有什麼精神上的交流。後來，聽說這位姐夫又進了監獄，我對他說過的一句話至今記得：「教會不能臣服於黨派，人若信奉神，即使身居監獄，心靈中自有一座神殿。」使我對這位虔誠的基督教家庭教會傳道人，產生了深深的敬意。

1979年，我同女友李潔去謝季筠家，路過三洞橋時，巧遇賈老師與一位老者。我們站在路旁，聊了各自的近況，遂向賈老師告別。至今，我還記得賈老師揮手告別時的情景。他的善解人意、樂觀向上和遇事質疑不舍以求頓悟的態度，使我終生難忘。

直到八〇年代，賈題韜老師平反後搬家到棗子巷省政協家屬院，我再沒有去見他。後來，他托友嵐贈送我一本簽名的再版《象棋指歸》，我知道賈題韜老師還關心著我。

前幾天，我在網上搜索到賈題韜老師的四首絕句，感到賈老師才氣逼人，他那種冷眼看生死，「花開念佛到花收」的自悟心態，值得我努力追尋。現特抄錄如下，作為本文的結尾：

> 「1986年秋，應邀來中國佛學院講學，值曇花將放，傳印法師（現中國佛教協會常務理事——豫川註）為余移一株至寢窗，以資飽賞。賦句：
>
> 「傳師送到曇枝鮮，花意人情兩躍然。每憾累看看不足，今宵再驗未開前。徘徊窗下覘花開，徐徐香飛浮碧苔。笑似黃梅傳法日，會心獨解夜中來。夜半正明洞上風，玄關金鎖若為通。誰知百尺竿頭事，別有曇花下語同。千金一刻為人留，共勉因緣大事秋。坐對優曇憶懸記，花開念佛到花收。」

2016年6月18日

追尋的燦爛

──記鄧墾二三事

【作者按】我們希望不再回到那個簡單化的時代，極權者不再能強求人們只穿一套綠軍裝，（穿不上綠軍裝的都是剿滅的對象）而極權者卻吹噓那是人類的最高追求。人不能聰明到沒有錯覺，思維同樣容易短路，使用謀略只能逞強於一時，這往往是極權者的致命弱點。

七〇年代初期，野草文學群落的吳鴻君，常到我院鄰謝家見他的老師謝朝崧先生。謝先生在文學界有許多老朋友，他曾引薦我認識詩人，作家尹一之先生，使我走上酷愛文學的不歸路。吳鴻君知道我愛好詩歌後便把陳墨君的〈獨白〉及鄧墾君的〈久別的微笑〉等詩作冒卞之琳，陳夢家之名抄給我讀，同時還有他的詩作「清音閣」等，給我留下深刻的印象。當時，我還把〈久別的微笑〉抄錄在我的筆記本上，作為陳夢家詩作保存。並曾推薦給軸承廠一位詩歌愛好者閱讀。79年3月初在總府街牆上見到張貼的《野草》第一期時，我還以為這些人抄襲前人的詩作，造成小小的誤會。當年，我抄錄的版本如下：

〈無題〉陳夢家

像一朵褪色的小花

在頹唐的枝頭上輕搖

孤睡中我悄然憶起

一個久別的微笑

但我更愛那顆珍潔的星
在迢遙的天空將我引照
為它我曾多少回駕一葉舟
穿過夢中幽暗的波濤

78年底我在軸承廠做搬運工，恰逢九九君也調到該廠的大集體軸承零件加工廠，我倆朝昔相處自然多了一份瞭解。原來我們的家庭和個人經歷都大抵相似，從此彼此間更加親近，九九君亦知道我愛好文學。79年九九君去了香港。通過他的介紹，80年的3月13日，我在老友樵山君家與「野草文學社」的社長鄧墾君晤面。我們相逢恨晚痛飲大醉。當月25日我塗成「十三日後酬諸君」一詩，發表在《詩友》第13期上，從此，我便正式介入「野草」。

〈十三日後酬諸君〉

愛說血不再沸騰，
愛說心久已封塵。
三十年蓬門緊閉，
說什麼悠悠恨恨。

杯中之物常沉沉，
不信神，也昏昏。
昨夜與君一席話，
如星墜，聽山崩。

天南傳來友的信息，
始感到手的溫存。

鄧墾君，本名鄧祖銘，俗稱毛哥。屬猴，比我大幾個月。高中時，因涉嫌「勞革黨」被打入另類。青年時期，因長期被迫吸入水泥粉塵，留下水泥塵肺和哮喘的病根。其身材瘦小，相貌普通，戴一副眼鏡。逢人便下矮樁，作過於謙遜狀，給人一種老於世故的圓滑感覺。但久而久之，你會感到他的耐心強，且有凝聚力和前瞻性，胸有千峰萬壑。因此，在圈內享有公信力。毛哥深受山寨文化的影響，有兄弟伙情結，喜歡排座次。被圈內人戲稱為毛大哥。我曾在他的天涯博客上留言：

〈打油〉

米國黑總統，
草寨白雪夢。
一念感天地，
承載各不同。

　　當時，油印的《野草》已因被成都市委書記楊以希正式宣佈為反動刊物而被迫停刊。為了延續《野草》的生命，79年11月18日魏京生入獄剛半月，詩友們決定《野草》以手抄小報形式，並更名為《詩友》繼續辦下去。從1980年5月我從鄧墾那裡接手編輯《詩友》18期起，我與鄧墾和陳墨之間的交道多起來。那時，我常在下班路過一號橋時去毛哥家取稿件。毛哥負責催蛋，（詩友們把寫稿戲稱為下蛋）我擔任責任編輯，陳墨負責刊頭專欄題字和插畫等。記得《詩友》的欄目有：帶露摘花（新作）、秋風一葉（舊作）、自由談（評論）、評選揭曉、蛋雞圖、歌曲、通知、簡訊等。雖然《詩友》的製作、傳遞都處於地下狀態，有一定的風險，但詩友們都樂此不疲。
　　《詩友》至93年底，幾起幾落共出81期。這期間，我與

鄧墾和陳墨之間有較多的文學交流。有時,還互相改詩句。比如,我的詩歌〈自己的歌〉,發表在《詩友》第14期上。其最後一句原文是「我希望用大海的巨波,去熄滅那照耀的天火。」毛哥給我改成「我希望借來銀河,去熄滅那照耀的天火。」顯然氣勢更磅礴,詩意更濃郁。我也給他的詩作,提出過修改意見。比如,〈公孫樹〉和〈路〉等,尤其是〈路〉中的一句「打不碎一頂頂想戴皇冠的頭顱」,我修改成「打不碎一頂頂〔爭〕戴皇冠的頭顱」,至今我還記得。這樣的切磋很有意義,能啟發我們的想像力,在詩歌創作上互補。

我曾對毛哥給我修改部分詩作不理解。比如,我的詩〈人的權利〉中有句「有人說要像雷鋒那樣活著並死去,做一台永遠轉動的機器。」,他給我改成「有人說要像奴才那樣活著並死去,做一台永遠轉動的機器。」把專指假道學雷鋒,改成泛指奴才,我認為失去了針對毛時代的尖銳性。再如,我有首詩題目叫「致王震」,他給我改成「致×震」,完全失去了反對左王的意義。但在專制制度下,這也是編輯的自我保護和對作者的愛護。所以,我從未責怪毛哥。

八十年代初期,一天晚上毛哥約我到錦江邊散步夜談。他七彎八拐才拐進主題,問我對時局的看法。我答:「不看好國共雙方,寄希望於新興的政治力量。」後來,才知道羅鶴去香港探親,把詩友的一些詩文以《無名草》的名義寄給《中國之春》雜誌,被部分發表。估計,事前他與毛哥商量過。還有一次,毛哥認為每個人都有雙重性,他問我在工作單位的廠報上是否發表過吹捧當局的詩歌或文章。我告訴他我是表裡如一的人,我曾拒絕給廠報寫發刊詞,他不相信。我只好把我廠的廠報從創刊號開始,裝訂了一冊,交給他看,他才沒有再提起。胡適先生說:「做一條清澈的小溪,不做一條深不見底的混濁的水溝。」我不可能再做一條「沒有照過影子的小溪」了,但

絕不願做混濁的水溝，我喜歡清澈見底的人。

毛哥不僅文才出眾，還有較強的組織能力。他和陳墨是《野草》的組織者和靈魂人物。他倆長期合作，創辦、管理、固守《野草》。幾十年來從初期《空山》的離群索居，到中期《野草》的反叛和抵抗，再到後期的固守《野草》。他倆不僅從精神和藝術上凝聚了一批詩友，還多次組織《野草》與其它文學組織和外界的交流，而且用餐聚或茶敘的紐帶把詩友間的友情互動到當今。

記得是1981年元旦，魯連（周永嚴）及其文友在衣冠廟鋁材廠一文友家舉行小說評選活動，邀請鄧墾、陳墨和我參加。參評的小說有八、九篇，另有一首長詩。從上午一直進行到下午六點，中午聚餐時，魯連（周永嚴）對我的詩歌〈我是一朵野花〉提出了中肯的修改意見。經過直率的點評和投票，評選結果是張浩民的〈小青草〉獲獎，獎品是一套美國辛格的短篇小說選。魯連（周永嚴），（1947年－2003年）老知青，文革中遭受16年的囹圄之災。因在《四川文學》上發表〈阿龐〉、〈阿菊〉等小說，被破格錄用為《四川文學》編輯，但他更多的優秀小說，如〈陰山下的女囚〉、〈蠻加〉等都被當局封殺。可惜魯連（周永嚴）在獄中罹患肺氣腫，於2003年3月30日英年早逝。

杜遠澍老師（1930年5月11日——2001年5月11日）生前，於2001年2月25日入院前給我來信說，已給鄧墾轉達了我的意見，近來「詩太少」，希望他抓緊時間創作。鄧墾回覆說，「都59歲了」。（當時鄧墾57歲）杜遠澍老師在信中指出，「寫詩不在年齡。而在情思與環境」。他表揚了陳墨和無慧仍堅持不斷地寫作，算得好樣的。他說：「30多年帶枷行，能係戀野草，不容易，只要不忘初衷，『春風吹又生』總會有的」。

　　2001年春天，毛哥自費印刷了《鄧墾詩選》，從萬里外托朋友帶到我手上，仍然過於謙遜地囑我批判。我心知肚明，費盡心思才用詩的形式，表達了我對他的瞭解（父親是城市貧民，母親是虔誠的基督徒）和評價。

〈追尋的燦爛──《鄧墾詩選》讀後〉

寂寞地追尋了四十餘年，
滿紙不平溢於字裡行間；
一首〈三峽〉透視著殺戮的歷史，
一曲〈海螺〉吹響了刺耳的異見。

二十六年的茅屋，十八年的油燈，
〈螺絲釘〉釘死你大半生的苦難；
教堂的鐘聲敲不醒你沉溺的夢，
黃包車卻拉來一部夢稿的心酸。

人的存在是你專注的視角，
喜怒哀樂唱得平實又前瞻；
〈公孫樹〉是你不彎腰的靈魂，
價值關懷始終突顯於筆端。

狗竇大開，腳生雞眼，
全不顧有人指點邊緣的荒誕；
生命的價值至今你仍在追尋，
而追尋的歷程就是燦爛！

2001·10·14

如今，毛哥因長期服用激素治病，面部有時能見到明顯的「滿月臉」。他的天涯博客仍然堅持每天更新，即使在【「發佈中」轉呀轉呀，就是發不出來。】，他也不放棄。據他的博客說，毛哥編《《野草》三百首》仍在進行中。我敬佩他繼續為他人作嫁衣裳的行為，但擔心他的長篇紀實《南河背影》何日能完成。故特地抄錄《鄧墾詩選》「作者自傳」中的最後一段，作為本文的結尾。

我來時，教堂的鐘樓沒有敲響祝福的鐘聲。我不需要祝福，我就是敲鐘人。聽，我的鐘聲，正匯合所有的「受苦、奮鬥、而必戰勝的自由靈魂」的鐘聲，成為一股浩大的洪流，為一切醜惡送行！」

2016年6月6日初稿，2017年3月9日定稿

我的黑與紅之戀

——隊醫曾琳

【作者按】這是一個黑崽子的經歷。有過三次「黑與紅之戀」失敗而不知悔改的蔡楚，從17歲初戀，直到36歲，稍近人道的日子才找到歸宿。在反人性的革命年代，「餓不許說餓」，「愛不許愛」。對「把一生交給黨安排」的工具論，我深有感受，即使你甘作一顆螺絲釘，一個黑骨頭也沒有裝配進紅色革命絞肉機連軸轉的命運。所謂共產、共產的革命，不過是一些權力狂的藉口和謊言。

　　1968年下半年，我所在的石油築路處土建中隊，被從威遠縣越溪鎮附近的一條小山溝裡，調到大邑縣邡江區花水灣，修建一口井場的土建設施。之前，因遠離處機關，醫療條件差，調來了專職的女醫生曾琳。曾琳與我同歲，畢業於解放軍衛生學校（衛校）。其父母都是黨員，在重慶某兵工廠工作。她自幼跟著姑媽長大，其姑父時在宜賓軍分區擔任政治部主任，姑媽在《宜賓日報》作編輯，當然又是一對黨員夫妻。曾琳除根紅苗正外，還高挑的個子，瓜子臉，大眼睛，挺拔的胸脯，筆直的鼻梁，一雙油黑發亮的辮子常搭在白大褂前——這在土建中隊一大群中老年人面前，顯得鶴立雞群。

　　土建中隊大部份人員，借住在花水灣栗子坪電站的宿舍樓裡。我與沙世謙、陳弋、熊德雄等人離群索居，借住在老鄉家。在當時全國山河一片紅的形勢下，我們有了一點小天地。比如，聽陳弋講他如何在57年，因與院長的千金講戀愛，被北京航空學院打成右派的故事。再如，雨天不好施工，我可以去

鄉間小學教孩子們唱捷克斯洛伐克名歌〈牧童〉：「朝霞裡牧童在吹小笛／露珠兒撒滿了青草地／我跟著朝霞一塊兒起床／趕著那小牛兒上牧場……」這在當時有點冒險，會被扣上宣揚「封資修」歌曲的帽子，好在山鄉小學老師不知歌的來源。

我聽了陳弋的故事心中很不服氣。恰好，我62年的初戀，也是因為我出身成份舊軍官（我父親曾任黃埔軍校教官），沒有前途而分手。剛好曾醫生出現了，她又那麼漂亮，可以說對她一見鐘情。我就利用感冒發燒臥床休息的機會，趁她上門打針的機會，大膽向她提出耍朋友（談戀愛）的請求，同時，想試試挑戰這等級森嚴的婚姻規則。她羞紅了面孔，卻沒有拒絕，說考慮幾天答覆我。我心裡一直七上八下的，焦急地等著她的允諾。

在青春期的熱昏中，好不容易捱過幾天，一天傍晚她把我叫到醫療室，關上門與我交談。萬萬沒有想到她的生活中也有曲折。她說，解放軍衛校畢業後，她順利分配到某部隊當衛生員（護士）。當時她已是團員，正在爭取入黨。不想，沒有處理好個人問題：當一位年輕軍官向她求愛時，她沒有向組織匯報，並開始與該軍官約會。一次他倆關上門在擁抱接吻時，門被一群人敲開，來的人說他倆亂搞男女關係，並把他倆抓到部隊團部處理。後來她才知道該軍官在鄉間已訂婚。結果該軍官被軍紀處分，她被部隊作退伍處理──原來，革命也要吞噬自己的兒女。我向她表示同情，並訴說了我的過去和家史，我倆的心融合在一起，開始耍朋友。

1968年上半年，伴隨著造反派大聯合的呼聲，我從紅村歸回土建隊「促生產」，那時的《石油怒火》報上由石油戰區軍管會通報表揚我回隊鬧革命，因1967年7月3日我主持過石油戰區貫徹《紅十條》的萬人誓師大會，身上披著造反派的光環，在石油戰區還算小有名氣。在文革造反大潮中，伴隨著重新洗

牌，所以「黑與紅」之壁壘在她心中有所鬆動。再說，她有自卑心，認為自己被處分過，與我之間還算同病相憐，加上年齡相當，都有一些特長，「黑與紅」的壁壘自然視而不見。於是我們立即陷入青春期的熱昏中。

過了幾個月，井場的土建設施完成，土建中隊又回到威遠縣越溪鎮附近的余家寨維修公路。我與曾琳之間的關係發展很平穩，雖然彼此間偶爾也鬥鬥嘴，但由於她父母和姑媽一家不瞭解情況，所以我們有過一段難以忘懷的幸福日子。當時，在「備戰、備荒、為人民」的口號下，石油戰線是半軍事化的集體生活，據說要工改兵，因65年底已做過初步的政審，成都800多人，只剩下幾十人。何況不能改兵，也有留下轉正成正式工人的可能。當年隨軍職工很多，至少她改兵的可能大，所以，我們存在著幻想，在山溝裡得到正式工作，找一條出路。

然而，曲折於我卻是早已注定的遭遇。69年秋天的一天下午，曾琳姑父的軍用小吉普車突然降臨土建中隊，而且，她姑父說要她馬上離開土建中隊，跟他一起到「紅旗村」處機關辦理調離手續。我想送送曾琳，就跟他們一起去了處機關。沒有想到，我倆難分難捨，告別的時間稍長了一些，即被她姑父呵斥：「你倆乾脆下山到東興場街上住旅館去吧！」我無言以對，只能徒步走十多里山路，黯然回到土建中隊。

我明白我與曾琳之間的戀愛就此了結，但沒有想到，過了兩天從處機關傳來不幸的消息說，當晚他們的吉普車翻到溝裡了，而且車上四人死了倆人，其中有曾琳。我當即淚流滿面，並向隊上借款15元，換上一套黑衣，走了60里山路趕到榮縣，準備去向曾琳作最後的告別。到榮縣公安局問詢後，我如釋重負，原來車翻到溝裡後沒有人死亡，只有一個女人的傷較重，在自貢市第二人民醫院住院治療。山溝裡的消息，猶如當時的小道消息，不可不信，又不可全信。我決定馬上趕到自貢去探

望曾琳，即使她殘廢了，仍然是我的愛。

　　到自貢市第二人民醫院住院部外科病房，找到曾琳的床位時，她很詫異，我見她頭被剃光一頭紗布很是傷心。當晚，她把姑父留下照顧她的一位年輕軍官趕走，我倆在醫院庭院的休息亭中約定，一旦我倆有了正式工作就結婚，她絕不會嫁給那位照顧她的、剛從越南前線回來的年輕軍官。

　　誰知，第二天中午她姑父和姑媽就趕到醫院，把我和曾琳叫到休息亭中訓話。她姑父和姑媽說，他們一家都是紅五類，而我的家族是黑五類，彼此沒有調和的餘地。最讓我刻骨銘心的一句話是：「你的骨頭都是黑的，如與曾琳結婚，會影響我們一家的政治前途。」他們要我馬上離開醫院，並從此與曾琳斷絕來往。在曾琳送我出醫院時，她流著淚說會給我寫信。

　　幾天後，我在山溝裡接到曾琳的來信。她說，她姑父和姑媽給她安排在省建一公司醫務室工作。最讓我舒心的是，她仍稱呼我為「親愛的」，並約我年底在榮縣見面。當然，這是一個溫馨的年底，我們在榮縣度過了形影不離的三天，雖然不能同床共寢，但每天都是到晚上才依依惜別。

　　1970年1月初，我突然被築路處土建隊的群專隊揪出來批鬥，一直延續到6月中旬。批鬥的目的是要我交代在成都參與地下文學組織「星四聚餐會」的罪行。一些無聊的混混，也追問我與曾琳之間的關係到什麼程度，甚至說我拉無產階級的接班人下水。

　　一天，陳弋的女朋友小楊把我叫到一邊，說曾琳到隊上來了，但土建隊革命領導小組不允許她見我，還要她在批鬥會上當面揭發我，被她堅決拒絕。我明白曾琳的心意，但我的處境短期內不會改變，因此，我不願意再耽誤她。思來想去，我決定到處機關開水房旁邊等她出現，並請小楊把我的想法告訴曾琳。

　　第二天傍晚，曾琳終於出現在彎彎的石道上。我迎上前

去，彼此對視了約兩分鐘。沒有言語，靜靜的能聽到對方的呼吸聲。像是用心靈在告別，又像是時間為我倆停滯了片刻。我明白，「此去經年，應是良辰好景虛設。便縱有、千種風情，更與何人說。」（〈雨霖鈴〉，柳永）我的黑與紅之間的戀情又被革命的浪潮吞沒。

2016年5月24日

紀念「翻身」農民楊本富大哥

【作者按】楊本富大哥作為翻身農民，六十年代就對共產黨的欺騙手段能有認識，當時我很吃驚。他不反對共產黨，但對社會不公非常不滿，可見，公道自在人心。他堅持不被共產黨利用，就是一種抵抗，就是堅持作人的底線，而不淪為黨的馴服工具。

楊本富大哥離開人世已30多年，但他的音容笑貌宛若在我眼前。特別是1971年初冬，他借一件棉衣給我過冬的情景，至今仍深藏在我的心中。

當時，我剛調到成都軸承廠做臨時工不久，由於我的舊棉衣，在石油築路處把我開除臨時工隊伍時已上交。而我又大而化之，認為自己年輕，可以不用棉衣過冬。一次，在望江公園茶鋪外，曬太陽喝茶時，楊大哥見我只穿了一件破絨衣，問我冷不冷，我硬撐著說不冷。但一陣凜冽的江風吹來，我不禁微微顫抖。楊大哥見狀，立即脫下身上穿的一件新軍用棉衣，給我披上，說借給我過冬。我問他穿舊了怎麼辦？他笑答：「沒得事，可以找老戰友換新的。」我也不辨真偽，直到第二年春天才還給他，而且還把棉衣上燒了一個洞。楊大哥仍然說：「沒得事。」

楊大哥性情豪爽大方，黝黑的面孔，高瘦而強健的身軀，一雙眼睛炯炯有神，看得出有幾分功夫。我認識楊大哥在1964年。那時，我是待業青年，他家住在我家後面，臨江路15號大院內。一天早上，我照例在錦江邊練嗓子，他正好在一旁打拳，便招呼我跟他回家坐坐。久而久之，我知道他當時在成都鐵路局做鐵路公安，妻子姓曹，在新南門成都翻胎廠工作，有

兩個小女兒。

一天午後，楊大哥把我叫到他家喝茶，我見曹大姐和他女兒都不在家，就問他有什麼事。他說，鐵路公安調他到成都至資陽一帶鐵路上值班，因此他不能經常在家，特地委託我隨時到他家看看，若曹大姐需要幫忙，就請我搭把手。我一口應下，也沒有多想。

後來，我倆幾次在新南門清和茶樓上喝茶吹牛，才知道他的經歷。楊大哥，什邡縣人，貧農出身。1951年參加志願軍，奔赴抗美援朝前線打美國鬼子。按他的說法，當時他家剛剛翻身分到土地，突然聽說美國鬼子要支持蔣介石反攻大陸，奪回他家的土地，就義憤填膺、義不容辭地參軍上了朝鮮前線。1954年，中國人民志願軍陸續回國時，他已在某師當師長的警衛員。後來，他1958年回國轉業時，他家的土地，已先後被農村的合作社和人民公社「公有化」了。他說，農民視土地為生命，他感到受了欺騙，被利用。而且，楊大哥對所謂的「三年自然災害」很不以為然，他說，這是扯白（瞎說），過去也從未聽說四川餓死過這麼多人。他常掛在嘴邊的一句話是，我們這些過去的「最可愛的人」，現在不僅一錢不值，還落得周身都是病。

楊大哥雖然轉業到成都，並結婚得女，但他並不感到幸福。他說，因為他常年在鐵路上值班，不能照顧家庭，因而家庭不太和睦，使他心煩意亂。而且，他在火車上聽到的多是官員搞特殊化，甚至亂搞男女關係的消息，（如，成都軍區原司令員黃新廷強占女歌舞演員的故事。）使他看透了這社會的不公。這就是他隨時擔心家庭，委託我隨時到他家看看的原因。我不相信他講的熱情好客的曹大姐會看不起他，認為他有大男子氣，但不便過問他的家務，只好勸他看在女兒面上，維持家庭的完整。之後他家搬到翻胎廠宿舍住，我還是常去坐坐。由

於彼此之間有共同的話題，氣味相投，所以成為好友。

1965年8月，我調到四川石油管理局做臨時工，修建資陽器材庫。行前，因我沒有一條耐用的長褲，楊大哥就幫我把我家的一張雕有中華民國國徽的小床擡出去賣了12元，買了些日用品，才動身去資陽縣。後來想起，楊大哥無意中救了我家。文革初期，我大妹和小弟所在學校的紅衛兵，都要求他倆主動申請抄家。而且，12中的紅衛兵還到我家看過，若他們發現了這張小床，豈肯善罷甘休。

66年文革開始，我的早期詩歌，被同在一起做臨時工的朋友，用大字報檢舉揭發，我被工作組勒令寫坦白交代。這個消息傳到成都後，突然一天，楊大哥帶著兩個女兒來資陽工地看我。當時，經過追查，我的兩本手抄詩集和讀書筆記等，在運動初期，我大妹為防本校紅衛兵抄家，已提前燒毀。所以，朋友的檢舉揭發只能憑記憶提供隻言片語，我的坦白交待，已僥幸過關。我與楊大哥和兩個女兒，即步行到資陽縣城去聚餐。我給他講了，我與那位在一起做臨時工的朋友，被工作組挑撥、利用而互相揭發的過程。分手時，楊大哥說，作朋友就要講義氣，要互相擱起（支持），不要互相扯皮（爭論或揭短）。他還是經常去新南門口子上，修自行車的李大爺和我的老同學周國昌家坐坐，與一批成都新南門周圍的朋友在「操扁掛」（練武），要我回成都時去他家耍。

66年秋天，修建資陽器材庫的成都臨時工經過整編，解雇了幾百人。剩下一百來人，被調到四川石油大會戰的前線，榮縣、威遠縣一帶修公路、平井場，縮編成為築路處土建隊（又稱成都中隊）。由於會戰前線離成都較遠，我每年只有一次探親假，但每次回家，去看望楊大哥也是不可或缺的事。一次，楊大哥告訴我，那位與我互相揭發的朋友，委託新南門的羅某找一群人收拾（毆打）我。羅來找他問是否瞭解此事，他告

訴羅，我與那位朋友被利用，互相揭發的過程，叫羅不要過問此事，羅才從此不提這件事。他還告訴我，不要去介入文革，以免再被利用，抽時間練好自己的身體才是頭等大事。67年夏天，我從紅村石油會戰指揮部和處機關所在地紅旗村的「抓革命」的「成都工人革命造反兵團石油系統分團築路部隊」，回到工地上「促生產」，也有聽楊大哥勸告，不再被利用的原因。

70年1月初，我突然被築路處土建隊的群專隊揪出來批鬥，軍管會和群專隊命我交待與反革命組織「紅色逍遙兵七零八落部隊」的關係，說成都已寄來資料，成都市革命委員會人民保衛組掌握了此反革命組織，攻擊中央文革小組的信件。我不知所措，只能避重就輕革自己的命。6月下旬，我被開除臨時工隊伍，8月送回成都，繼續在派出所接受審查。

回成都後，我與楊大哥之間的來往自然增多。此時，他大部份時間都在家休息或習武。他動員我也同他一樣「散」（不上班），我說，你不上班有工資，我不上班吃什麼？同時，他告訴我，他已調離鐵路公安，被安排去守鐵路上的交通要道的路口。那時，鐵路上的路口是否通行，由人工拉動竹子做的標誌桿來指揮。他每天的工作就是到時間拉動標誌桿。即使這樣，楊大哥還是常「散」（不上班），他堅持「看透這社會」的觀點，不願意為它多出一分力。但他幫助朋友卻盡心盡力，充分表現出社會「邊緣人」的一冷一熱。

七〇年代中期，楊大哥把他的小女兒送去學川戲，最終考進川劇學校，成了專業演員。他因胃痛常年病休在家，除「操扁掛」（練武）外，還學習中醫的按摩術，義務為他人服務。一次，我騎自行車摔倒，傷了手指。由於臨時工沒有公費醫療，也是請楊大哥用他自泡的藥酒給我療傷。當時，他還津津樂道的說，找到了一種祖傳祕方，今後要開一家按摩診所。可惜他一直沒有錢開辦，沒能實現自己的願望。

後來，我在新南門修自行車的李大爺家下象棋，見過楊大哥幾次。他說與李大爺（管制分子）擺得攏，所以常來此聊天。由於修自行車的店鋪處於路口，人來人往較多，故成為當時小道消息傳播的場地。比如，成都當時流傳很廣的「號票歌」，我就是在那裡聽到的。人們常聚在一起發洩對「文革」的不滿，是「文革」後期的特徵之一。楊大哥是小道消息的積極傳播者，他作為翻身農民，對共產黨沒有仇恨，但對社會不公，缺吃少穿非常不滿。

　　79年，我獲平反，在軸承廠轉正當了採購員。常年駐在長城鋼廠催貨，與楊大哥的來往就漸漸減少。

　　1985年春天，我聽說楊大哥病了，而且是胃癌，住在成都第二工人醫院治療。當時我常年出差，晚了幾天才去看他。一天傍晚，在病房裡見到他時，他已不能言語。他身邊無人照顧，一人直躺在病床上，口大張開喘著粗氣。我湊近他耳邊大聲說，楊大哥，我看你來了。他毫無反應，只有臉上淌滿汗珠。我握住他的手，在病床邊站了約十分鐘，把買好的水果放在病房裡，即去問護士為什麼他身邊無人。護士說家屬輪流守護，剛才還在，現在可能回家吃飯了。

　　我沒有去楊大哥家，只聽說沒有幾天他就去世了。楊本富大哥作為翻身農民，六〇年代就對共產黨的欺騙手段能有認識，當時我很吃驚。他不反對共產黨，但對社會不公非常不滿，可見，公道自在人心。他堅持不被共產黨利用，就是一種抵抗，就是堅持作人的底線，而不淪為黨的馴服工具。

　　今天，我搜索楊本富（成都），第一項顯示出成都金沙陵園殯葬服務有限公司，我欲去網上獻花、點燭，但不能登錄。

　　安息吧，楊大哥。我會回成都看你。

紀念「翻身」農民楊本富大哥

雅壺

【作者按】在一個不能說真話的社會裡，人們除爭先恐後做黨的馴服工具外，還必須戴著假面具生活。若像彭德懷元帥一樣說真話為民鼓與呼，就會死無葬身之地，骨灰盒上的紙條上只能寫「王川、男」三個字。毛時代是一個播種仇恨的病態社會，至今餘毒未清，還在內外樹敵，自己磨損自己。古人云：「天作孽，猶可違；自作孽，不可活。」

　　1963年，我到成都一磚廠做臨時工，剛進廠第一天就見到有青工，在一個大倉庫改建的集體宿舍裡公開手淫。之後，又聽此青工津津樂道地炫耀他，如何在曬磚坯的巷道裡，用晚上蓋磚坯的谷草遮掩，與女工偷情。然後認識了一起做工的陳亞夫，他顯得引人注目，一副鷹鉤鼻，頭上吹著時髦的納波髮形，戴一副金絲眼鏡，雖然五短身材，其貌不揚，卻上身穿花格襯衫，下身穿西式條紋長褲。嘴裡還常常哼著小調，喜歡賣弄幾句毛主席詩詞。在一群混混中，他有點與眾不同。

　　當時，我18歲。陳亞夫說他30出頭，因為在大學讀書時同情胡風，畢業後沒有分配工作，遂流落於社會。他吹嘘他筆名雅芙，常在報刊雜誌上發表作品，引起我和朋友賀孝慈的好奇。他還把他吹捧毛澤東和當局的工人詩送到一磚廠宣傳科，在黑板報上登出，在廣播中朗誦，被我和賀孝慈等嘲笑。

　　久而久之，我們逐漸了解他，見面時就先背誦他的詩：「燒窯工／窯門開／窯門打開新世界……毛主席指引我們向前進／道路寬廣情滿懷。」他也不生氣，還有幾分得意。由於夜晚上廁所不方便，窯坡上年紀大的工人喜歡使用夜壺，我借機

就給他取了個綽號：雅壺。既與他的名字和筆名諧音，又嘲諷他是雅安夜壺，想浮上水（巴結上司）到北京去接主席尿。一時傳遍圈內，引為笑談。好在當時沒人去檢舉我。

那時，我酷愛唱歌。用一本《戴望舒詩選》與小學同學姜渝彬交換了一本《外國名歌200首》，有空就與幾個愛唱歌的同學互相走動，一起學唱。記得那時姜渝彬家住四川音樂學院宿舍，他不但喜歡唱外國名歌，還把著名聲樂家劉振漢先生的大兒子三羊（劉毅昭）帶到我家幾次。我也去過劉振漢先生家向他請教，還應邀參加過文革後期，劉振漢先生復出的獨唱音樂會。一次，我大妹的同學吳曉亮到我家唱歌，我們一起唱了多首外國名歌，尤其是法國名歌〈馬賽曲〉和挪威名歌〈索爾維格之歌〉令我激動。但每次，我們的歌聲都被隔壁老紅軍劉剛的妻子馬孃聽見，她幾次呵斥我，不務正業，整天哼著黃色小調。

雅壺和一位叫黃達文的臨時工卻能唱一些民國歌曲，特別是周璇主唱的〈何日君再來〉、〈愛神的箭〉和〈五月的風〉等。他倆唱的纏纏綿綿，使我大開眼界，於是常跟著他倆哼唱，感覺雅壺還有幾分值得交往。

每天收工後，入夜他就到青年女工宿舍的窗口，哼唱求偶歌曲。還給青年女工寫情書，幾乎每個青年女工都收到過他的情書。我見他見一個就愛一個，卻沒有青年女工理睬他。又認為他十分平庸，無聊透頂。

黃達文當時的志向是加入共產黨，做一個政治家，當時他寫過一首短詩〈水〉：「水，你自然的液態美／你體積一定而形態萬變／你，矛盾的蕾。」表現了他在生存中的態度。但由於他父親是國民黨軍官，被當局槍斃，所以，儘管他一再「形態萬變」保護自己，最後也找不到正式工作，只能拜師學中醫賴以生存，沒有選擇的余地。我們當時給黃達文取了個綽號叫黃璇，形容他唱歌模仿周璇。64年7月，黃達文送我一張照片留

念，照片背面題詞：「天一：祝一箭穿雙雕。」後來，聽他表弟陳雙楠說，他乾脆改名為黃璇。前幾天，我打電話問當年成都一磚廠的同事，他們都還記得黃璇當時唱〈愛神的箭〉，雙手作拉弓射箭狀的如癡如醉形象。

64年下半年，我討厭一磚廠的環境和風氣，便辭工回家。65年，我到四川石油管理局築路處做臨時工，地處榮縣、威遠縣一帶，一幹就是五年。直到70年8月，我被開除臨時工隊伍，遣送回成都後，才又見到雅壺。一天晚上，雅壺突然來訪。他要求借宿我家，說是被人保組（成都市革命委員會人民保衛組）追查，迫於無奈，只借宿一天。我沒有拒絕，開始與他交談。雅壺說，文革初期，他被清理回內江縣農村務農。由於老家早已沒有親人，他沒有房子住，公社領導叫他在破廟裡棲身。白天下地幹活，他不善農活，因此無法安身。無可奈何中，只能逃到成都混口飯吃。我問他在成都幹什麼，他說在公園或街頭刻鋼筆，被他稱作「鋼筆微刻技藝」。他吹噓他的人物頭像、山水花鳥、動物等都刻得極好。人物頭像刻好後，還要配上適當的主席語錄或詩詞。天氣好，每天的收入都有幾元錢，好的時候還超過十元。那時我們做臨時工，每月收入不過30多元。我問他這麼好的收入，為啥不去租房子住？他答沒有戶口，也沒有證明（介紹信），所以開始在火車客站候車室過夜。後來警司和人保組查的很兇，又躲到川醫的急診室過夜。這幾天成都戒嚴，他無處躲藏，只好來找我。

他住了幾夜，卻不提離開。我四處打聽，許多朋友都說他曾去借宿過，而且住下就不走。雅壺住了半月後，老毛病又犯了。院子裡的女青年和與我來往的女青年，幾乎都收到過他的情書。我討厭他的抖慫勁（猥瑣），就讓表弟把他接到成都工學院，圖書館大樓下面的一間小屋裡去居住。

後來我與雅壺深談了幾次，才明白他喜歡賣弄幾句毛主

席詩詞等外表後面，有著「打著紅旗反紅旗」的靈魂。他說：「即使貴為元帥的彭德懷，也不能說真話，否則就是反黨，就會被批倒批臭再踏上一隻腳，讓你永世不得翻身！」在我們生活過的悲慘社會裡，他是戴著假面具保護自己。他的求偶舉動，也是正常人的原始衝動，不應該被革命的豪情吞沒。之後聽說他還是逃脫不了被「專政」的命運，被人保組以「投機倒把罪」收容後，送回內江縣農村老家「監督勞動」。

一晃就是幾年，再見到雅壺時，他已獲「平反」，並在成都購房，娶妻生子。雅壺還是喜歡哼唱民國歌曲，但已改唱鄧麗君歌曲。我問他是否還在寫詩，他說已改寫散文和小說。我調侃他是否還想浮上水到北京去接主席尿？雅壺回答得很妙：既然尿不到一壺去，浮上水也沒有用。然後又說：「古今多少事，都付笑談中。」雅壺和黃達文等（包括我）能生存到今天，是他們自我保護的結果，也是人性被黨國扭曲的代價，但我至今仍感念他和黃達文，教我唱民國歌曲。

在一個不能說真話的社會裡，人們除爭先恐後做黨的馴服工具外，還必須戴著假面具生活。若像彭德懷元帥一樣說真話為民鼓與呼，就會死無葬身之地，骨灰盒上的紙條上只能寫「王川、男」三個字。毛時代是一個播種仇恨的病態社會，至今餘毒未清，還在內外樹敵，自己磨損自己。古人云：「天作孽，猶可違；自作孽，不可活。」

2016年5月6日

一位抗戰時期兒童保育者的悲慘遭遇

——紀念賀婆婆

【作者按】中國少有為受難者或失敗者挺身而出的義士，更鮮見「蚍蜉撼樹」般的母親。「從鮮紅的血泊中拾取，從不死的靈魂裡採來。」安息吧，賀婆婆。驅逐山寨大王，建立自由憲政中國，我們還有艱苦的路途需要跋涉。

時光飛逝，轉瞬間賀婆婆已去世將近40年，但她的音容相貌至今還縈迴於我的夢中，把我帶回那苦難的歲月。

賀婆婆，大名顏柏輝（1898年—1977年），自貢市人，曾擔任過抗日戰爭時期的自貢市慈幼院院長。1941年5月，該院並入「中國婦女慰勞自衛抗戰將士總會戰時兒童保育會」（以下簡稱保育會）四川分會第六保育院，地址設在自貢市貢井。保育會於1938年3月10日，為了拯救在日寇鐵蹄下親人被害、無家可歸的受難兒童，為保護中華民族未來人才，在漢口創立。八年間，保育會在十分艱苦的條件下，先後成立了20多個分會，60多個保育院，拯救、培養、教育了近三萬名難童，為抗戰建國做出巨大貢獻。抗戰勝利後，保育會完成其歷史使命，於1946年9月15日宣佈結束。

我認識賀婆婆於1963年，當時，她與孫兒賀孝慈居住在成都轉輪街55號。她的兒子一家居住在自貢市。55號有個小閣樓，賀婆婆和賀孝慈住在矮小的木閣樓上，下面的鋪面賀婆婆用來煮粑（pa）紅苕賣，賺點錢以維持生計。賀孝慈與我和冷豫民、黃達文、熊德熊、陳亞夫等當時同在成都一磚廠做臨時工，休息日，冷豫民同我常去臨近成都的鄉鎮趕場買紅苕，用

架架車拉回成都，支援賀婆婆。

賀婆婆頭已花白，瘦削的身材，慈祥的面容，說話輕言細語。衣衫補疤卻很整潔，雖身處逆境，舉手投足間，仍保持了民國初期知識女性知書達理的風範。她以65歲的年齡處變不驚，用自己的脊梁撐起了成都這個眼看就要坍塌的家。

當時，她已患老年性白內障，不能書寫當地派出所責令「四類分子」每週必須上交的「思想匯報」或「坦白交代」，故而，有時她口述，我幫她代寫。這樣，我才知道了她在1952年3月25日在自貢市大逮捕中銀鐺入獄的經歷。

賀婆婆易幟前一直在自貢市從事兒童保育和教育工作。她被逮捕的緣故，據她敘述是因為組織人員上街示威遊行，替一位名叫華樹之的教師鳴冤叫屈。她說，當年國共兩黨合作，保育會和自貢市慈幼院及自貢教育界都錄用了國共兩黨的人員。在國民黨當政時期，她多次為保護有共產黨黨籍的員工向當局陳情，或組織人員上街示威遊行要求釋放她的員工，一般都得到尊重，該員工會被教育釋放，而且，她還因此受到自貢市教育界的普遍讚賞。

1950年3月，中共中央發出了《關於剿滅土匪建立革命新秩序的指示》和《關於鎮壓反革命活動的指示》，開始了鎮反運動，一直持續到1953年才逐漸結束。易幟後，賀婆婆以為共產黨會更民主和自由，因此，習慣性地為被當局逮捕的、並被稱為國民黨特務的華樹之向當局陳情，但沒有效果。繼而，她又組織人員上街示威遊行，這次，卻雞蛋碰到了石頭——賀婆婆不僅被逮捕入獄，而且還被戴上「反革命分子」的帽子，直到二十五年後悲慘離世。

1963年至1964年期間，我常去轉輪街55號，並與許多朋友來往，如賀樵山、徐奎光、李群富等同齡人。賀孝慈稱呼賀樵山為三叔，他常說：「少年叔侄如兄弟。」我們之間互相戲稱

「歡郎」、「叫雞」、「發發」、「涅不落唯嘎」等。當時，我還認識一些前輩，如住在轉輪街55號對門院子裡的熊玉璋旅長（外號熊歪嘴）（1893—1967）；住在青石橋、與賀婆婆同是「管制分子」、外號人稱「金蝴蝶」的劉老太太，及她的「管制分子」女兒、外號人稱「銀蝴蝶」的劉滯根。據劉老太太敘述，她女兒劉滯根，13歲嫁給王纘緒（1886—1960）當三姨太，易幟後改嫁給川醫口腔系的劉教授，改名劉智根。劉老太太當年很活躍，經常不服從派出所的管教，不請假就外出訪友。她常常掛在口中的一句話「我兒子在台灣當軍長，馬上會打回來」給我留下極深的印象。

我同賀孝慈戲稱矮小的木閣樓為「雲雨樓」，取風雨飄搖之意。記得當年閣樓上掛滿字畫，一部份是熊玉璋旅長送來的，他說閣樓上通風，易於保存；另一部份是友人贈送的，如一位住在小天竺轄區的邱老先生，號純孝樓主；以及後來謝季筠送給賀孝慈的一幅行書等等。由於很契合我當時的心境，所以，至今我還記得一幅齊白石畫的〈不倒翁〉，畫面是一個泥塑的小醜模樣的官員，並在畫上題詩風雅地罵官：

> 烏紗白扇儼為官，不倒原來泥半團。將汝忽然來打破，
> 渾身何處有心肝。

1965年8月我參加石油會戰，一去就是五年。這期間由於在外地，我沒有見過賀婆婆。直到1970年8月我被開除並遣送回成都，才又見到賀婆婆。當時，由於生活所迫，賀婆婆把轉輪街55號下面的鋪面，轉給街道的一個生產組做紙花和絹花，生產組才允許她參加打工。由於是計件工資，賀婆婆已年逾古稀，體力不支，故每月收入僅有不到20元，只能勉強應付生活，但當地派出所責令「四類分子」每週必須上交的「思想匯報」或

「坦白交代」卻一直在書寫。文革中，賀婆婆還被迫每天清掃街道、打掃廁所、接受批鬥，受盡屈辱，成為所謂的「階級教育」的活靶子。

1976年9月毛澤東死去，文革結束，賀婆婆的處境沒有絲毫改善。她不僅沒有摘去帽子，還由於在生產組打工，生病也沒有官方的公費治療。1977年3月初，賀孝慈和賀樵山分別通知我，賀婆婆因為患急性腎炎被送進成都市第一門診部治療。當時，我在軸承廠做臨時工，下班後趕到醫院，見賀婆婆躺在門診部的長椅上，無人理睬。我問她為何不進病房，她聲音微弱地說：「醫生不收我入院，說我是管制分子，沒有公費治療。」我即去門診部問詢，他們說，一來門診部床位緊張，二來缺少抗生素針劑，三來因為她是管制分子，且已年高沒有搶救的必要。我申辯說：「毛主席說過『救死扶傷，實行革命的人道主義』，白求恩還為被俘的日本軍人治病，請你們發揚這一崇高精神。」他們說，如家屬提供「慶大黴素」，他們就治療，並拿出一張行軍床放在走廊上，護士和我把賀婆婆扶到床上躺下。我即與賀孝慈和賀樵山等商議，分頭去找「慶大黴素」。

幾天後，我好不容易找到一盒「慶大黴素」送去市一門診部，見到賀婆婆的病情稍有改善，親屬和友人們也找到一些「慶大黴素」，我們都以為賀婆婆會化險為夷。

誰知賀婆婆因年高，病情有反覆，當時市面的藥店裡買不到「慶大黴素」，而醫院又拒絕提供，久之，藥源斷絕。賀婆婆生命力再頑強，也拖不了多久，不幸於1977年4月9日慘死於成都市第一門診部的行軍床上。今天，我紀念賀婆婆，首先想到1957年著名的「黨天下」提出者儲安平先生。雖然他早在1947年就預言過：「老實說，我們現在爭取自由，在國民黨統治下，這個『自由』還是一個『多』『少』的問題，假如共產黨執政了，這個『自由』就變成一個『有』『無』的問題

了。」但他明知如此，還是留在中國，並擔任過新華書店副總經理，1952年改任中央出版總署發行局副局長，1954年任九三學社中央委員兼宣傳部副部長，並任第一屆全國人大代表。其結果，他在1957年被打成右派，文革中生不見人，死不見屍。可見，當年他和一大批知識分子（包括我的許多前輩）對共產黨多多少少都支持過，或存在過一些幻想，總以為共產黨不會對知識分子斬盡殺絕。而且，直到今天，儲安平先生依然是不予改正的中央級「五大右派」之一。他的教訓並未被後來人吸取，當前，還有一批非黨知識分子，誰上台就吹捧誰，為當局吹喇叭、抬轎子、貨予帝王家。

中共發動多次政治運動的特點包括製造恐怖化和血腥化，甚至其內部也自相殘殺。五十年代初的「鎮壓反革命運動」就是其中一個典型例子。「鎮反期間中共曾經定下殺掉人口千分之一的目標。實際上，最後的殺人人數超過了這個比例。根據中共自己的統計，鎮反期間估計反革命分子有兩百多萬人，鎮反運動一共殺、關（勞改）、管（群眾管制）各類反革命分子300萬人左右。中國公安部副部長徐子榮1954年1月在一份報告中說，共逮捕了262萬人，其中殺了71萬2000人，是全國人口的千分之1.31；判刑勞改129萬人；管制120萬人；教育釋放了38萬人。按照這個說法，〈鎮反〉殺人突破了原定的人口千分之一的指標，大大超額完成任務了。」

但是，實際處決的人很可能還遠不止這個數字。北京大學教授、中共黨史研究專家楊奎松寫道：「如果注意到1951年4月下旬毛澤東及時剎車並委婉批評一些地方太過強調多殺，以至有些地方明顯地出現了瞞報的情況，故實際上全國範圍實際的處決人數很可能要大大超過71.2萬這個數字。」

有人估計，鎮反運動中實際處決的人數在100萬到200萬人之間，甚至更多。

善良的賀婆婆及一大批中國知識分子的遭遇已經證明，在中國，自古至今仍然沒有擺脫「成者為王、敗者為寇」的規律。五〇年代以後，中國人的生老病死被建在基層的黨支部，通通管控，民間社會已蕩然無存。而且，各類政治運動接連不斷，至今，人們仍能聽到被中國政府不斷踐踏的受害者發出的聲音。

　　歷史由參與者的個人經歷和社會背景構成。宮廷和官方歷史向來粉飾太平或用勝利者的姿態書寫，而民間歷史記錄可以尋回人生的獨特意義，以細微的情節見證歷史的真偽。中國少有為受難者或失敗者挺身而出的義士，更鮮見「蚍蜉撼樹」般的母親。書寫民間歷史不但能使被書寫的個人活在歷史記錄中，而且對還原歷史面目、建立公民社會都有切實的意義。

　　「從鮮紅的血泊中拾取，從不死的靈魂裡採來。」安息吧，賀婆婆。驅逐山寨大王，建立自由憲政中國，我們還有艱苦的路途需要跋涉。

2016年9月12日

祭母文

誰言寸草心，報得三春暉。

——唐‧孟郊

今年是我母親遇難50週年，我特錄製了自己唱的一首阿根廷民歌〈小小的禮品〉獻給她，願慈愛的母親在天國能聽到我的歌聲（https://minzhuzhongguo.org/default.php?id=71800）。

從今年2月中旬開始，我反覆唱母親當年教我的歌，以祭奠母親。母親是我熱愛音樂的啟蒙老師，她不僅教我唱兒歌，還教我唱英文歌和古詩詞歌。如〈Let Us Be Together〉（讓我們在一起）和柳永詞《雨霖鈴‧寒蟬淒切》。稍長，我常聽母親唱〈夜半歌聲〉和她改詞的〈松花江上〉，那哀婉的歌聲，始終縈繞在我四周，伴我在漂泊的歲月裡堅韌前行。母親邱淑珮（1917～1967），在大飢荒中曾說「這個社會怨聲載道」和「翻身翻到床底下」，文革中，被街道治保主任李瞎子檢舉揭發，要求派出所開批鬥大會，得到派出所所長董天淼支持。母親聞訊，為維護自身的尊嚴，遂投井自殺。

一、母親出身於書香門第

母親出身於書香門第。外祖父邱光第，字仲翔，23歲考中舉人，參與清末四川保路運動，曾任民國初期成都市歷史上首位市長黃隱的文化顧問、成都外國語專門學校的訓導主任，是著名作家巴金的老師。當時，外祖父先後在八所學校任教，是四川省著名書法家和教育家。

蔡楚的母親邱淑珮

　　據母親說，成都少城公園中，《辛亥秋保路死事紀念碑》路軌那一面，是他人出資，由我外祖父代人書寫的。同時，少城公園中同樂橋上的「同樂橋」三字，也是外祖父替市長黃隱題寫的。當時，成都昭覺寺、春熙路等處都有外祖父的墨跡。

　　母親小時候常與五姨媽一起給外祖父研墨。因為當時沒有墨汁供應，而外祖父常用擦桌布蘸墨汁寫很大的字，所以，需要很多墨汁。文革初期破四舊，紅衛兵用抄家的物品，在成都樹德中學舉辦所謂四舊物品展覽，讓各單位組織職工去受教育，五姨媽看到一把折扇上是外祖父的手跡，嚇得不敢吭聲，後來，才悄悄告訴我們。

　　大陸易幟後，開始一系列的運動。土改時，外祖父因祖上傳承下20多畝田地，被劃為「職員兼地主」。他認為土地被沒收，有辱於祖宗，於1950年9月吊死在上汪家拐街的家中。外祖父一生吃齋唸佛，並不能得到平安。他去世後，房屋也被變相沒收。母親繼承了外祖父的秉性，父女倆都在無休止的運動中，選擇了死亡。但那時，卻被共產黨慘無人道地定性為：

「畏罪自殺」、「自絕於人民」，子女常被「革命」群眾或無知孩童謾罵。我小妹回憶母親自殺時說：「我整個背上全是『別人』的眼睛」。

二、母親三歲時患傷寒

母親三歲時患腸傷寒，高燒不退，頭痛不止，多次昏迷。家人以為她已死，把她放在堂屋的木板上，準備裝進棺材擡去埋了。誰知，抬夫正在堂屋吃夾肉鍋盔，母親突然坐起來，抓鍋盔吃。

外祖父的一位學生聞訊，自願替母親治病。他除了用中藥外，還採用物理降溫法，每晚把母親放在露天的天井裡降溫。由於傷寒是腸道傳染病，他吩咐外祖母，只能給母親餵米湯，要限食，不能吃乾飯。外祖母愛女心切，沒有遵守醫囑，母親的病出現反覆，持續高燒引起腦損傷。九死一生後，母親留下後遺症──抑鬱症，常常失眠，悶悶不樂，時好時壞。

外祖母邱魏氏，新都縣貧寒農家出身，從小父母雙亡，14歲時經人介紹到邱家做丫鬟，兩年後被外祖父納為小妾，希望外祖母能生育兒子，將來養兒防老。可惜，外祖母也只生了三個女兒，外祖父只好過繼一個外孫，改姓為邱。

三、母親品學兼優

母親於上世紀三〇年代末畢業於成都樹德中學。樹德中學原為國民革命軍第29軍副軍長孫震於1929年在四川省成都市創辦的樹德學校。以「忠、勇、勤」為校箴，以「樹德樹人卓育英才」為校訓，以「樹德樹人」為辦學宗旨並因此而得名。20世紀三〇～四〇年代，樹德中學已成為全國最好的6所私立學校

之一，時稱「北有南開，西有樹德」。

　　在校時母親品學兼優，不僅成績數一數二，還連續三年擔任高中女班班長。母親曾作為十二個學生代表之一，參加了一個旅行參觀團。參觀團由孫震出資，到全國有名的中學參觀訪問，還到昆明蘇杭等地旅遊。母親談起在樹德中學的日子，常常津津樂道。家中原珍藏著一張西湖織錦，兩張手絹大，還有許多旅遊景點的照片，便是母親那次旅遊帶回的紀念品，我家從外南車巷子40號，搬家到小淖壩，再到文廟前街、臨江西路、中南大街，又回到臨江西路，母親來來回回搬遷都捨不得扔掉。所以，我從小耳儒目染，早就知道了「三潭印月」、「平湖秋月」和「南屏晚鐘」等勝景，引起我選擇漂泊世界的興趣。

　　母親與姑母蔡啟琳在樹德中學初中時同班。一張母親（左）和姑母的旗袍照，照片泛黃，有些破損，但背面題字清晰可見：「這樣的留著紀念，那不過是一些暫時的安慰！偉大的事業才可表現我們此後的精神啊！珮1936，血的五月」。那時母親年方19，已是一個熱血青年。直到我十歲左右，母親還教我唱〈五月的鮮花〉和〈松花江上〉等抗日救亡歌曲，這「血的五月」使母親終身難忘。

四、母親是新文化運動後的職業女性

　　從樹德中學畢業後，上世紀三〇年代末，母親經考試進入成都的郵電部門工作。由於母親工作極其認真負責，能雙手同時打算盤，而且寫一手秀美的趙體行草毛筆字和板書，經常獨

自編寫郵局有插圖的黑板報，所以，母親很快成為郵局的業務骨幹，被調到四川省郵電管理局機關工作。到五〇年代初期，母親已擔任四川省郵電管理局長途電信科主辦科員。

母親當年已是職業女性，無論經濟或精神都取得了獨立。從照片看，母親當年容貌端莊。一頭油亮的捲髮，皓齒蛾眉，身穿半高開叉的窄窄旗袍，腳蹬一雙高跟鞋，使她顯得優雅淑靜。

母親的婚姻也是自由戀愛，她在同學蔡啟琳家中認識了我父親蔡啟淵。由於我祖父是一位織絲綢的小手工業者，家有四個子女，家境貧寒，而當時社會環境，婚姻講究門當戶對。我父親擔心外祖父不同意，遂用毛筆給外祖父寫去求婚信。哪知外祖父惜才，看信後十分讚賞父親的一手好字和國學功底，慨然允婚，並送楷隸篆草四幅屏以賀，成就了這段姻緣。

婚後，我家主要的經濟來源是母親的薪金收入。據我么爸（小叔）生前說，父親當年在武漢軍校任教，每月薪金90個銀元，要拿出50個銀元去贍養他的父母和補貼弟妹。1947年底父親從成都軍校退伍，到1952年才被山西省招聘他去教書。這期間，是母親從經濟上支撐著家庭。因此，我家不僅沒有房產，靠租房居住，而且，我從未見過父母戴手錶，也沒有自行車。

由於父親常年在外，母親主要承擔了對子女的家庭教育。我兩歲多就開始描紅、臨摹字帖。因年幼無知，常不能達到父母的要求，母親從不責備我，而父親卻用雞毛撢子教訓我。母親除了教我們唱歌外，還教我們猜謎語，教女兒剪窗花做絹花。她打的字謎：「上頭去下頭，下頭去上頭，兩頭去中間，中間去兩頭。」，父親打的字謎：「一片東來一片西，殘花落在殘書中。」我至今不忘。外祖父送父親的字畫中，有一幅上書：「讀萬卷書，行萬里路」，成為我少年時的座右銘，是我開悟的起點。家中珍藏著許多民國初期的照片，其中，母親與她的樹德中學同學之間的互贈照，背面有些詩一般的留言，是

1946年，母親與蔡楚

我讀初中時做作文的範本。記得一位謝惠筠孃孃的留言特別精彩，諸如「天籟」、「聆聽」、「窸窸窣窣」、「大自然的禮贊」、「粼粼的水波」等詞彙和描寫，都是那時學到的。還有，父親著戎裝，母親披白婚紗，前面站著童男童女，兩邊分別站著伴郎和伴娘的照片，可惜在文革初期被大妹燒毀。當時，大妹被學校紅五類紅衛兵批鬥，勒令她申請抄家，挖地三尺交出金銀財寶和通敵的電台。大妹迫於壓力，回家把大批照片和我的兩本早期手抄詩集及讀書筆記等一並燒毀。

五、母親為人善良、正直，認真

三〇年代末到1959年以前，母親一直是職業女性，加上從小受到很好的教育，因此養成善良、正直、認真而幹練的職業習慣。母親對子女，善言傳身教。她教育我們作人要誠實，而且用行動來感染我們。

1953年，我小妹出生。1954年，我考上一師附小的高小，母親為方便我上學，從臨江西路11號，搬家到中南大街62號郵

局宿舍。這時,她聽說初中的同學魏冰如,因其夫1950年被鎮壓,帶著三個子女逃亡到成都。由於生活無著,魏孃孃已被迫把小兒子抱養給他人。母親遂收留了魏孃孃及兩個子女。魏孃孃名為傭人,一家三口全吃住在我家。而魏孃孃做慣了富人的太太,做事漫不經心,一次,她跑到街對面去吹牛,把我幾個月大的小妹放在街沿上一把瘸腳藤椅內,結果藤椅翻倒,小妹的額頭磕在街沿口,劃了很深一條長口,鮮血直流,到醫院縫了數針,從此額頭上留下傷疤。母親一句話也沒有責怪她,反而把她介紹到名中醫張太無的診所去寫處方箋。走時,魏孃孃把我家廚房裡存放的八件家具,全部借給她的親戚,十年後都不歸還。母親從不追問,當我問起時,母親還說:「算了,算了,她有困難。」

我從小就調皮搗蛋,不聽父母和老師的管教。1956年讀初一時,暑假時父親回蓉探親,由於父母上街上飯館,只帶了大妹和三弟去,我就大哭大鬧。父親返家後,叫我趴在長凳上,用雞毛撢子打我的屁股。我不服,逃出家門,躲到新南門大橋橋洞的魚嘴上睡了三天三夜。幸虧小伙伴給我送過一個鍋盔。第四天早上,父親才找到餓得半死的我。由於母親管不了我,她與父親商量,把我送到山西去讀書,由父親管教。

第二年秋,母親給我買好到寶雞的火車票,12歲的我背著背包,就孤身一人去了山西。那時寶成路還沒有完全通車,途中走走停停,過了三天才到寶雞。我在郵局給母親寄了一張明信片,買好去西安的車票,到西安後在露天廣場睡了一夜,第二天早上買好去三門峽(陝縣)的車票,到傍晚才渡過黃河到達平陸縣城。不料,平陸二中不在縣城內。我摸黑走了十多里山路,晚上9點左右才見到父親。父親很吃驚,問我走夜路是否害怕,我說一路唱歌、不害怕。父親才告訴我,山區有野狼,會襲擊人。我說只看見幾隻狗,我用電筒一照,狗就跑了。父

親第一次表揚我勇敢，說好在有電筒。

在平陸二中讀了一年，給父親闖了不少禍。一是挖野菜時，偷跑到黃河中去游泳，差點陷進黃河邊的淤泥中，把校長和同學嚇得半死，學校開大會批評我，我卻不認錯。二是吃不慣野菜和玉米饃，故常誇四川好，與同學爭吵，把學校的秩序攪得大亂。因此，父親決定把我轉學回成都。在父親身邊，他教我讀古詩詞、下棋和打乒乓球。不久，我就能在下棋和打乒乓球時勝過父親。我目睹學校反右時的大字報，當時，很不理解父親為什麼一聲不吭。

1958年暑假期間我轉學回成都25中，但由於我在平陸二中的教材與成都25中的教材差別很大，尤其是語文課我學的是注音符號，沒有學漢語拼音，因此，25中不承認我在山西的學歷。那時，正是大躍進時期，母親問我是否願意去量具刃具廠當學徒工，我說自己才13歲，不夠當學徒工的年齡。還是幹練的母親有辦法，她多次去成都市教育局聯繫，才達成讓我從59級降到60級的妥協方案，回到25中。

1959年，母親的抑鬱症復發，父親給母親退職，從此，母親就在家養病。一次，讀大學路小學的大妹，被班主任張老師叫到辦公室，要大妹把她的雌雄雙雞交我家代養，而且不給飼料。大妹回家問母親可否，當時已是飢荒年間，善良的母親卻一口應承下來。不料，雄雞凌晨打鳴，干擾了院鄰和母親的睡眠。兩天後，母親要大妹把雙雞退還給張老師。誰知，張老師不高興地說：「我的母雞每天生蛋，現在蛋在哪裡？」還連續幾天催問大妹。母親聞訊說：「母雞換地養會影響下蛋，算了，買兩個蛋給張老師吧」。母親就是這樣息事寧人。

當時，臨江路65號大院只有一個電表，所以，各家每月輪流收電費。那時，每家沒有其它電器，就用電燈，於是，大院定下規矩，按每盞燈和燈泡的瓦數計電費。母親每次收費，都

很為難，原因是治保主任李瞎子家和其他一家，平時用60瓦～100瓦的燈泡，而收電費查看時卻換成15瓦或25瓦的燈泡。結果，每家都要攤派這兩家弄虛作假少交的電費。久之，母親稍有不屑之意，與李瞎子產生矛盾。李瞎子即暗中搜集母親的言論，文革中就跳出來檢舉母親。

母親生前常說：「人生識字憂患始」和「龍遊淺底遭蝦戲」。我們當時不甚了了，現在才明白，母親是不願意苟活於亂世。我大妹回憶說：「當年被學校紅五類紅衛兵批鬥，迫於壓力回家問母親是否留戀舊社會？母親不吭聲。」其實，母親早就說過：「我家最好的日子，就是抗戰勝利後兩年。」母親常唱〈夜半歌聲〉，也是無奈中的婉轉表達。

六、母親在飢荒年間撐起了我家

飢荒年間，我家已花完母親的一千多元退職費。家中的經濟來源，僅靠父親每月寄回的35～40元。那時，糧食、蔬菜、副食品，甚至鹽都是限量憑票證供應的。民眾吃不飽，就到自由市場上買紅薯、紅蘿蔔充飢。而紅羅蔔當時賣一元一斤，為使兒女正常成長，母親的抑鬱症、高血壓、二尖瓣閉鎖不全等病症都被飢餓趕走，她放下面子，每天到清和茶樓下面或大學路小學校門口去擺地攤，賣包子、饅頭和炒花生、烤紅薯。記得我當時還協助母親，在家用河沙炒過花生。

我小妹回憶說：「每次從學校門口悄悄溜出，看也不敢朝我母親擺攤的方向張望一眼，低著頭快快回家。我家重文輕商，『萬般皆下品，唯有讀書高』，做小生意像做賊一樣見不得人。她賣東西心腸軟，開始成本都賺不回來。好景不長，一過了最飢荒的年頭，小攤販即被打擊。」去年在推特上，看到一幅城管毆打賣炒花生老婦的照片，不由得想起母親，我的

淚水奪眶而出。母親當時已體會到民間疾苦，想來，她在清和茶樓聽到不少傳聞，才得出「這個社會怨聲載道」的結論。後來，為生活計，母親剝過雲母片，當過保姆，用她病弱的身體，支撐起我家。而我在師範學校時，母親常克扣自己的定量，給我送飯。我失學後卻一心想升學，有時還頂撞母親，抱怨母親生了我，卻不能養我。現在想來，我後悔莫及，不能在母親生前行孝，確實對不起生我養我教我的母親。

七、母親為維護自身的尊嚴而投井自殺

文革中，母親被街道治保主任李瞎子檢舉揭發，要求派出所開批鬥大會，得到派出所所長董天滂支持。加上，我小弟在外流浪一年歸來，站在宅院的巷道上高聲呼叫：「65號的矮子回來了。」連呼幾聲，使母親聞聲悲切。母親不願意再苟活於亂世，為維護自身的尊嚴，遂投井自殺。據兩個妹妹說，母親從井中被撈起時，身體尚有餘溫。當五姨媽聞訊趕來時，母親大睜的雙眼，從眼角溢出了淚水；但這一次，母親再不能起死回生。

我和父親聞訊，分別趕回成都時，母親的遺體已經火化，骨灰寄存在火葬場。我同父親一起步行到琉璃場火葬場去看母親的骨灰。當我撫摸著母親的骨灰罈時已泣不成聲，而父親卻肅立在旁，默默無語。我當時不能體會「哀莫大於心死」的心境，也沒有預感到父親的危險處境。第二年5月25日，遠在山西平陸縣的父親，就在批鬥會上被貧協主席踢破下身致死，追隨母親而去。

據當時在母親身旁的小妹回憶：「1967年7月8日，天氣悶熱。知道母親犯病，我和姐姐照看著她。但就是那天吃過午飯，母親在睡午覺，我和姐姐腦袋一昏，也去躺一下。誰知朦

朧中，一個聲音在喊：『誰家的小孩掉到井裡去了？誰家的小孩掉到井裡去了？』我倆姊妹猛地醒來，一聽，是隔壁陳剛在大喊。姐姐一看母親沒在家裡，馬上說：『糟了，一定是我媽。』我不曉事，還存僥倖心理說：『是小娃兒。』我倆連鞋也沒穿直奔隔壁，低頭朝井中一看，那個漂浮的背影，那個用口罩改製的白色背心，從此定格在腦海中。

「7月10日，天空低暗，燥濕悶熱。14歲的我和身體單薄黃瘦的姐姐，跟著我五姨媽──母親唯一的胞姐，朝成都琉璃場走去。琉璃場，火葬場的代稱，還沒有去過那地方。五姨媽做主買下一個白素的瓷罈交給我姐抱著，瓷罈將要裝下我母親的骨灰。然後在火化處等著看母親最後一眼。喊名字了：『邱淑珮的家屬！』我姨侄仨趄趄靠前，扶住鐵欄桿。一陣轟轟聲，母親被從自動車道中推了出來，經過短短兩米沒有封閉的軌道，馬上進焚化爐。遠遠望去，母親肚子脹得老高，臉灰腫。前面有親人去世的都高聲喊叫，甚至去衝焚化爐，我仨靜悄悄，只有五姨媽和姐姐的啜泣聲，我大睜眼睛沒有哭。

昏昏沉沉很長一段時間，我不能相信，我活生生的母親，就再也見不到了啊。」

一年後，母親的骨灰被我取回，長期放在家中的爛黑皮箱裡。從此，母親那大睜的雙眼和從眼角溢出的淚水，就使我永誌不忘。即使我再唱幾十首歌祭奠母親，也不能報答母恩。

2017年3月7日初稿，2017年3月9日定稿

搶糧

　　1961年3月初，我就讀的成都工農師範學校，舉校師生奉命去成都近郊支農。說實話，後來才知道，那次支農就是幫助當地山區農民把地裡的小麥收起來，再把紅苕、洋芋（土豆）或玉米種下去，以免山區農民大批被餓死。

　　全校師生，以毛月之校長帶隊，打著旗幟、背著行李，步行了約25公里；清晨從成都小稅巷出發，經過由城裡到山上，全是上坡的碎石路，還有5公里崎嶇不平的鄉間小路；直到傍晚才到達龍泉山腳下的龍泉公社八一大隊。我們班被分在八一小隊的倉庫裡居住，直到半夜才安頓下來。

　　小隊的倉庫是一座大四合院，正房由班主任吳慶月老師和女同學們居住，男同學不到十人，就住在正房右邊的耳房內，床用木頭和竹子搭建。小隊的單身會計（黨員、兼民兵隊長）住在右側的廂房裡，小隊長一家住在左側的廂房裡，正房左邊的耳房內住著「跳神」的觀仙婆母子倆。院子中間有一個寬大的曬壩，院子前門外有幾級石階梯。院子從不關門，正房也沒有門，估計這些門已被小隊公共食堂劈柴燒了。院子側門通往長著松樹和荒草的墳坡，正房的後邊幾乎就搭在墳坡上。

　　同學們每天下地勞動，那時地裡的野草長的比麥子高。社員們幾乎都患一種因飢餓脫水而引起全身浮腫的水腫病，特別是小孩，肚皮像個氣球。他們下地就手捧不太成熟的麥穗不斷地搓，搓出麥粒就送進嘴裡。我們下地種紅苕塊用來育苗，社員們就去挖來生吃。

　　當時，我不懂事，不理解社員們的這種舉動，常去勸阻他們說：「你們這樣，秋天吃什麼？」有一次還差點與社員動起

手來，好在被老師和同學們拉開。當天傍晚，毛月之校長知道此事後，把我帶到小隊公共食堂去看社員們吃什麼。他說，你去看看社員們現在吃什麼，就會明白他們的舉動。當時，社員們擔著木桶，在一口大鐵鍋前排隊，小隊的單身會計正用一支帶把的大木瓢，把稀飯分到每家的桶裡。我湊近一看，稀飯裡幾乎不見米粒，上面漂著幾片蓮花白老葉子。我終於明白了社員們的舉動就是為了活下去，這就是後來史家評論的「大鍋清水湯」。

沒過幾天，班主任吳慶月老師通知我和劉元知同學回成都小稅巷，拉本班的糧食、蔬菜和副食品到八一小隊。那時缺吃少穿，城市中的糧食、食用油、蔬菜、副食品，甚至鹽都是限量憑票證購買的。生活中的工業用品也憑票購買，如，布票、煤票、肥皂票、自行車票等。民眾中辛酸地調侃道：「除了自來水不要票，其它都要票。」雖然，早在1959年大躍進高潮中，政治老師在課堂上就教育我們說：「中國將跑步進入共產主義社會，到1962年，人民的生活將極大豐富，我們除了吃穿住行由政府包干外，還每人每天有半斤白糖及飯後水果……」但到了61年我們不僅見不到白糖，卻還憑票限量購買進口的紅黃色的古巴糖。而且，城市中還餓死人。

當時，我們學生每人每月定量供應大米或麵粉30斤（強制性「節約」2.5斤，故只剩下27.5斤）、肉類半斤、菜油3兩、加上每人每天配給半斤蔬菜。既然由糧店菜店配給了，就需要由城裡往鄉下拉。送食品的工具是板板車，每週送兩至三次，每次重量幾百斤不等。由於都是上坡的山路，道路崎嶇不平，由16歲左右的學生來承擔這樣的任務，其艱鉅的程度可想而知。

一次，早上我倆在學校只吃了點厚皮菜稀飯就出發。下大面鋪的長坡，由於我倆力弱，剎不住板板車，造成車翻，車上食品滾滿公路。好心的當地農民幫助我倆翻轉板板車，撿起食

品並捆綁好，我倆才再次上路。好在人沒有受傷，食品沒有損失。到了隊上，毛校長聞訊後，首先關心食品有沒有損失，使我和劉元知同學很失望，認為毛校長不重視我倆的生命安全。

　　堅持拉了三個多月，我與劉元知同學已疲憊不堪，但仍經常承擔這種長途運輸任務。7月1日，是共產黨建黨40週年的生日，我與劉元知同學從早上三點鐘就出發，直到晚上11點才把幾百斤重的食品，在月光下拉到我們班的住地。當晚，由於是節日，食堂給我倆留了兩份粉蒸肉和米飯，我倆吃完飯剛躺在床上。突然，女同學的房間內傳出一聲驚叫，接著聽到房頂上發出一陣揭瓦聲，我和劉元知翻身下床衝出側門，一個瓦片從我右耳邊呼嘯而過，吳老師高叫：「危險！蔡天一回來。」，由於松樹遮蓋，看不清楚後面墳坡的小路，我只好返回。這時，院子裡已亂成一團。經過七嘴八舌的議論，吳老師和同學們認定是有人「借糧來了」。原來，近來龍泉山區盛行「借糧」，每個隊到別的隊借糧。所謂借就是搶，有時還發生集體哄搶，把一塊山坡上，沒有成熟的玉麥（玉米）借的精光。

　　鬧聲吵醒了小隊的會計，他出側門看了看，回來說，正房的小竹樓上有幾籮筐隊上的糧食種子，他叫我用梯子上去看看是否還在，我上去看有四籮筐洋芋和玉麥，會計說，沒有少，可能這些人今晚上還要來。他回房拿出一枝三八式步槍，在月光下擦拭，吳老師和同學們才安心回房睡覺。

　　大約半夜四點，女同學的房間內又傳出一陣尖叫聲，模糊中我急忙起來，透過窗櫺看到三個男人已穿過前門走到大曬壩上。月光照耀下，他們的大砍刀閃著寒光。說時遲，那時快，小隊會計衝出房門，向空中開了一槍，三個搶糧者聞聲倉皇逃竄。女同學們嚇得放聲大哭，直到天亮才逐漸安靜下來。

　　第二天早上起床後，我去找觀仙婆借了一把菱形尖刀，用來防搶糧者。小隊會計看到說，沒用，還是步槍管用。他帶

我到墳坡去看，見到正房頂後邊的瓦壞了不少。會計說，這是罪娃子（賊）搞的。吳老師見我和劉元知同學都很消瘦，就叫我倆不拉車了，換兩個男同學拉。她注意到我的雙腿發腫，就叫我每天不用出工，留在院子裡看守隊上的糧食種子。由於整天在院子裡，我開始記日記和學寫新詩，吳老師看過我和劉元知同學寫的新詩，評論說：「玩世不恭，少年老成。」在院子裡，我還目睹過一次，小隊會計的母親在敲他的房門，但會計始終不開門，他母親哭著叫喊：「老天爺呵，兒子不認親娘啦」。從他母親的哭喊聲中，我斷斷續續聽出，他母親因為挨餓來投靠他，但他不收留。

後來，聽女同學馮媛成擺談，才知道二班的住地也遇到搶糧者，而且有一群人，在大白天高呼著：「借玉麥來了」，把二班看守玉麥地的女同學打倒在地，把沒有成熟的玉麥借得精光。好在該女同學只是受到驚嚇，為使同學們不發生意外傷害，毛校長取消了看守玉麥和洋芋地的值班任務。同時，同學間還傳聞公社供銷社的糧食和食油也被借的精光，公社糧倉已有荷槍實彈的民兵看守等等。

當時，隊上地裡的蔬菜主要種植蓮花白和厚皮菜。由於種下後無人管理，蓮花白不卷心，老葉子居多，還爬滿一種變蝴蝶的青蟲。南瓜不施肥，也不結果，由於沒有食油，小隊公共食堂每次煮飯前，南瓜葉用來擦生鏽的大鐵鍋。一次，傍晚休息時，我用捉來的青蟲在小山溝裡釣鯰魚，聽到溝對面的墳場傳來一陣哭泣聲，我抬頭看到幾個人披麻戴孝在埋餓死的親人。由於見慣了當時「新墳疊舊墳」的慘狀，我沒有在意。突然，一聲：「打倒共產黨！」的呼聲把我驚呆了。我長大到16歲，從來都是接受的所謂的正面教育，而這樣的呼聲我第一次聽到。我馬上停止了釣魚，站在溝邊觀看。結果，再沒有聽到呼喊，估計這些人由於飢餓，連呼喊的力氣都沒有了。雖然，

他們於慘痛中發出的一聲呼喊，埋沒山中沒有其他人聽到，但對我卻石破天驚，終生難忘。

8月初，學校從鄉間撤回。走時，小隊公共食堂已取消。我所在的生產小隊只剩下三戶沒有餓死人的完整人家。一戶是小隊長家，一戶是單身的會計家，另一戶則是「跳神」的觀仙婆母子倆。回校沒有幾天，奉上級「關停並轉」的命令，8月8日成都工農師範學校宣佈停辦。後來，我沒有回過龍泉公社八一大隊。十年後，聽當地到城裡做泥工的鄉親說，「四清」中那位會計被檢舉揭發有多吃多占的行為，被作為「民憤很大」的「四不清」幹部逮捕入獄，判刑勞改。那位觀仙婆的兒子，因出身成份好已參軍。

當年江蘇的民謠：「毛主席大胖臉，社員餓死他不管。」四川的民謠：「說大話，使小錢，賣勾子，過大年」。四川榮經的民謠：「伙食團，擺墳山；人吃人，斷炊煙」。

那位會計就是黨的基層的替罪羊之一。

2016年9月18日

成都「志古堂」傳人的遭遇

──紀念五姨媽和大表哥

　　去年8月29日下午，我大表哥王宗祥在成都因病去世，享年83歲（1933年～2016年）。大表哥去世前，我小妹去363醫院看他，大表哥腦梗後一時清醒一時糊塗。小妹在病房坐下不久，大表哥口齒不清地嘴裡喃喃念叨：「外面有人在監視，喊你哥不要亂說，快走。」小妹沒有馬上走，他眉毛皺成一團，眼睛瞇縫著左右顧盼，手指放在鼻口中間，非常小心神祕地又說「快走，外面有人監視」，然後臉漲得通紅。可見，他臨終時還生活在恐懼中，而且還掛念著我。

　　大表哥的祖籍在山西省太原市，爺爺王述齋，又名王作富，自清道光28年（1848年）即在成都學道街首建書坊──志古堂。其時，由於志古堂刻印的書選題對路，校勘與製版精美，從而深受當時文化學術界的好評。原四川總督吳棠、學政張之洞都曾先後捐資志古堂刻印出《許氏說文解字》、《望三益齋》、《韓詩外傳》、《杜詩鏡銓》等精美刻本。我外祖父邱光第（字仲翔），在志古堂校註了多部古籍，如《華陽國志》等，志古堂不愧為晚清四川首屈一指的書坊。

　　五姨媽邱淑琚（1914年～1987年），是我母親唯一的胞姐。五姨媽畢業於益州女子中學。在20世紀的初期，這已算受過良好的教育。1932年，五姨媽與王述齋的兒子王新培（祖佑）結婚，從此，便與志古堂結下了不解的因緣。

　　1945年，姨父王新培（祖佑）去世後，五姨媽邱淑琚即與王家婆婆一道艱難維持住志古堂的業務，在軍閥混戰民不聊生的狀況下面，五姨媽與志古堂員工一道擔負起文化傳承的苦苦

生計。

　　大陸易幟後，開始一系列的運動。前朝的高官及親屬早已逃往海外，而人微言輕的小老百姓開始還以為得到「解放」，待運動一一展開，就感到自己變成了一葉顛簸在大海風浪中的孤舟，只能聽憑風暴的安排。五姨媽就因為是志古堂的業主，加上家中有幾畝薄田，1950年土改期間被劃為「地主分子」，戴帽管制兩年。志古堂自然只能關門「大吉」。抗美援朝時期，五姨媽又將志古堂的書板全部捐獻給成都市人民政府，由政府派員運走，存於成都文殊院內。這些珍貴的文化遺產，除了其中一部份被當局選走外，其餘不幸在文革中被作為「四舊」焚毀，而志古堂的匾牌，這塊文化見證物，卻於無奈中被五姨媽送到鄉間親戚家保存。

　　不無辛酸的是，在那個知識越多越反動的年代，這塊文化的見證物在鄉間親戚家也是穢物，親戚只好把它反轉扣在豬圈前面，作為糞坑的踏足板，反而在幾十年的風風雨雨中倖存下來。

　　五姨媽只被戴帽管制兩年，沒有像其他的「地主分子」帽子戴到死，還要由子女繼承。究其原因，是大表哥在1950年初參軍，當時在福建前線保衛祖國，作為現役軍人的「光榮軍屬」，五姨媽戴一頂「地主分子」帽子，於當局的臉面也不光彩吧？

　　王宗祥表哥比我大12歲。小時候，我們兩家在成都小淖壩街相鄰而居。大表哥喜歡逗著我玩，而我經常為此大哭大鬧，致使我上學前，聲音一直是沙啞的。這是我在五歲前對大表哥僅有的記憶。

　　大表哥後來曾對我說：「小時候你扮劉師亮[1]，手拿一根竹

---

[1] 四川才子劉師亮（1876-1939），原名芹豐，又名慎之，後改慎三，最後改師亮，字雲川，別號諧廬主人，清末民初四川內江人，以「蜀中幽默大師」之譽聞名於世。傳說中，他自幼好學，善做對聯。當年，

竿，頭上飄著頂戴，臉上掛著戲臉殼，模仿大白天提著燈籠在街上走。我給你搶了，你哇哇大哭，告給八姨媽，八姨媽去找我媽，才算了事。」

1951年，五姨媽用賣房剩下的家具作價入股，進入成都煙廠當工人。1954年，煙廠以資方人員為由，把五姨媽裁減回家。直到1957年，五姨媽在家以手工編織毛衣為生。1957年，五姨媽進入成都市衛協門診部（後改名為成都市中醫醫院），充當一名掛號、劃價、收費的勤雜人員。家中的書籍、字畫全部蕩然無存，剩下破裂的墨硯被墊在破櫃足下作為平衡的支點。直到改革開放初期，王家的後人從香港來信尋找他們時，五姨媽還不敢回信，悄悄地把來信燒了，怕又來個「秋後算帳」。

1958年，我小妹蔡坤一被母親送到五姨媽處寄養。後來，母親遇難，小妹一度改名為邱坤一。小妹回憶說：「在大搞階級鬥爭的年代，『地富反壞右』，地主成份排在被打倒的第一位。五姨媽邱淑琚是我親如母親的媽媽，那個年代本人成份地主，度過了多麼恐懼、屈辱、淒惶、卑微的幾十年。現在想起來，她是多麼自持、堅韌、清潔而又端莊。」

小妹回憶：「小淖壩街——成都市南門一條靜僻小街。清末民國初，那個地方集中居住著官宦士紳、大商人家。小淖壩街31號，清道光年間即開設書坊「志古堂」的王家，20世紀五十年代前在那裡居住。青磚高牆，雕花門楣，高門檻，厚重

光緒和慈禧的訃告到成都，官方照例停止娛樂，以示哀悼。他寫了一副輓聯：「瀧幾點普通淚死兩個特別人」，橫額是：「通統痛同」，因此被成都巡警道周孝懷，以劉師亮聯意不恭，違犯警法，判處拘留30天，後改為罰款30枚銀元示微。二十年代，他在成都創辦《師亮隨刊》，曾以對聯「民國萬稅天下太貧」諷刺民國。民間傳說劉師亮曾大白天提著燈籠在街上走，別人問他這是幹啥，他說：「沒光明，看不見。」

的雙開木門。木門上裝飾著一對青銅獸——護門神饕餮含著門環。門前有石獅，牆上鑲嵌著拴馬柱……這一切，似乎敘說著房屋主人當年的輝煌。

「20世紀六〇、七〇年代我常到小淖壩街去，每月從我大叔處要三五塊錢。每當我從這裡經過，總不由自主惶惑地朝院裡張望。那門前的石獅面目已經模糊，那三重天井陰深的四合院早已變成多戶人家居住的大雜院。腦海裡幻化出當年四川最早的書店『志古堂』王家，八乘大轎迎娶五姨媽時的場景。當年王家娶的媳婦好漂亮：纖纖身段、白白皮膚、高高鼻梁；王家的娶親好排場：小淖壩街上搭戲台、扯天花、放鞭炮、嗩吶子吹得震天價響……雖然時過境遷，現誰家都巴不得是五代赤貧，唯恐黏上『九種人』（即地、富、反、壞、右、闗、管、殺、臭老九）和複雜社會關係（其中包括海外關係），可我大叔和鄰居老人們那時還常常神祕兮兮、悄悄地向我敘說起當年的場景。」

1961年8月，我失學後，每天去四川省圖書館自習。1962年夏天的一天，在督院街東口巧遇表哥王宗祥。記得他當時身穿軍裝，肩上是中尉軍銜，新婚後帶著陳瑛表嫂回鄉省親。而我卻是面黃肌瘦，頭髮凌亂，一雙赤足。他詢問我家的近況後，教訓我：「不要不務正業，趕快去找工作，好幫助八姨媽（我母親）」。我當時頗不以為然，心想：你在部隊吃得一肥二胖，哪裡知道蜀中父老被大批餓死——真是飽漢不知餓漢飢。但我沒有吭聲。

被冠以「革命軍人」的表哥萬萬沒有料到，他在福建空軍地勤中被控制使用，一直不能入黨。文革中即被軍方審查，林彪事件後就被清理復員。表姐王宗敬的丈夫谷大哥也與大表哥同時被清理復員。

1971年8月以後，中國的臨時工開始轉為正式工人。當

時，我在成都軸承廠做臨時搬運工。直到1972年下半年，我看到廠裡一批批臨時工轉為正式工人，卻沒有我。我在上班時遇到主管我們的供應科陳林祥科長，就問他為什麼不給我轉正，他說：「保衛科調查了，說你參加過反革命組織。」我又問：「既然說我參加過反革命組織，那麼反革命組織的名稱是什麼？」陳無法回答。後來，大表哥悄悄告訴我，軸承廠的保衛科長是他的戰友，保衛科長告訴他：「你表弟父子倆都是反革命，檔案一大堆。」我這才知道我去世的父親的檔案放在我的檔案裡，這叫「子承父業」。所以，直到我1979年平反後，才轉為正式工人。

小妹還回憶：「大陸易手後，老店歇業，家裡開始還能靠變賣點舊物度日，經『公私合營』老店亦被『自願捐獻』後，就只有靠五姨媽四處做工供養一家人了。她總算在市中醫醫院有了正式工作，每月不過20至30塊錢。還要供養隔房王婆母和其養女，直到文革前王婆婆去世和養女1965年高中畢業參加工作，其間還帶上了我這個小么女。

「文革中，五姨媽生怕被抓去批鬥、陪鬥，走路怕踩死螞蟻，說話輕言細語，在街坊鄰居面前從沒紅過臉的人，哪能經受在眾目睽睽下彎腰掛黑牌，剃陰陽頭任人唾罵的場景。家中殘留的字畫、折扇、照片、衣物等，燒的燒，送的送。明清留下的瓷器，凡有送子、富貴、仕女圖案的一律摔碎。有把不鏽鋼刀叉，上面有「USA」字樣。放在蜂窩煤爐上燒紅後反覆扭曲，完全變形才敢拿去丟掉。五姨媽一下衰老了許多，患上了哮喘病，煙酒吃得更厲害了。晚上氣喘心慌恐慌得不能躺下，唯恐第二天被抓去批鬥。背上墊著兩床棉絮斜靠在床上，只有一針一針打毛線熬到深夜。

「從我有記憶起，五姨媽一直端端正正，斯斯文文，清清爽爽。她19歲生子，31歲守寡，直至73歲去世，42年時間，從

未主動想要改嫁。只有一次，1954年大表哥從部隊回家，聽王婆婆告狀說：『你媽要嫁了！』大表哥趕緊問了五姨媽，才知道有個煙廠的張老陝追求她。大表哥守到五姨媽哭了一場說：『我都這麼大了你咋個還要嫁人呢？』那時，離婚、再嫁都是極醜的事。我是那天把我大哥寫的回憶文章，交給大表哥看時才知道這件往事的。大表哥對我說：『我媽唯一一次可能的幸福被我阻攔了啊！我那時才21歲。』於是，時年70歲的大表哥已淚流滿面。」

1979年時，成都市某些人要自詡為中華文化的傳人，異想天開地要為一己之利，修成都市的出版志。他們千方百計出重金要收購志古堂的匾牌，這時五姨媽和大表哥從羅家碾的糞坑上找回了這塊文化見證物，其勇氣和文化秉性卻突然閃現出來。五姨媽同大表哥斷然拒絕了，他們的形象在我心中陡然高大起來。

小妹又回憶：「五姨媽肺心病晚期，於1987年2月住進了塑料廠宿舍旁邊的363醫院。後轉為肺腦綜合症昏迷了一段時間，於3月9日晚9點停止了呼吸。昏迷中她口中念念有詞：『一、二、三、四、五……』圍著她的親人們都不知道她在說啥！我站在她的病床邊想起童年時我在藥房裡說過的話！可我何曾給她買過煙，何時供養過我五姨媽？她把我當親生女兒看待，她老了病了，需要人照顧陪伴，我是否經常去伺候她？我忙，忙於掙文憑掙表現掙功名，到頭來卻一事無成悔之晚矣。而我慈祥端莊的五姨媽卻常常孤燈獨守，數著毛線針：『一、二、三、四、五……』熬過淒風苦雨，嚴冬酷夏！恐懼、屈辱、孤苦、艱辛已經離她而去，只有機械有序地重復『一、二、三、四、五……』」

20年前我移居美國後，接受了亞洲自由電台記者的採訪，親屬中誰也不知道，唯有大表哥告訴我小妹說：「在外台收聽

到你哥哥的聲音。」可見大表哥的思想已有變化,而且十多年前中國社會的管控還稍稍寬鬆,「革命軍人」已敢收聽「敵台」。但是,大表哥臨終前,卻仍處於恐懼中。

「志古堂」從清道光28年（1848年）創辦,到1950年9月停業,歷經百年風雨。這樣的文化傳承書坊,清朝能支持,民國能容納,唯有「人民共和國」不能容納。最近,我在網上搜索到不少志古堂刻本。看來,把搶劫標榜成「解放」的紅色傳人們,又以「人民的名義」在繼續新的生財之道,難怪他們要出重金收購志古堂的匾牌。

從「解放」到五姨媽去世,再到大表哥去世,已60多年過去了,我們怎麼總是一輩輩人生活在恐懼中？

2017年4月1日初稿,2017年4月4日定稿

「八酒六四酒」我的故鄉

　　我的故鄉四川成都的符海陸、張雋勇、羅富譽、陳兵等四人因為製作「銘記八酒六四酒」入獄，被以煽動顛覆國家政權罪逮捕、審查起訴，面臨判刑。

　　今年3月，四川的「業餘馴獸師」陳雲飛被判刑四年，我寫了篇推文：〈陳雲飛被判刑，想起四川劉師亮〉，全文如下：

　　　　四川才子劉師亮（1876-1939），原名芹豐，又名慎之，後改慎三，最後改師亮，字雲川，別號諧廬主人，清末民初四川內江人，以「蜀中幽默大師」之譽聞名於世。

　　傳說中，他自幼好學，善做對聯。當年，光緒和慈禧的訃告到成都，官方照例停止娛樂，以示哀悼。他寫了一副輓聯：「灑幾點普通淚。死兩個特別人。」橫額是：「通統痛同。」被成都巡警道周孝懷，以劉師亮聯意不恭，違犯警法，判處拘留30天，後改為罰款30枚銀元示儆。

　　二十年代，他在成都創辦《師亮隨刊》，曾以對聯「民國萬稅；天下太貧。」諷刺民國。民間傳說劉師亮曾大白天提著燈籠在街上走，別人問他這是幹啥，劉說：「沒光明，看不見。」

　　當朝的四川「業餘馴獸師」陳雲飛，六四18週年當天，因在《成都晚報》上刊登「向堅強的64遇難者母親致敬」的廣告，被警察從家中帶走，後以「涉嫌煽動顛覆國家政權罪」處以監視居住半年。陳雲飛以一系列行為藝術聞名於世。今年3月陳雲飛卻因拜祭六四遇難學生，被成都武侯區法院以「尋釁滋

事罪」判刑四年。

苛求自己的陳雲飛，既有悲天憫人的情懷，又是俠骨柔腸的志士。一次，黃琦的父親病逝，陳雲飛去幫忙，當他打開挎包，拿出一千塊錢交給黃媽媽時，黃媽媽差點掉下淚來，因為陳雲飛的挎包裏，裝了一大包冷饅頭。

隋牧青律師：陳雲飛尋釁滋事案今天下午當庭宣判，陳雲飛獲刑四年。陳雲飛微笑著打出勝利手勢，表示要上訴，理由是判刑太輕。

我們將陳雲飛憨逗的臉譜重新定格，舒暢的眉宇下，掛著的那臉憨笑，可以感動中國嗎？

陳雲飛和劉師亮，同樣是「蜀中幽默大師」，其遭遇卻截然不同。時光過去近百年，中國官方容納幽默的程度反而後退，說明當朝的正義性已蕩然無存。

清明時節拜祭逝去的親人，是中國民間千年來的習俗。
陳雲飛無罪！一個連幽默大師也被判刑的政權還有未來嗎？（推特文）

前天，網友江棋生先生給我寄來了他的大作〈活得更像一個人〉，囑我轉載在我主編的《民主中國》網刊和參與網上。

江棋生先生在文中說：「28年後的今天，許多國人已經不難明白，要活得更像一個人，就是要堅持以權利和良知為本的做人的底線要求。能夠持守這樣的做人底線，就能活得像一個人；逐步抬升對自己的底線要求，就能不斷活得更像一個人。」他還說：「活得更像一個人，這是愛生命、愛生活的真諦所在。活得不像一個人，人的尊嚴從何談起？人生幸福從何而來？能有什麼知足常樂？活得更像一個人，一切別的人生追求就有了基石、平台和主心骨。活得更像一個人，才有真正意

義上的活得更健康、更開心、更滋潤、更優雅、更有價值和更有品味。」

這些話使我想到他的「六四」情節。許許多多的人，因「八九六四」而改變了他們的人生軌跡，一路走來無怨無悔，至今已堅持28年。正因為他們的堅守，使他們不怕被喝茶、被傳喚、被抄家、被監居、被坐牢、被酷刑、被失蹤……前仆後繼匯成了一幅動人心魄、波瀾壯闊的歷史場景。因而，這許許多多的中國政治犯，不愧為活得更有價值和更有品味的人。我選擇漂泊他鄉已逾20年。從上世紀九〇年代末期，我開始活躍於網路。由於我從事地下文學創作至今已50多年，所以，從2001年前後，我在籌備建立「獨立筆會」和參與「中國維權運動」中結識了大批網友。這些網友中有許多訪民，還有不少文友和中國的新老政治犯或良心犯。早期在「天涯論壇」、「憲政論衡」和「遞進民主內壇」等網站，我結識了溫克堅、范亞峰、杜導斌、王怡、陳永苗、王力雄、東海一梟、郭飛熊、劉曉波、楊銀波、野渡等，後來又結識了楊春光、張祖樺、廖亦武、余傑、昝愛宗、王德邦、楊寬興、李建強、孫文廣、胡佳、齊志勇、曾金燕、高耀潔、李喜閣、丁子霖、劉荻、小喬、艾曉明、唯色、黃琦、趙達功、劉飛躍、劉正有、馮正虎、沈佩蘭、馬亞蓮及滕彪、李和平和江天勇等大量維權律師。這些網友，身處中國境內，卻給了我無畏懼的支持，給我提供了大量的維權信息。但因局限於網路交流，他們中除了極個別人在中國境外會晤過外，其餘的網友，我至今還不能與他們見面，向他們當面致謝。

2006年下半年，由於蘇曉康先生退休。劉曉波、張祖樺和我在美國註冊了《民主中國》網刊，致力於為反對派在未來參與民主轉型過程，包括談判和制憲，提供必要的知識、理論和人才儲備，以期積累公民力量，推倒專制鐵牆，將中國建成一

個自由、民主、憲政的國家。並進行國家制度的建設和鞏固工作。當時，劉曉波先生擔任《民主中國》網刊主編，我擔任執行主任兼編輯，張祖樺先生擔任編輯。

2008年12月10日，劉曉波、張祖樺和國內303名各界人士聯合發佈《零八憲章》，得到國內外大批人士聯署簽名，至今已35批，約一萬四千餘人。《零八憲章》指出：「在經歷了長期的人權災難和艱難曲折的抗爭歷程之後，覺醒的中國公民日漸清楚地認識到，自由、平等、人權是人類共同的普世價值；民主、共和、憲政是現代政治的基本制度架構。抽離了這些普世價值和基本政制架構的『現代化』，是剝奪人的權利、腐蝕人性、摧毀人的尊嚴的災難過程。21世紀的中國將走向何方，是繼續這種威權統治下的『現代化』，還是認同普世價值、融入主流文明、建立民主政體？這是一個不容迴避的抉擇。」「為此，我們本著勇於踐行的公民精神，公佈《零八憲章》。我們希望所有具有同樣危機感、責任感和使命感的中國公民，不分朝野，不論身份，求同存異，積極參與到公民運動中來，共同推動中國社會的偉大變革，以期早日建成一個自由、民主、憲政的國家，實現國人百餘年來鍥而不捨的追求與夢想。」

梳理中國的民主運動史，最大規模和最有影響力的就是八九民運，其次就是《零八憲章》憲政運動，它把民主運動的訴求，定格在「抗爭歷程，公民運動」和「建成一個自由、民主、憲政的國家」上。

「八酒六四酒案」的涉案人，都是我的老家四川人，而首批簽署《零八憲章》中的陳衛就是涉案人陳兵的哥哥。其他幾個首批簽署的四川老鄉，如流沙河、曾伯炎、吳茂華、冉雲飛、劉賢斌、歐陽懿等都是我的前輩或網友。尤其是曾伯炎、劉賢斌、陳衛、歐陽懿還是《民主中國》網刊的長期作者。1968年8月，我曾去過遂寧市，登上過遂寧的廣德寺。惜乎劉賢

斌、陳衛、歐陽懿、陳兵等遂寧諸君，當時大多還沒有降臨人世。所以，我與目前在監外的歐陽懿老弟，相約重登廣德寺，共飲川酒。我有信心活到那一天。

中國歷來有酒文化，川人喜酒，有血性。四川古有蘇軾把酒問青天的胸懷，今有「八酒六四酒」的血性和真情。這種28年後依然鮮活如酒烈的血性和真情，已是一種無法忘懷的感奮，它體現了權利意識和公民精神的傳承，必將不屈地在華夏大地雄起。

還值得提起的是，「八酒六四酒」傳承了古梓州射洪（今四川省遂寧市射洪縣）詩人陳子昂〈登幽州台歌〉「前不見古人，後不見來者。念天地之悠悠，獨愴然而涕下。」的淒美情懷。酒能祭靈，且讓我們斟來「八酒六四酒」，灑祭六四亡靈。

劉賢斌、陳衛、歐陽懿等遂寧三君是中國民主黨人。我瞭解的中國民主黨人都很優秀，如武漢的秦永敏，北京的高洪明和何德普，南京的楊天水，杭州的呂耿松、陳樹慶和朱虞夫，貴州的陳西等。後來，他們都是《零八憲章》的簽署者。雖然，他們中大多數還在中共的監獄中，但「風雨如晦，雞鳴不已。」正如歐陽懿先生所說：「我就是六四餘孽之歐陽懿，酒酒酒！且呼來酒量酒膽如斗。我的1989，我的生命的射線，在酒氣酒霧中重現。」

中共歷來不把人當人看待，而把人視為被他們驅使的工具。但八九民運以來民智漸開，一大批有血性和真情的人，已成為中共專制政權的掘墓人。

我自16歲開始喝酒，養成地下文學的情節。如今，他鄉已是我的自由精神歸宿之地，而我的故鄉就活在「八酒六四酒」中。

2017年5月28日

我所知道的劉曉波

　　曉波與我相識於網路，正如他在2008年7月4日於北京家中給我的詩集《別夢成灰》所寫的序言——〈劉曉波：長達半個世紀的詩意——序《蔡楚詩選》〉中所說：「這本詩選中的最後一首詩〈飄飛的心跳——給筆會網絡會議〉，寫於2007年10月5日。這讓我想起與蔡楚相識，如果沒有筆會，我們大概至今無緣。從筆會建立到今天，磕磕絆絆也將近七個年頭，這些年與蔡楚相交，完全是通過網路，至今，我們還無緣見面。」

　　獨立筆會於2001年7月成立，同年10月在倫敦舉行的國際筆會第67屆代表大會上被高票接納入會。曉波與我都是獨立筆會的31位創辦人之一，難能可貴的是他身居中國大陸，卻不怕中共的多次打壓，挺身而出為張揚自由精神，維護全球作家的寫作生命和精神自由，捍衛他們的寫作出版權利，保證其作品的自由傳播發出聲音。2002年我在筆會做義工，擔任網站編輯。曉波與我有一次合作，他希望我們在美國為獨立筆會註冊成非盈利組織做努力。直到2004年，為筆會做義工的李潔和Jennifer終於把曉波的心願完成。

　　2003年2月8日，他對我起草的〈獨立筆會筆友給筆會主席劉賓雁先生的慰問信〉提出修改意見，他認為慰問信的結尾有些矯情，要我把引用雪萊的詩句刪除，我聽他的意見後，他參加了簽名，參與簽名的共有四名會員：劉曉波、蔡楚、茉莉、傅正明。

　　2003年8月，我在MSN上創辦獨立筆會社區，開始討論並通過了獨立筆會章程，召開了第一屆會員大會，選舉並產生了理事會，而且通過了一系列規章制度，為筆會在美國註冊為非盈

利組織奠定了基礎，很快就得到美國民主基金會的支持。2003年10月，曉波當選為會長，我和萬之當選為副會長。曉波兩任會長至2007年10月。曉波在擔任會長期間，於2004年10月30日和2006年1月2日，兩次在北京組織召開筆會自由寫作獎頒獎會，第二次同時頒布了林昭紀念獎。而且，筆會還於2005年4月23日下午，在成都召開討論會：向劉賓雁先生和所有海外流亡人士致敬。當時，國內的北京、成都、南京、貴陽等地筆會成員，都用讀書活動的名義宣揚憲政、人權和揭示中共的謊言。這些活動振動了北京當局。因此，曉波不但被監控，而且，多次被北京警察傳喚、抓走。還值得提起，曉波於2005年9月19日白天接到會員楊春光的妻子小蔡，從遼寧省盤錦市打來的電話，說楊春光因突發腦溢血，於凌晨三點逝世。因我主持楊春光的文集，對楊春光比較瞭解，曉波上網與我商量怎麼辦。我建議筆會應發佈悼念楊春光先生病逝公告。沒有想到，曉波當天就乘火車去盤錦市楊春光家。由於不熟悉道路，曉波直到深夜才找到楊春光家。曉波對楊春光遺體告別並慰問其家屬後，小蔡表示經濟困難，曉波立即從自己的皮包裡拿出一筆錢，送給小蔡後才匆匆離開。後來，我從美國打電話給小蔡，她告訴我，曉波私人送了她一千元。而曉波從不提起此事，這件事顯示了曉波為人的真誠和大氣。

2006年10月，由於蘇曉康先生從他主編的《民主中國》退休。劉曉波、張祖樺和我在美國阿拉巴馬州註冊了《民主中國》網刊，致力於為民主派在未來參與民主轉型過程，包括談判和制憲，提供必要的知識、理論和人才儲備，以期積累公民力量，推倒專制鐵牆，將中國建成一個自由、民主、憲政的國家。並進行國家制度的建設和鞏固工作。

當《民主中國》網刊成功申請到美國非盈利組織賬戶時，又是美國民主基金會給予了及時的支持。

當時，劉曉波先生擔任《民主中國》網刊總裁兼主編，我擔任執行主任兼編輯，張祖樺先生擔任理事兼編輯。《民主中國》網刊作為海內外唯一的一份專門研究與探討中國民主轉型的期刊，自創刊以來一直堅持「自由、民主、人權、法治、憲政」10字辦刊宗旨，致力於從各個方面深入探討如何推進和實現中國民主轉型，培育公民社會，促進法治建設，研討民主理論，關注時局變化，總結民主實踐和公民維權運動方面的經驗，努力為促進中國的民主轉型做出理論和經驗方面的貢獻。當時，我們在Skype上建立了群聊組，以便召開理事會和討論編務。

曉波負責《民主中國》網刊的規劃和對外聯繫工作，張祖樺先生負責初審稿件和撰寫工作總結，我負責終審稿件和上傳稿件，以及發稿費、聯繫作者等日常事務。李潔從建立《民主中國》網刊起，就一直擔任本刊的義工，長期幫助我們做各項工作，包括為本刊申請非盈利組織、翻譯文件等。

曉波在日常事務中，幾乎天天與我聯繫。從確定全年徵文題目，到修改版面欄目，再到聯繫作者和調整發稿篇目等，事無巨細他都承擔。尤其是因為時差，他為了在美國的白天與我聯繫，主動把工作時間調整到深夜，使我能在白天工作夜晚休息，他這種先人後己的精神使我深為感動。當時，為不影響曉波和張祖樺以及國內作者的安全，我們決定本刊刊頭上不使用他倆的名字，而用「何路」（路在何方）來做他倆的共同筆名，後來，《零八憲章》中也提出：「21世紀的中國將走向何方，是繼續這種威權統治下的『現代化』，還是認同普世價值、融入主流文明、建立民主政體？這是一個不容迴避的抉擇。」曉波還提出，本刊編輯部成員一律不能在本刊撰文掙稿費，得到理事會批准，至今這條規定仍被編輯部成員嚴格遵守。曉波被判刑後，《民主中國》網刊還開展對國內良心犯及其家屬的人道援助活動，張祖樺在國內，常常推薦一些弱勢群

體成員接受援助。

　　曉波是位性情中人，他的文章雖然冷峻地表達了自己的自由觀，但作為一個人，他仍然有血性、有情感、有審美、有忠貞不渝的愛。他的性情表現在他的詩作中。曉波的詩提醒人們直面六四，劉曉波詩歌節選：「15年前／大屠殺／在一個黎明前完成／我死去／並再生……15年前／我的每個惡夢中都有亡靈／我看到／一切都帶著血汗／我寫下的／每一句／每一筆／都是後來／與墳墓的傾訴……」他在〈承擔——給苦難中的妻子〉裡寫道：「進入墳墓前／別忘了用骨灰給我寫信／別忘了留下陰間的地址」。

　　曉波首先是作家、詩人和文學評論家，他是被當局壓迫而成時政評論家的，這是他反抗的方式——用筆對抗槍。2008年六四當天，他曾親口在Skype上告訴我，他感到對不起六四亡靈，若六四問題得到解決，他就會移民美國。當時，他的抽泣聲被多位在我家的朋友聽到，紛紛被這位不忘六四亡靈的人所感動。後來，他獲諾貝爾和平獎的消息傳來後，我為他惋惜，感到他終身渴望自由的願望可能不會實現。有詩為證！蔡楚：「致劉曉波／秋雨中得知你獲獎我淚如雨下／彷彿又聽到我們熟悉的大磕巴——／每年六四，Skype上你說對不起亡靈／斷續的哭泣像這秋雨綿延著牽掛／有人說你軟若雨水不夠剛烈／有人說你水滴石穿已經幻化／我說不要捧你上祭壇／劉霞喊你回家／2010年10月」。

　　2008年12月10日，劉曉波、張祖樺和國內303名各界人士聯合發佈《零八憲章》，得到國內外大批人士聯署簽名，至今已35批，約一萬四千餘人。《零八憲章》指出：「在經歷了長期的人權災難和艱難曲折的抗爭歷程之後，覺醒的中國公民日漸清楚地認識到，自由、平等、人權是人類共同的普世價值；民主、共和、憲政是現代政治的基本制度架構。抽離了這些普世

價值和基本政制架構的『現代化』，是剝奪人的權利、腐蝕人性、摧毀人的尊嚴的災難過程。21世紀的中國將走向何方，是繼續這種威權統治下的『現代化』，還是認同普世價值、融入主流文明、建立民主政體？這是一個不容迴避的抉擇。」「為此，我們本著勇於踐行的公民精神，公佈《零八憲章》。我們希望所有具有同樣危機感、責任感和使命感的中國公民，不分朝野，不論身份，求同存異，積極參與到公民運動中來，共同推動中國社會的偉大變革，以期早日建成一個自由、民主、憲政的國家，實現國人百餘年來鍥而不舍的追求與夢想。」

梳理中國的民主運動史，最大規模和最有影響力的有八九民運和《零八憲章》憲政運動，《零八憲章》把民主運動的訴求，定格在「抗爭歷程，公民運動」和「建成一個自由、民主、憲政的國家」上。《零八憲章》憲政運動不是過去式，而是現在進行式，自由憲政未實現和完善前，《零八憲章》憲政運動不會停止。

公佈《零八憲章》前，2008年12月6日上午10點16分，曉波從信箱給我發來：〈曉波致意：下週稿子，收到回音！〉。晚上，他從Skype上給我發來了〈中國各界人士聯合發佈《零八憲章》〉第一批300人簽署版本，要我在12月10日世界人權日時公佈。第二天晚上，他還在Skype上與我視頻聊天，由於他不能出國，所以他希望與我在國內見面。天真的曉波沒有料到第二天他就會被北京國保抓走。當天夜裡，張祖樺也被抄家並帶走，好在祖樺已把〈中國各界人士聯合發佈《零八憲章》〉第一批303人簽署定稿版本交給海外組織發佈，才沒有耽誤《零八憲章》提前一天公佈。至今，《民主中國》網刊上保留了《零八憲章》公佈後的全部簽名資料，《零八憲章論壇》也同時刊登這些資料，而且，還有《零八憲章信息網》的鏈接，三個網站成為《零八憲章》討論、修訂的平台。

2008年11月，曉波給我發來一批圖片，他說最喜歡劉霞在丁子霖老師家給他拍攝的一張照片，背景是劉霞的攝影〈布袋娃娃〉。曉波被監禁後，我一直堅持報導信息，而且，每年都去各地參與聲援和救助國內良心犯的會議。

僅舉五例：

劉曉波博士被北京警方刑事拘留（圖）

http://blog.boxun.com/hero/200812/caichu/1_1.shtml

丁子霖蔣培坤：呼籲各方，營救劉曉波

http://blog.boxun.com/hero/200906/caichu/2_1.shtml

強烈譴責北京警方非法限制劉霞的人身自由呼籲公眾關注劉霞的處境

http://blog.boxun.com/hero/200906/caichu/3_1.shtml

零八憲章一周年，劉曉波面臨重判

http://blog.boxun.com/hero/201001/caichu/1_1.shtml

劉曉波：我的自辯和最後陳述

https://blog.bnn.co/hero/201001/caichu/6_1.shtml

我與曉波的家屬也一直保持聯繫。劉霞的電話很難打通，有時撥打幾次也不行。2017年4月下旬，我與劉霞通電話，我問她曉波的身體如何？她告訴我曉波的身體比她好。但她又說，當局給曉波檢查了身體，就是不告訴曉波和她檢查的結果。因此，她還是不放心。我請她探監時代我問曉波的身體如何，她說隔著窗，還有警察監視，根本不能提他人的名字，否則就會被取消探視。可是，從現在的媒體報導看，當局已經在4月就知道曉波身體的真實情況，卻沒有公佈，而是一直拖延。這種政治拖延，就是慢性謀殺劉曉波。

2017年6月，中國當局披露曉波已患肝癌晚期，7月5日夜又

見曉波夫妻照片，並聞曉波病危，我不禁老淚縱橫。悲憤中，蔡楚寫道：形銷骨立的夫妻用骨灰來書寫愛情：

> 今夜清光此處多，陰晴圓缺未消磨。
> 蠟炬有心還惜別，千條香燭照星河。

多年來，曉波一直堅持寧可坐穿牢底也不出國，這次他卻對前來會診的德國和美國醫生表示，願意到西方治病，死也要死在西方，並且要讓劉霞和其弟劉暉陪同他出國。劉曉波早已將生命獻給了六四亡靈，實現了他的靈魂救贖。此時，卻用他最後的一口氣為劉霞爭取自由。這樣的愛情真是「人間難得幾回聞」。

劉曉波一生做了三件大事：六四聲援學生成為黑手；創建和發展獨立筆會；鞏固和發展《民主中國》網刊，用以身殉道的方式來弘揚《零八憲章》。

生做自由人，死成自由魂；愛為情所動，情由性靈生。這是曉波畢生的追求。

2017年7月11日初稿，2017年7月12日定稿

中國地下文學與查禁

——簡述我參與的兩個地下文學群落

　　文革前後，我在成都先後參與了兩個地下文學群落的活動。一個是從1961年初具規模，到71年正式被打成反革命組織，幾經波瀾，終於煙消雲散的「星四聚餐會」，又稱「紅色逍遙兵七零八落部隊」。另一個是從1963年開始集聚，綿延至今的「成都野草文學群落」。說是群落，因為這些人既無一定的組織形式，又無文學綱領，更沒有帶頭人。連歐洲上流社會清談的「文藝沙龍」也不算，因為，他們只是在當時嚴酷的現實中的一群底層行吟者，於飯館或茶館中交流他們的作品，切磋由於自身苦難和讀書中產生的權利意識。在那時，不僅處於主流文化外的地下狀態，且隨時有被人告密而銀鐺入獄的可能。

　　「紅色逍遙兵七零八落部隊」由一批文革前畢業的大學生為主構成。聚餐時，逍遙兵們討論的題目從詩歌到小說，再到戲劇、歷史、音樂、繪畫、電影、外文等包羅萬象，無所不及。

　　1961年初秋的一天，院鄰謝朝崧老師對我說，欲介紹一位傳奇性的詩人與我認識。謝老師畢業於昆明工學院，在成都東郊107保密工廠當教師。當時，我剛隨母校成都工農師範學校的師生，到龍泉驛八一公社支農半年後返城不久。由於在鄉村見到餓死不少人，胸中有太多的表達衝動，而且，我正處於學寫詩的高峰期，於是便答應下來。謝老師說，傳奇性的詩人叫尹金芳，筆名尹一之。之所以傳奇，是他能獨善其身，沒有大的波折。

　　這位尹一之，射洪縣人，是唐代大詩人陳子昂的同鄉。五十年代初期畢業於中央公安學院重慶分院短訓班，（後並入

西南政法學院）因其叔父尹九參加過藍衣社，在老家被判刑勞改，尹一之遂被當局取消畢業分配。1958年初，他在自謀的小學教師崗位上，已做到校長職位，但為避「反右」（工農中不劃右派），他以近30歲的年齡，毅然到西郊成都閥門廠當學徒工。顯示出無奈中的智慧。

謝老師拿出他珍藏的前五期《星星詩刊》，第五期上有尹一之寫給一位姑娘的情詩，迄今我還記得其中幾句：「浮雲是你的笑容／青山作你的裙／你用你臉上的紅霞／燃燒了我的心」。剛出校門，看慣了課本和報刊上的大躍進民歌。第一次知道，成都還有《星星詩刊》，有流沙河和石天河，有《草木篇》和《蝴蝶篇》，還有民間的尹一之等一批人。據謝老師說，1957年6月，流沙河寫出著名的〈亡命〉詩：「今夕復何夕，亡命走關西。狂風摧草木，暴雨打螻蟻。曲悲遭千指，心冷橫雙眉。逃死奔生去，焉敢料歸期？……」尹一之從省文聯內部得知，曾私下勸過流沙河，「乍暖還寒時候，最難將息。」

1962年，我陷入初戀，習作增多，步行到尹一之廠裡單身宿舍，找他求教的次數也增多。一次，談得興起。他說他大多數作品都不能發表，因為不能示人，權且叫做枕下文學或抽屜文學好了。我見他黑油油的枕邊有一本《孫子兵法》，感到好奇，他說這叫「無為而無不為」，我似懂非懂，無言以對。他解釋說，林語堂講：「道永遠順任自然，不造不設，好像常是無所作為的，但萬物都由道而生，恃道而長，實際上卻又是無所不為。」我若有所悟，第二天趕緊到省圖書館借書查閱。

1964年我看了《早春二月》等批判片，又聽尹一之給我講解蘇聯電影《第四十一》，知道了導演格里高利・丘赫萊依。他還特別提到三十年代梁實秋和魯迅的論戰，使我明白了世上確有超階級的愛同美，確有超階級的人性，確有超階級的文學。尹一之反感毛澤東的「階級鬥爭，一抓就靈」的口號，說

是毛澤東的反攻倒算。我很好奇他哪來這麼多消息。那幾年，看了一些外國電影，不僅學會了主題曲，思維也受到啟迪。由於失戀，我深切地感受到，在革命的浪潮中，人性中的真善美和愛情中的快樂、苦澀等，常常被吞沒。

1967年春節，我返蓉探親。又是在中南大街的市美軒餐館分店，聽尹一之吹牛。他分析了文革的形勢，表示同情劉少奇。還講到江青（藍蘋）的一些舊事，說林彪尖嘴猴腮成不了大事。68年春節聚餐，尹一之說，諸位大多沒有參加群眾組織，因此格外逍遙；而且，我們之間分散各地，不如把「星四聚餐會」戲稱「紅色逍遙兵七零八落部隊」，引來一陣哄堂大笑。文友們對冠以「紅色」，亦心照不宣。他還當場約文友們夏天去峨眉山，效彷莊子「逍遙遊」，我因假期已完，沒有答應同去。

1968年夏天，他們去峨眉山，下山時，把沿山石砌的毛主席語錄牆一路推倒。還用粉筆把自己的詩詞，書寫於寺壁、山崖之上。以凝練的題詩，表達了對文革的憤懣之情，揭露出文革中萬家墨面、血流成河、爭權奪利的實質。這就惹下了大禍。

1969年下半年，「紅色逍遙兵七零八落部隊」被文友帶來聚餐的人檢舉揭發。成都市革命委員會人民保衛組當時正追查攻擊中央文革小組的信件，以為這批人是重點追查對象，馬上佈置跟蹤，準備釣大魚。一天，保衛組人員發現文友尹胖子從家裡轉移一口大皮箱到郊外，判斷他是轉移反革命組織的綱領和文件，於是立即抓捕了他，但打開大皮箱翻看，卻發現尹胖子轉移的是尹家的族譜。保衛組人員大失所望，馬上佈置把「紅色逍遙兵七零八落部隊」的主要成員，抓進成都工學院的群專大樓關押。之後，逍遙兵們被分別押回其工作單位批鬥。

1970年1月初，我突然被四川石油築路處土建隊的群專隊揪出來批鬥，一直延續到6月中旬。每天照樣出工，晚上接受噴氣

式批鬥，寫坦白交待。有時，被抓去處公審大會陪鬥、批鬥。不但頭吊黑牌、拳打腳踢，還被扯斷不少頭髮。軍管會和群專隊命我交待與「紅色逍遙兵七零八落部隊」的關係，說成都已掌握了此反革命組織，攻擊中央文革小組的信件。我不知所措，只能避重就輕革自己的命。軍代表找我訓話，警告我說謝某已交待了我的早期反動詩〈乞丐〉等。我只能依樣畫葫蘆，把文革初期向工作組交待過的反動詩作了重新交待，並重點交待受到謝某的影響等。而對其他人，則基本不提，或假裝不認識。6月下旬，我被開除臨時工隊伍，8月送回成都，繼續在派出所接受審查。

在此期間，專案組人員多次傳我去派出所，逼我按他們的要求坦白交待。記得有一天下午，他們要我當場簽字畫押承認八項罪行，其中最嚴重的是「組織上山打遊擊」和「組織收聽敵台和放黃色唱片、唱反動歌曲」兩項，說他們已經掌握了證據。我與他們爭辯，他們拍桌子打巴掌，驚動了董天滂所長。董問怎麼回事，他們說我氣焰囂張，拒不交待。我申辯說，沒有的事不能承認。董因被造反派毆打過多次，而我從來沒去造他的反，就勸專案組人員放我回家好生想，明早再來交坦白交待。專案組人員看他的面子，就答應了。我回家後，找到謝朝崧，串通了供詞，第二天才去交卷。

審查到71年11月才結束。經中國人民解放軍成都市公安機關軍事管制委員會、四川省成都市革命委員會人民保衛組（71）人保刑字第422號刑事判決書，尹一之被以反革命罪判處管制三年，謝朝崧被以反革命罪判處，將帽子拿在群眾手裡，交群眾監督改造，以觀後效（文革中特有的判決方式）。我被缺席判處，「罪行較輕，不予刑事處分」。未通知我本人，實則對我實施內控，出門要請假，派出所經常來查夜。其他11人，被以反革命罪分別判處不予刑事處分、管制或有期徒刑。

只有謝朝崧的大學同學尹胖子被另案處理，被以反革命罪和投機倒把罪判處有期徒刑20年。

　　1979年，文友張江陵（四川省林業科學研究所翻譯員）等對原判不服，提出申訴。經四川省成都市中級人民法院（79）刑申字第14號刑事判決書判決：「經本院復查，張江陵、鄧先根等在1967年至1968年期間，常在一起『研究文學』、『評論形勢』，其內容主要是反對林彪和四人幫的。原判以〈惡毒攻擊我黨和社會主義制度、無產階級文化大革命〉的反革命罪，判處上列人員是錯誤的。據此，特依法判決：撤銷原判，宣告無罪。」這次我被通知到中院現場，法官要我們感激華主席。張江陵和我高聲反駁法官：「不需要感激華主席，歷史已宣判我們無罪。」宣判後我們高談闊論，說專制猶如酒桶，現在毛已去世，桶箍崩裂，專制必然散架。對時局寄託了些許幻想。

　　「紅色逍遙兵七零八落部隊」平反後，尹一之托謝朝崧帶話，說知道我去找過他。鄧先根到過幾次謝家，其他逍遙兵與我再無來往。1980年3月，我介入另一地下文學群落《野草》，遂與他們漸行漸遠。關於「紅色逍遙兵七零八落部隊」的情況，可以查看我的文章：

蔡楚：紅色逍遙兵七零八落部隊：

https://minzhuzhongguo.org/default.php?id=64339

　　「成都野草文學群落」，由一群居住在成都錦江兩岸的失學青年和失業青年為主構成。最初的圈子有鄧墾、陳墨、徐坯、殷明輝四人。後來，在鄧墾和陳墨周圍不知不覺地集聚起一個獨立追尋的文學群落，僅是當時居住在成都錦江河畔的就有20餘人。高峰期，曾有眾多老、中、青介入。但至今，常有來往的詩友也就是20餘人。

　　早在六〇年代初期，鄧墾和陳墨便顯露出他們的文學才華。1963年，鄧墾就編有自己的手抄本《雪夢詩選》、《白雪戀》、《海誓》等詩集。1964年，陳墨也編有手抄本《殘螢集》、《燈花集》、《落葉集》、《烏夜啼》等詩集。二人志趣相投，並合編了手抄本《20四橋明月夜》小詩合集。蔡楚亦在1964年編有自己的手抄本《泂水集》、《徘徊集》等詩集。

　　陳墨在1964年寫出了〈無妻兒〉：「等級化的圖案／勾引著性欲／赤橙黃綠青藍紫／淪為後宮／月牙泉漸漸乾涸／左擺右擺／椰樹林群情亢奮／從赤道劃來的獨木舟／擱淺？／秩序像筆順／老師吱吱啞啞地／在黑板上寫／從上到下／從左到右／最後／全部刷去／並帶走我／圖案化的性欲／和風的鼓動／海灘的出賣。」象徵性地表現了他單純的質疑。

　　1967年秋，鄧墾寫出了〈在那個陰暗多雨的季節〉：「你的歌難道只僅僅是秋雁呼喚的長空，／夜半冷月下的流螢徘徊在荒塚？／你的歌難道只僅僅是神往於一個桃色的夢？／白雲深山裡幾聲清淡的清淡的暮鐘？／／不，我相信人們將真實地評價你，／正如落葉最懂得秋天，寒梅不欺騙春風，／當他們提起，在那個陰暗多雨的季節，／血，是多麼紅，心，是多麼沉重。」形象地表達了他對文革的控訴。

　　1968年8月，蔡楚寫出了〈依據〉：「花開花落潮漲潮退／星際運行人死人生／我們只是一朵浪花／一片浮雲或者是／一個分子式一顆小／小的小小的機器／製造出的螺絲釘／但縱然是死無輪迴／我也要直問到──／那絞刑架上的／久已失去的／──依據。」直接表達了他在艱難中的持守和獨立意識。

　　1976年，馮裡寫出了〈自由〉：「你在哪兒？／一個監獄接著一個監獄！／一把鎖鏈連著一把鎖鏈！／你痛苦地記在歷史的卷帖上。／你在什麼地方？／一張書頁連著一張書頁，／一種思想接著一種思想！／你悄悄藏在人們的記憶上。」深切

地傾訴了他對自由的渴望。

　　1977年，野鳴寫出〈探監〉：「母親帶著小兒子去探監，／走過一道又一道鐵柵欄。／這監獄又深、又冷、又陰暗，／從1976一直連著焚書坑儒那一年……／媽媽，這兒關的是老虎嗎？／不，這兒不關老虎，關的是人權。／媽媽，人權是什麼呀？／就是手不願在地下爬，背不願變彎。」生動地揭示了中國奴役人的勞改制度的黑暗。

　　此外，陳墨在1964年寫出的〈未及〉、〈蚯蚓〉，1968年寫出的〈零碎的愛〉和〈她要遠去〉，1976年寫出了〈天安門〉，1979年寫出的〈野草〉；鄧墾在1964年寫出的〈歸來啊，我的遠方的戀人〉，1971年寫出的〈當春風歸來的時候〉，1979年寫出的〈三峽〉和〈海螺〉；蔡楚在1961年寫出的〈乞丐〉，1964年寫出的〈別上一朵憔悴的花〉，1975年寫出的〈透明的翅膀〉，1976年寫出的〈等待〉，1980年寫出的〈我的憂傷〉；萬一在1967年寫出的〈望〉，1968年寫出的〈彈洞〉，1969年寫出的〈血夜〉，1976年寫出的〈纖夫〉；徐坯在1969年寫出的〈夢〉和1971年寫出的〈夜巡〉；阿寧在1971和1974年寫出的〈活著為什麼？〉和〈坑和人〉等。都是在這「後代難以想像的惡劣環境下」（陳墨語），詩友們曾有過的掙扎、反抗、夢想和追求的真實見證。

　　1972年，在陳墨的鼓動下，鄧墾把眾詩友的習作選編出一本《空山詩選》（14人，150首）。尚未油印成冊，友人某某被打成現行反革命，鋃鐺入獄。鄧墾夫人恐連累眾詩友，遂將這手抄孤本付之一炬。1976年，詩友吳鴻又編了一本《空山詩選》，也因文字獄之故，被迫又將這手抄孤本燒掉。

　　1979年3月，在陳墨的發起下，詩友們創辦了成都地區第一份民刊《野草》，由陳墨任主編，萬一、鄧墾、徐坯、馮裡等任編輯組成編輯部，並公開油印《野草》，張貼在成都的鹽市

口、春熙路等地，走向社會。陳墨說：「《野草》不僅固化了詩友間的相互影響，也使探索成為凝聚力；而想在新詩史上獨樹一幟的派別理想，也得以初步嘗試——那就是卑賤者不屈不撓的野性，我們當然以此而自豪，並認定這便是我們人生價值之所在。」

《野草》雖只出了三期，並被當時的成都市委書記正式宣佈為反動刊物而被迫停刊。但影響還是有的。為了延續《野草》的生命，79年11月18日魏京生入獄剛半月，詩友們決定《野草》以手抄小報形式，並更名為《詩友》繼續辦下去。從公開轉入地下，作為《野草》同仁間聯絡感情，互學互勉的紐帶。79年11月23日，鄧墾終於手抄編寫完《詩友》創刊號，但至蔡楚編輯的28期又被當局定性為黑刊。

1988年2月，大約氣候適宜，鄧墾、陳墨、蔡楚和孫路共定《詩友》復刊。孫路說：「說真話，抒真情，捍衛自己的人生基本自由，用筆記錄真實的歷史和人生，已經是我們自己選擇的無法改變的道路。」「六四」事件發生，詩友孫路、潘家柱、滕龍入獄，《詩友》再停刊一年，90年復刊至93年底共出81期。1994年，詩友們集資出了本沒有書號，不能公開發行的《野草詩選》（45人，369首），99年又出詩文選集《野草之路》。

2000年11月，《野草》文學群落又恢復出刊，刊名仍用《野草》。2004年6月9日，陳墨主編《野草》第93期，「甲申360年祭奠專號」。其祭奠二字觸痛了當局的神經。《野草》遂被查封。陳墨不僅被抄家，還連累其妻李明達，被以「政治問題經濟處理」抓進監牢，判刑五年。

2007年9月，由四川師範大學李亞東撰寫的《文革時期的地下文學：成都「野草」詩歌群體》作為一個章節，編入中國人民大學出版，曹萬生主編的《中國現代漢語新文學史》正式出版，全國公開發行，原文六千餘字。2011年1月，西華大學王

學東教授發表〈成都野草詩群與文革四川地下詩歌的「空山之境」〉。2012年3月，四川師範大學李亞東發表〈查勘地下文學現場──從19六十年代蔡楚的「反動詩」說起〉。2012年12月，王學東教授在《蜀學》雜誌第七輯發表〈當代四川詩歌的精神向度──以成都野草詩群為例〉。

2016年9月，詩友們又集資，自費印刷了《野草詩三百首》。2017年3月，鄧墾選編了《野草散文選》，還是自費印刷，不能公開出版。

「紅色逍遙兵七零八落部隊」的特徵，是在「不革命就是反革命」的年代，勇於逍遙。我們所謂的「逍遙」，表面上是指文化人的逃離野蠻、大隱於市，以及對藝術的唯美追求，但其核心是一種「權利意識」，即對於人性、人權以及人的尊嚴的追求。「逍遙」出自《莊子逍遙遊》，有道家思想的蘊意。我們都尋找著精神的他鄉，都生活在遠離〈中心〉的別處，渴求自由自在的精神層次。

而「成都野草文學群落」，則在反抗與「空山」之間掙扎。只有少數幾個詩友具有不屈不撓的野性和「權利意識」，而且一以貫之。「野草」中「詩友」二字，以友字為重。詩友間十分珍惜那種神交意會的依托感，比較淡泊地看輕文藝的功利性。因此，在上世紀九〇年代以後，即使少數幾個詩友進入官方文學體系，但詩友間自悅自樂，相互切磋的方式至今不變。

「空」是佛教對世界的基本認識，是佛學的核心。而「空山」這一詩學概念源於佛教，並不指山中的一切皆空，「空」是一種心理體驗，即「心空」。但「野草」的地下詩歌中，「空山」直接針對「中心」的權力，是遠離中心的「茶鋪」。「茶鋪」恰好成為了「空山」的理想之地，「野草」也在「茶鋪」中獲得了生命的價值和意義。

關於「成都野草文學群落」，可以查看：

蔡楚：勇敢是信念和智慧的果實

http://www.chinesepen.org/blog/archives/81918

李亞東：「在那個陰暗多雨的季節」──記成都「野草」詩歌群體

https://minzhuzhongguo.org/default.php?id=28659

王學東：當代四川詩歌的精神向度──以成都「野草詩群」為例（一）

http://www.chinesepen.org/blog/archives/53344

李亞東：查勘地下文學現場──從19六十年代蔡楚的「反動詩」說起

http://www.chinesepen.org/blog/archives/66230

　　中國的地下文學是一條長河，從古流動到今天。從成都兩個地下文學群落的歷程，我們可以看出地下文學的歷史真實性和美學有效性。作為作家不能過於看重名利而只活在當下，翻開中外的文學史，不少傳世的不朽作品在作家生前都未曾發表。他們當初為何寫作？文學作品從某種意義上看，只是個人通過美的表達而自我救贖的過程。中國的地下文學充分證實了，即使社會是醜惡的，人性中卻仍有愛與美的閃光。這些地下作者是同時活在過去、現在和未來的人，他們的孤獨是遺世獨立的蒼涼的問號。

　　中國的地下文學需要發掘整理研究，活化石當繼續發現以見天日。死去的，如北大才女林昭曾創辦《星火》雜誌，1968年她被槍斃後，林昭的檔案，包括在獄中寫的大量血書、詩歌等，1980年代曾一度開放，但不久又被封存。2005年，獨立中文筆會特設「林昭紀念獎」，年年紀念這位思想先驅和自由鬥士。像林昭一樣的化石還有不少，如遇羅克、馮元春等，今天，還悄無聲息地躺在檔案館裡。

目前，大陸言說控制屏蔽越加嚴苛，許多作家的作品都不能公開出版，但他們面對歷史的自白還在繼續。這種所謂「岩漿在地下運行」等待的狀況已經太久，使我擔心時間久了，寫作者會像劉曉波一樣被謀殺成化石，而化石也會風化。因此，急需發掘和搶救這些寫作者的作品，在國際上翻譯成多種文字，公開出版。

　　「紅色逍遙兵七零八落部隊」和「成都野草文學群落」是地下文學藏經洞中的一部份，區別於那些浮遊在地面上的泡沫文學。如果說，上帝的童話是天堂；那麼，人類的童話就是家園。而地下文學的藏經洞，就是我們終身追尋的心靈自由的家園。

　　72歲的蔡楚仍在寫作，今年七月，我寫了兩首詩：

　　蔡楚：〈七一〉

紅旗和氣球的霧霾下沒有人
沒有血腥，沒有一絲痕跡
步槍華麗轉身後哼唱著他的夢

影子被拉長，揉碎在白夜裡
夢境中謊言被鐫刻在獎章上
掛在共產黨萬歲的胸前

坦克碾過六月來到七一
化作南湖的木船
桅桿半拖掛著黑玫瑰花旗

黑色的神祕
駛向悲傷的彼岸

喚醒記憶和良知

2017年7月1日

蔡楚：〈雨後〉

銀河傾斜紛飛如洪
穿過橘子洲頭
席卷萬山紅遍

一個靈魂沒有遠去
彩虹一樣反射在中國上空
沒有責備這個虧欠的世界

直播開始了
死神站起來祭奠
從此人們救不活自己

淹沒了的紅色祖墳
不需要軟埋
只需要顛覆

2017年7月13日

註：此刻，以一首歌給曉波送別。曉波和劉霞像雙彩虹一
　　樣，在我心中升起。

2017年7月25日初稿，2017年7月26日定稿

妻是強者

妻是強者，過去的我並未認識到。

我與妻相識於慘無人道的文革後期。那時，妻在農村接受「再教育」，我在工廠裡做臨時工。也許是共同的命運把我倆繫在一起，也許是天假良緣，我倆的上輩人已經通婚，但我倆之間並沒有血緣關係。

那是一個初秋的午後，不晴不雨的蓉城依然見不到一絲陽光，空氣中瀰漫出蜂窩煤燃燒的一氧化碳臭味，使人感到壓抑和窒息。我步行到成都工學院圖書館任館員的蔡啟琳姑媽家借書。進門後，見一位寬皮大臉、紮著兩條羊角辮的姑娘坐在屋右的竹馬架上。

表弟蔡源眾（隨母姓）介紹說是他的堂妹，來蓉城為她蒙受不白之冤的父親李冀昆老先生鳴冤叫屈。由於我父母都在文革中被迫害致死，表弟蔡源眾的父親李培成因曾任過威遠縣三青團黨部書記，仍在青海勞改。一種共同的命運感與對義女的敬佩之情便油然而生。那時，妻在我心中是一位身材高挑而滿面愁容的姑娘，但從她那雙熠熠生輝的大眼中，我意識到一種不屈的動力。

由於我已有過三次失敗的「紅與黑之戀」，所以，後來我倆開始通信，在信中相互勉勵。我逐漸知道妻是67級的初中生，但在偏遠的鄉村裡並沒有綴學，除了自學數理化、聽一些英語唱片外，她還敢於收聽美國之音播送的「英語900句」教學。這在當時充滿風險，很可能被當局扣上收聽敵台的帽子。

恢復高考的1977年，妻就以優異的考分越過錄取線。但由於妻的父親還在土勞改，母親也因失望而失蹤多年。妻被以

「政審不合格」而名落孫山後，曾準備放棄八年來的努力。我去信鼓勵她，說明時代不會永遠倒退的道理，並寄去一些復習資料，希望妻能鳴鼓再戰，做生活中的強者。那時的我，自以為是強者，並常常因此而沾沾自喜。1978年，妻以優異的考分被當時的重點學校四川醫學院錄取。在蓉城相聚時，我倆的心都充滿了歡悅。

1979年6月，我在出差蘭州途中寫詩郵寄給妻：

〈寄〉

寄出一紙遙遠的問候，
撩起萬縷纏綿的情詩。
在西去列車喧鬧的窗口，
我在心底呼喚你的名字。

離別也不過幾十小時，
相聚又何止百次千次。
我仍願像光一般捷速，
化作問候來燃起相思。

時光荏苒，無奈中我倆晚婚晚育。在校時，妻也曾疏懶，有一次要我給她的作文捉刀。我則因滿腦的國粹作祟，對妻約法三章，要妻對我舉案齊眉。妻畢業後第二年我倆有了兒子，但天倫之樂並未暢享。因為妻又開始了新的爬涉，日日忙於學習醫學科技情報和電子計算機。我卻被時代的浪潮推上了工廠的經營管理崗位，羈旅生涯，舟車顛簸獨享。妻曾為此責備我耽於煙酒，終日昏昏不理學業和家務，撇下妻兒空守寂寞。我卻不以為然，認為是自我實現的需要。至今想來，當時的確沒

能戰勝自身的疏懶，尤其是我因一個字母的發音問題，就放棄了跟妻學習英語。

1988年，妻經考試取得了世界衛生組織資助的出國訪問學者的資格，1989年2月去了美國西雅圖。1990年，妻又在近不惑之年時，毅然選擇了在西雅圖華盛頓大學攻讀碩士學位的路。妻在來信中說：「我之所以選擇攻讀學位的路，正因為這條路難走，可以奪回我被文革搶占去的青春。如果一個人不能戰勝自身的疏懶，老是走易走的路，那麼他將一事無成。」妻還來信鼓勵我：「歷史的長河中大浪淘沙，這是您過去鼓勵我的話。」

妻的來信，把我的丈夫氣一掃而光，使我時時處於深深的慚愧之中。記得妻過去與人說話常常赧顏，今天已能在美國獨立地學習和工作，而且還平靜自如地參加華盛頓州參議員舉辦的六四聽證會，並接受西雅圖電視台的採訪。無論酷暑嚴冬，每日駕駛著一輛500美元買的舊車，行進在自己選擇的路上。

1991年上半年，我第五次赴美簽證終於獲得批准，但四川省公安廳一直拒絕發給我出境卡。經過我工作的成都軸承廠廠長的努力，並給我妻原單位，寫了保證我一年內回國的擔保書。1991年12月，我才帶著兒子赴美伴讀。

1992年12月，我獨自回國，留下兒子與妻相依為命。妻曾為此責怪我不承擔兒子的撫養和教育的責任，卻只重視自己的信用。至今想來，確實對不起妻兒。在美一年，我開闊了視野，考取了駕駛執照，堅定了移民的信心。我隨時記得父親生前的囑咐：「要設法使我家的後代綿延下去。」而父母親在文革中的慘死，和中國當局的反覆無常，直接導致了我的移民。

1996年底，我獲得移民簽證。1997年初去了美國南方的阿拉巴馬州莫比爾市。為幫助還在讀初中的兒子，我開始在中餐館打工，洗碗、打雜、油鍋、叫菜等都幹過。每天工作12小

時左右，在中餐館還拿不到州政府規定的每小時最低工資。後來，還幹過油漆工、清潔工、擠奶工、搬運工等。打工三年後，我在大陸當搬運工時的腰傷復發，不能再堅持打工。又是妻幫助我學習電腦技術，促使我到教堂學英語，使我能利用在文革前後，堅持地下文學創作的特長，參與網路世界的博弈。而且，一路走來，沒有猶豫。2001年，我選編的《野草詩選》在海外期刊上發表，並建成《野草》網站。同年，參與創辦獨立中文筆會。2002年下半年擔任筆會網路編輯，2003年10月在第一屆會員大會上當選為理事、第一副會長；2013年10月當選為筆會榮譽理事。2005年12月起擔任《民主中國》網刊編輯，2006年起任發行人，並在原主編劉曉波於2008年12月被捕後接任主編；同年起擔任《參與》網刊主編。2008年9月，在中國大陸正式出版詩集《別夢成灰》，但2009年1月被大陸當局列為禁書。

我移民美國20年以來，每走一步都得到妻的幫助和支持。從最初幫助獨立中文筆會申請美國非盈利組織的資格，到如今每年奔走於世界各地，為中國自由憲政制度的建立，為釋放良心犯和劉曉波發出呼籲，妻都是我參與的公益組織的義工。而且，妻在生活中無微不至的照顧我，可以說，妻、兒、兒媳婦、小孫女是我在美國生活的原動力。

天長海闊，尺素寸書難以表達我對妻的愛戀之情。今年是我與妻珊瑚婚（碧玉婚）之年，我願再活30年，以便慶賀我倆的鑽石婚，同時見證中國的和平民主轉型。

如今，妻、兒、兒媳婦都是美國大學裡的終身教授，「學如逆水行舟，不進則退。」妻是強者，我能知難而進，努力趕上妻嗎？

初稿於1991年3月，2016年10月18日定稿

堅守

　　從我個人的經歷來看，堅守是我人生中的選擇。從少年時代開始，我失學、失業、失戀、失望。開始做臨時工後，文革爆發，我又失母、失父、失夢、失言。但是，幸虧我沒有失去一批批有一樣遭遇的友人。讀書自習、相互切磋，不僅使我們愛好文學，而且使我們產生了權利意識。

　　正如青少年時代遭受16年囹圄之災的詩友周永嚴（魯連）所說：「不過讀書讓人有了文化，知道心靈尚有自主餘地，便擅自爭取自由，踏上尋找和超越自我的歷程。」周永嚴（魯連）後來走上《四川文學》編輯的崗位，不幸因獄中痼疾，於2003年早逝。

　　我們見證過中共專制體制的興衰，至少在1959年至1961年，1976年和1989年，三次感受到中共的危機。如今，從表面上看，中共活得很鮮美。但中共的領導者是一群紙醉金迷的行屍走肉，他們既靠謊言和暴力起家，又靠謊言和暴力維持政權。他們是一群失去靈魂的黨棍，不知審美，只會審醜，歷來踐踏民權。因此，中共斷無前途，擺脫不了專制體制的興亡鐵律。

　　康正果先生曾在蔡楚詩選《別夢成灰》序言中，評論我是「明眼人」，「蔡楚的〈等待〉則是死等，是硬碰硬地等，是沒有希望地等，是存在本身唯一能夠延續下去的等待。」

　　其實，我只是一種人性的堅守。即使失敗，即使像樹一樣被雷霆劈斷，仍然挺立。同道或受難者要用行動書寫自己的歷史，「需要一種『明知不可為而強為之』的近於決絕的生存勇氣和意志決斷。」

紀念華西協合大學劉之介教授

　　世道變幻，人情冷暖。成都現在的多數人並不知道，早在100多年前，成都市區就曾有過一座定點報時的鐘樓，這座鐘樓就是位於成都陝西街口，由美國基督教會所建的存仁醫院大樓的塔樓。

　　老友彭大澤先生，在所著《澤炮夜話》中簡述了陝西街鐘樓的命運：「這個鐘樓以前在陝西街口子上，以前應該是美以美會修的房子吧？鼎革後趕走了洋人，掛了省高教局的牌子。小時候老師帶隊步行到人民公園春遊，這個鐘樓是小屁孩們矚目難忘的地標。文革武鬥時紅衛兵成都部隊占領了這個制高點，在鐘樓頂上安了幾挺機關槍，就成了扼制人民南路廣場的堡壘。成都兩派分裂的第一梭子子彈就是從這裡射出的。張梁劉張面對這塊釘在成都市中心的釘子腦殼痛得很，造反兵團也不爭氣，打不下來。街道分團團長宋立本亡命，半夜摸進去拿炸藥包一炸，也沒有垮。於是劉張從一三二廠調來海二聯機關炮，對倒鐘樓一襲暴打，通通通通通！把紅成武鬥隊員打得雞飛狗跳就抱頭鼠竄了。海二聯機關炮的炮彈粗得很，一火把鐘樓打個對穿對過！沒得哪個守得住。收復了失地的劉張不解氣啊，因為紅色政權的面子被㨆了皮。據說有領導懂軍事，批評打機關炮的該從底下往上打，這樣守軍一個都跑不脫；從上往下打，守軍些撲爬跟斗都逃了命去。千瘡百孔的美以美樓默默地見證中國人革命的慘烈進程，她也默默地消逝在歷史的長河之中。一顆炮彈打斷了鐘樓上時鐘的重錘鐵鏈，重錘砰然下落，擊穿了好幾層樓板，時鐘也就停了擺。哎，古稀之年的我去給哪個小屁孩說，有一個美麗的鐘樓，在去人民公園的路

邊⋯⋯」。

　　大澤關於「美以美會鐘樓」的故事，使我想起了劉之介爺爺在七十年代末，給我講的「美以美會鐘樓」和華西協合大學的一些往事，使我明白了美以美教會派員來中國，並不是文化侵略，而是幫助中國人改善生活質量並提高文化水準。當然，教會的宗旨是「借助教育為手段，以促進基督事業。」但教會不用暴力強迫洗腦，而是幫助你，感化你，潛移默化使你皈依上帝。這就是文明與野蠻的區別。

　　1979年下半年，我在老友杜九森的母親謝素雲家認識劉之介爺爺。那時謝伯母剛摘去反革命分子帽子，處境改善。由於劉爺爺和謝伯母都曾經在華西協合大學共事，所以恢復了來往。那時，劉爺爺83歲，有只眼睛還能借助放大鏡看報。他到謝伯母家聊天傳教，總是由他的三兒子或孫女紅梅送來，但由於兒子或孫女都有工作或學習，不會在謝伯母家久呆。所以，如果我下班去了，總是我用自行車送劉爺爺從致民路回九眼橋附近的家。記得當時劉爺爺還能坐在自行車後衣架上，雙手抱住我的腰。不過，我在前面騎行，常常提心吊膽。

　　劉爺爺說：「有一名叫甘來德（HarryLeeCanright）的傳教士、美國醫生。1891年他受美國基督教美以美會派遣，來到成都陝西街福音堂傳教。1894年他在福音堂附近開設藥房、醫院，初名陝西街美以美診所。1894年他開始修建成都存仁醫院。醫院建築毀於1895年「成都教案」後，他利用清政府的賠款和教會的資助籌劃重建。甘來德發現成都沒有標準時間報時，在新建的醫院設了高兩丈左右的時鐘台。高於主樓約六米左右，為成都第一座磚木結構西洋高層建築。醫院鐘樓不僅成為當時成都的一大景觀，而且定時報點的鐘聲悠揚，對當時沒有幾戶擁有鐘表的成都人家來說，意義難以用幾句話能表述。甘來德還是華西協合大學醫科的創辦人之一。」劉爺爺

又說：「華西壩鐘樓，1926年由美國人柯里斯先生（Mr・J・AckermanColes）捐建，是當時成都最高的建築物。在中式的塔身上配上西洋的時鐘，加上一個哥特式的尖頂，形成一個融合中西文化的建築物。華西壩鐘樓與陝西街的存仁醫院鐘樓遙相呼應，成為當時成都的雙子座鐘樓，頗為壯觀。」

我家就住在廣益壩後面，面臨錦江。小時候我常去華西壩鐘樓玩耍，而老師帶隊步行到人民公園遊玩，陝西街的鐘樓是必經之地。況且在文革中，我被關押在華西壩鐘樓旁的黑屋裡過了一夜，體會到九死一生的滋味。所以，成都的雙子座鐘樓，至今令我記憶猶新。

劉之介教授，四川省資中人，（1896～1986年）。原名紹之，小時就信基督教，幼年與弟就讀於縣城福音堂華美小學。17歲畢業去成都華西協會中學學習。1925年從華西協合大學教育系畢業，任華美模範高小改為新學制高琦初中首任校長。1928年劉爺爺出國深造，在美國芝加哥大學獲教育系文學碩士學位。後來，他擔任華西協合大學教育系主任兼任高琦初中及教育系實驗班校長，並代理過華西協合大學教務主任。

劉爺爺還說：「1950年後，我因所謂教會背景和歷史問題被弄到北京學習，停發工資，幾年後才輾轉回到成都。後來以『院系調整』為名，把我安排去四川師範學院教英語，工資不享受教授的待遇。而且，文革中我還受到批判，身心受到摧殘，工資被降到發生活費。」言及此，劉爺爺不禁唉聲嘆氣。

當時，劉爺爺的院落門可羅雀。沒有像他去世多年後，有不少人搞紀念活動。而成都野草詩友為此，專門組織了一次到劉爺爺家裡拜訪並請教的活動。以表達對這位傑出的教育家的崇敬心情。記得一次，我去劉爺爺家聊天，談起我去上海的見聞。我把鱗次櫛比的高樓，說成鱗次節比。劉爺爺當面指出我的錯誤後，要求我學習要精益求精，而且要活到老，學到老。

從此後，一貫自以為是的我，在劉爺爺面前，再不敢高談闊論。劉爺爺多次對我談起：「教育應當允許私立學校出現，讓老師和學生自由交流。而不能由國家包辦，限制老師和學生的創造力。」他還說：「教材不能統死，應當允許因材施教。」他對當時社會，由官方教材灌輸的仇恨心態很失望，說「這樣下去會激發各種矛盾，遺害後人。」他主張用寬仁慈愛來化解仇恨。

劉爺爺啟發我的智慧，建議我去成都市基督教三自愛國運動委員會，所屬的禮拜堂聽聽佈道。1980年7月的一天我去了一次，結果大失所望，因為佈道的牧師，要我們禱告：「上帝保佑華主席，因為華主席解放了基督教」。我以為基督教的真諦是上帝創造了人，而不是人解放了上帝，也不是人創造了上帝。所以，我從此不再去基督教三自愛國運動委員會所屬的禮拜堂。

1981年4月15日，劉爺爺和國畫家周掄園，在成都餐廳主持我的中西合璧的婚禮。因我妻子在華西大學裡學英語（當時叫四川醫學院），而我酷愛中國詩詞。故而，由劉爺爺象徵西學，國畫家周掄園象徵中國藝術。後來幾年，劉爺爺的視力越來越差，我若沒有出差，每週至少去他家給他唸一次報紙，也向他請教一些自學中的難題。1986年初，劉爺爺患心臟病住進成都一醫院病房，我同妻子一起去探望他。病床上的劉爺爺仍不忘要我皈依基督教，我對劉爺爺說，若上帝顯靈，你能痊癒，我就皈依上帝。結果劉爺爺果然用意志走出醫院，回到家中。而我沒有遵守諾言，無顏去見他。劉爺爺卻用手摸著紙，寫一封歪歪倒倒而字句重疊的問候信來，還寄來一張「劉之介九十叟敬贈」的照片，使我至今慚愧不已。

近來，劉之介教授的大名，頻繁的出現在中文網上，而中國的歷史照例由官方書寫。雖然，劉爺爺文革後照例補發了工

資，照例在他去世多年後受到官方和民間的讚美。但劉爺爺終身跟隨上帝而養成的仁愛、善良、沒有仇恨的品德，和他晚年對教育的反思卻被隻字不提。大量充斥在網上的官樣文章，都介紹他的所謂的愛國主義精神。我認為這是對劉爺爺精神的汙染，也是官方的統戰手法。

　　轉瞬間，劉爺爺已去世31年，僅以此文懷念他。願劉爺爺在天國安息。

2017年10月2日

備註：

美以美會（TheMethodistEpiscopalChurch，1784年－1939年）是從1784年到1939年之間的一個基督教衛理宗的教派，從1784年到1844年是在美國的衛理公會所使用的宗派名稱，南北分裂後到1939年，是在美國北方的衛理公會所使用的宗派名稱。該會屬於基督新教的一個較大的宗派──衛斯理宗。

《劉曉波紀念文集》編後記

　　經過四個多月的策劃和努力，《劉曉波紀念文集》中文版終於可以付梓了。

　　蔡楚在此特別鳴謝達賴喇嘛尊者、林培瑞教授和張祖樺先生為本書撰寫序言；感謝挪威諾貝爾和平獎委員會、國際筆會、獨立中文筆會、天安門母親群體、自由劉曉波工作組為曉波發出唁辭、訃告、文告和公告；感謝曉波生前的各位老友、各位漢學家、零八憲章簽署者為曉波撰寫悼文、詩歌、回憶、述評和評論。

　　本書編輯過程中得到《民主中國》編輯部、獨立中文筆會廖天琪女士、張裕先生、彭小明先生和潘永忠先生的幫助；本書的封面和封底設計得到寒冰女士和凱撒先生的支持；本書的出版得到「中國民主轉型研究所」王天成先生、胡平先生、滕彪先生的支持。蔡楚在此一並致謝。出版《劉曉波紀念文集》的目的，是繼承劉曉波先生的精神遺產，以繼續推動《零八憲章》運動，努力去完成劉曉波先生未盡的目標，把中國推向自由民主憲政。

　　出版《劉曉波紀念文集》是一種人性的堅守。即使失敗，即使像樹一樣被雷霆劈斷，仍然挺立。同道或受難者要用行動書寫自己的歷史，「需要一種『明知不可為而強為之』的近於決絕的生存勇氣和意志決斷」去紀念劉曉波先生。

蔡楚謹記2017年11月9日

蔡楚2017年工作照

詩歌輯

乞丐

為什麼他喉嚨裡伸出了手來？
是這樣一個可憐的乞丐，
徹夜裸露著、在街沿邊，
蜷伏著，他在等待？

襤褸的衣襟遮不住小小的過失，
人們罵他、搡他卻不知道他的悲哀，
自從田園荒蕪後……
這雙手原可以創造世界！

從此後他便乞討在市街，
不住顫抖的手，人們瞥見便躲開，
沒奈何，搶幾個小小的餅子……
到結果還是骨瘦如柴。

冬夜裡朔風怒吼，
可憐的乞丐下身掛著幾片遮羞布。
這雙手原可以創造世界……
長夜漫漫，他在等待！

1961年12月

青石上

水面薄霧，
在我心頭開了悒鬱路。
沿著哀遠的號子聲，
我看到逆流擊波的木筏。

晨風淒清地吟唱，
拂動岸邊的綠竹。
流水嘩嘩的響聲，
像少女怨世的泣哭。

青石上，我枯坐如石，
朝朝暮暮，
忍飢挨餓，
心壁上爬滿了荒蕪。

1961年9月

贈某君

見了你青春的歡樂，
便感到我年少的落沒。
卻似激蕩的迴水——
記憶從我心中流過。

可曾記得那油光的書桌？
明亮的教室裡坐著你我。
兩年的攜手並進，
給我們結一顆友誼的碩果。

而今你在燈下攻書，
我卻只能站在淒清的河邊，
眼望著滾滾東逝的流水，
嘆息人生青春的蹉跎。

見了你青春的歡樂，
便感到我年少的落沒。
你可知道在我心中升起了多少憧憬，
升起了多少寂寞。

1961年秋

《贈某君》
看到你青春的快乐
便感到我年少的憂郁
却似激荡的泗水
记忆从我心中流过．

可曾记得那油光的書桌
明亮的教室里偷看你我．
两年的携手並进
後我们结下一颗友谊的碩果．

而今你在打下淡书
我却马铃说生澳洲河边
眼望着滚滚东趋的流水
叹息着人生青春的遊说．

看到你青春的快乐
便感到我年少的愁郁
你可知道在我心中升起了多少惆怅
升起了多少寂寞

1961.

詩〈贈某君〉手稿，1961年創作。此是1977年抄本，後又有兩個字的修改。

03

贈某君

給zhan

錦水流不盡的詩意，
使我難以離去。
綿長晶瑩的柔波，
把我的心兒緊繫。

那明星伴著眉月，
究竟是天經還是地義？
為什麼在這寂寞的時兒，
我便想起了你？

想起了你，
夜色更加沉寂。
沉寂中不見你純真的笑容，
不見你我感到窒息的哽噎。

錦水流不盡的詩意，
使我難以離去。
不！不是柔波把我的心兒緊繫，
波光裡你的倩影光燦熠熠！

1962年夏

別元知

冷風吹動你散亂的長髮
塵土撲上我蒼白的面頰
我倆彳亍在昏蒙的大道
讓夢香飄著些囈語仙話

你默默地走著，抑不住心中的歡樂
我默默地走著，道不出滿腹的寂寞
從此後又誰知相聚一起
是在天涯還是海角

祝福你，我的友
向前呵，莫回頭
我佇立著
冷風吹動我熱望的衣袖

1963年秋

《別元知》

冷風吹动你教乱的长发
尘土扑上我苍白的面頰．
我俩行于在昏蒙的大道
让梦手翻着心兒吟誦仙诗。

你默默地走着，抑制住胸中的欢乐
我默默地走着，逼示了满腹的寂寞
从此后又谁知相聚一起
是在天涯，还是海角！

祝福你．我的友．
向前啊．不回头
我伫立着．情绪无说
冷風吹动我热望的衣袖．

　　　　　　　　　　　1963．

詩〈別元知〉手稿，1963年創作。此是1977年抄本。

無題

夢裡常縈繫一張笑臉，
縈繫著死去的過往，純潔的初戀。
友人們常說是應當珍惜，
在這寂寞的夜晚和白天。

那時我從未想到有一個花環，
會題上我痛絕的追憶、忘情的冷淡
──心溫柔地騰跳，
當我們十七歲那年。

1964年

致燕子

去年春天妳飛到了這裡，
整天銜集著溫馨的泥。
在簷下築就妳第一個巢，
我愛聽妳喃喃的燕語。

妳愛窸窸窣窣的夏蟲，
夏蟲吟一串雲樣的夢囈。
妳說浮雲載著你的剪影，
能掠過崎嶇、穿越藩籬。

妳愛淅淅瀝瀝的秋雨，
秋雨滴一朵夢樣的雲霓。
寒冷的冬天不會來麼？
妳夢裡也是一片金色的土地？

終於，嚴峻的深秋來了，
妳帶著我的祝福飛去──
願北方有常駐的春天，
能築下妳永遠的巢。

1964年9月

別上一朵憔悴的花

別上一朵憔悴的花，
毅然地走出這可憐的家。
小妹垂手睜圓著眼睛，
弟弟悄聲問我：哥還回來嗎？

走出這可憐的家，
我默念著：別了，親愛的媽媽，
你的兒子到農村去了，
我將勤奮地為祖國添磚砌瓦。

腳踏在藍天的祥雲下，
浮想又像雲片似飄達。
多麼想看落葉的飄飄聽西風的颯颯，
求知的眼兒睜得老大老大。

別上一朵憔悴的花，
毅然地走出這可憐的家。
只因為旭日揮手向我示意，
我邁步奔往那希望的朝霞。

1964年10月，原載《詩友》第18期

蚊煙兒⋯⋯喲⋯⋯蚊煙兒⋯⋯

蚊煙兒⋯⋯
喲⋯⋯蚊煙兒⋯⋯
買⋯⋯
二仙牌香料藥蚊煙兒⋯⋯

一個男童
穿透夏夜的深巷
一次次走進
我的失眠夜

許是沒有賣完蚊煙兒
湊不夠秋天的學雜費⋯⋯

1964年夏

依據

花開花落　潮漲潮退
星際運行　人死人生
我們只是一朵浪花
一片浮雲　或者是
一個分子式一顆小
小的　小小的　機器
製造出的螺絲釘

但縱然是死無輪迴
我也要直問到——
那絞刑架上的
久已失去的
——依　據

1968年8月

題S君骨灰盒

兩旁雕滿呆板的荷花，
過往的一切都輕易地裝下，
正中嵌著你昔年的小照，
這就是你死寂的永遠的家。

可是我忘不了我們共同的語言，
那是一支親切而高亢的歌——
再見吧，媽媽……
祝福我們一路平安吧……

1968年4月

題S君骨灰盒追記

　　孫從軒君，我的好友。六十年代中期，因受政治迫害肆業於甘肅農業大學。後以做臨時工維持生計，贍養臥床不起的老母。文革中，68年4月21日，孫君迫於生計，蹬平板三輪車載人路過華西大學校門口時，被保衛毛主席的紅衛兵用槍射殺，時年僅27歲。

　　孫君家世業醫，其父早逝，母以開小中藥鋪養大他姐弟二人。母篤信天主，孫君兩歲時受洗皈依天主教。不幸在大陸易幟後，此即成為孫君參加「天主教聖母救國軍」的罪證，被記入檔案淪為賤民。

　　孫君同母異父的兄長，57年被打成右派。姐姐在重慶大學讀書期間，64年下鄉參加「四清運動」，莫名其妙地溺死水中。孫君冤死後，消息不敢告訴其母，由其兄長謊稱其已入獄，孫母遂在不停地呼喚孫君的哀嚎聲中拖了年餘，撒手歸天。

　　孫君冤死時，無人料理後事，由好友沙世謙君發電報召我趕回成都處置。時大陸軍管，武鬥正烈，我通過成都警司，在殯儀館找到孫君遺體。天氣炎熱，孫君的遺體已經變形，我只好請人清洗掉孫君身上的血汙，換上一套乾淨的工作服，匆匆地送孫君到火葬場火化。

　　我替孫君選了個雕滿荷花的骨灰盒，並即題詩於骨灰盒上寄託我的哀思。此詩及〈乞丐〉等詩，都成為70年我被批鬥時的罪名之一。

　　文革後，射殺孫君的兇手也沒有查到。誰之罪？

2003年2月26日追記

夢

多年來總做著同樣的夢，
在夢裡我們重又相逢。
像是第一次見到你時，
在那座熟悉的校園中。

雖然我們只有一手的溫存，
卻也激起心海的波動。
雖然你一去不再回來，
想起了仍會心跳臉紅。

寄予無限希望的夢，
到如今無一個有影有蹤。
但這一次也真如夢嗎？
當過往在記憶裡漸漸朦朧。

1973年

愛與願

我愛藍天浮雲的卷舒，
我愛深秋金黃的稻穀；
我愛北去的風、南來的雁，
我愛梅花錚錚鐵骨。

常常我夢著憶著愛著，
忍受著胸中的痛苦——
假若我是一根枯木，
春天來了能否復甦？

我用自己的愛戀，
在心底建起一間小屋；
但它是不是經得起，
現實的霜雪、寂寞的風雨？

大海呵我願作一粒閃光的水珠，
大地呵我願是一撮平凡的泥土；
我更願是一支蠟燭，
去照亮生命幽暗的道路。

1973年

仲夏夢語

曾有過的美好的一切，
都消逝得無影無蹤。
煩惱卻象蟬噪一樣，
來驚擾我的午夢。

知了……知了……
夢月殘霧重，
知了……知了……
夢燭搖青紅。

煩惱像霧一樣彌漫，
過往像月一般朦朧。
而希望會像花一樣盛開，
開在仲夏繽紛的夢中？

讓未消逝的都快消逝，
讓情侶在林深處相逢。
我仍願癡迷地午睡，
在蟬噪聲中入夢。

1974年仲夏

給北風

不要吹吧，凜冽的北風，
別來闖入我熟悉的夢，
因為在我的夢裡，
同樣是雪柱冰峰。

讓我沉沉地睡在這兒，
像一片落葉，如一條僵蟲，
不管希望的芽已綠到窗前，
成功的花正開得火紅。

也不管在什麼別的晴空，
陽光已透過惡霧的深濃，
古老的樹昂起了低垂的頭，
幽閉的泉又緩緩流動。

不要吹吧，凜冽的北風，
即使你帶來了春天的信息，
請告訴我沉默的父兄，
告訴我忍耐的親朋。

1975年12月

透明的翅膀

工蜂嗡嗡，振起透明的翅膀，
沾著朝露，沾著花蕊的芬芳；
釀出蜂王的次序，明天的甜蜜？
是的，我有過憂傷。

是的，我有過憂傷，
蟬翼鼓噪出灼熱的陽光；
那麼流溢，那麼紅，
那麼凝重，那樣顛狂。

顛狂在蜻蜓的翅上，
展開一個個透明的希望；
那麼脆薄，那麼輕，
那麼執著，那樣張惶。

一群群，透明的翅膀，
在低空，迷茫。
天空啊！請告訴我，
這是不是下雨的徵象？

1975年12月

遊螢

我是一點遊螢，
在夜的濃黑裡飄行。
我有我的光亮，
不托付反光的星星。

我是一點遊螢，
在夜的濃黑裡找尋——
一點、兩點、三點……
閃爍在夜的光影。

我是一點遊螢，
飄飄地入你的夢境。
留給你醒來的希望——
把生命撲向光明！

1975年12月

等待

從鮮紅的血泊中拾取，
從不死的靈魂裡採來。
在一間暗黑的屋內，
住著我的——等待。

它沉沉的，不說一句話，
不掉一滴淚，如同我的悲哀。
它緩緩地，不邁一個急步，
不煩每次彎曲，如同我的徘徊。

有時，它闖入我的夢境，
帶我飛越關山，飛越雲海，
到一個陌生又熟悉的地方，
那裡是光明的世界。

但它卻從不肯走到屋外去
眺望那飄忽的雲彩。
它是緘默而又固執的啊，
懂得自己的一生應當怎樣安排。

在那間暗黑的屋內，
它凝住我的恨、凝住我的愛，
凝住我力的爆發，
凝住我血的澎湃。

從鮮紅的血泊中拾取，
從不死的靈魂裡採來。
在一間暗黑的屋內，
住著我的──等待。

1976年4月

自己的歌

像一隻深秋的蟋蟀，
哼唱著世紀的沒落；
像一條未涸的小溪，
從最後的荒灘上流過。

或者是逆風的帆船，
在尋找喘氣的停泊。
或者是綻開的花朵，
何日有溫柔的風來撫摸？

我寂寂地唱起，
唱起自己熟悉的歌：
生命是多麼短促，
人世又多麼坎坷……

蹉跎，絕滅的蹉跎，
要向茫茫的太空中去追索！
我希望借來銀河，
去熄滅那照耀的天火！

1976年5月

祭日

歲月把日子打個結，
繫住人們心中的悲哀；
我把歲月打個結，
繫住我長久的期待。

1976年11月

風向標

有人指責你
為指示風的行蹤
東南西北不停地顫動

有人指責風
東西南北中
旋起一座方向的迷宮

卻沒有人指責日暈月暈
白光圈的運動
把人們推進死的胡同

1976年12月

銅像
——「蓉美香」前

成年後曾讀過你的「富強」，
那正是焚書屠肉的時光。
從此後我便認識了你——
你也曾是民族的希望。

可是每當我來到這裡，
來到這奇妙的「蓉美香」，
總看見孩子們問媽媽，
「這是誰的　銅像？」

1976年6月

寄

寄出一紙遙遠的問候，
撩起萬縷纏綿的情絲。
在西去列車喧鬧的窗口，
我在心底呼喚你的名字。

離別也不過幾十小時，
相聚又何止百次千次。
我仍願像光一般捷速，
化作問候來燃起相思。

1979年6月13日於寶雞

詩〈寄〉手稿，1979年創作。是蔡楚出差蘭州，於寶雞時在火車上寫給妻子的詩，郵寄回成都，由妻子保存下來。

廣場夜

人空空，我匆匆，
廣場冬日夜朦朧。
那華燈照不亮我的心喲，
只照我尋路悼英雄。

廣場上衛兵荷槍梭動，
紀念碑前欄桿幾重？
都怪我這遠方的遲來者，
沒有趕上時代的脈衝。

左側，歷史館沉沉入睡，
前方，紀念碑巍巍高聳；
後方，天安門赫赫禁地，
右側，大會堂酣然入夢。

都怪我這遠方的遲來者，
黑夜裡看不清血跡的殷紅。
都怪我這遠方的遲來者，
偏趕在這霜欺雪壓的嚴冬。

停了步伐，不要前行！
前面橫亙著現代的荒塚；
塋壙裡的燈依樣青紅，
黃土的人馬仍在運動！

於是，西單牆被雪壓冰封，
歷史的長河被欺騙凝凍。
廣場上帶血的刺刀，
又插入祖國和人民的心胸。

人空空，我匆匆，
廣場冬日夜深濃。
待來年春天再來吧，
聽紫禁城內哄然的暮鐘！

1979年12月 —— 原載《野草》總第24期

我守著

我守著無邊的曠野，
我守著亙古的冷月；
告訴我有什麼地方？
我守著固我的殘缺。

我守著紛紛的落葉，
我守著深秋的蕭瑟；
告訴我、春歸何處？
我守著冬日的寒徹。

我守著，熱望像泡沫似破滅，
我守著華夏的墨色……

1980年4月

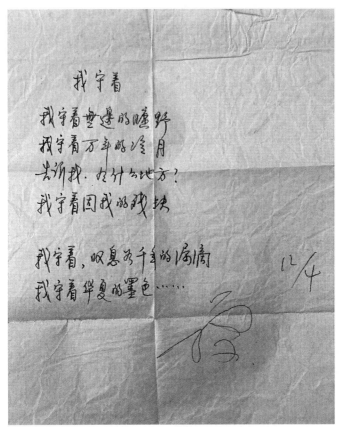

詩〈我守著〉手稿，1980年創作。原作有兩首，這是之一，後併為一首。

象池夜月

淡淡銀絲披散於古寺山野，
一彎玉篦梳理著黝林密葉；
誰家竹笛吹醒了點點疏星，
影入平羌流不盡陰晴圓缺。

離月近了，何由傷別，
人生的路由此照徹？
聽荒雞石蛩遠啼近吟，
一聲佛號溶入這清幽的月色。

1980年選自《峨嵋雜詩》

轉移

山上下迴宕著虔誠的祈福聲，
香客們比「三忠於」時更真誠：
「大慈大悲的菩薩啊請保佑我，
今年無病痛，明年五穀豐登」。

頭纏藍布帕的貧下中農，
從那尊神轉移到這尊神。
那尊神是肉眼凡胎，
這尊神是泥塑金身。

1980年 選自《峨嵋雜詩》

我的憂傷

像月光，靜靜的
瀉入酣熟的池塘。
呵！我的憂傷
最愛在夜晚打擾我，
把我的夢
釘在牆上，
框進一個遠古的向往。

像喇叭花，攀緣著
竹籬的幻想。
呵！我的憂傷
總是用明天來吹奏我，
把我的今天
　　　塞進旋律，
頓在一個休止符上。

像古戰場，血流漂杵
紅到我碧綠的小窗。
呵！我的憂傷
常常用刀尖來點染我，
把我的色彩
　　　　　　刺成單調，
只餘下死屍般的蠟黃。

像荒寺裡的蛛網

捕捉著無血的蠓蚋。
我的憂傷呵——
既然存在一個嗚嚥的月亮，
就會在時空的傷痕上滋長；
既然沒有一個新鮮的太陽，
就讓我到太空中去尋訪。

1980年3月

我是一朵野花

我是一朵野花，
不肯寄生於主人的籬下。
我同姐妹們在山坡上，
花開時燦若雲霞。

我喜歡蕭蕭的秋風，
吹我到半空中飄撒。
我喜歡悠悠的流水，
帶我去漫遊天涯。

天上的白雲是我的夢，
舒卷自如、窮盡變化。
谷底的幽蘭是我的伴，
芳馨已埋入樸實的泥沙。

清晨，冷露沾濕了我，
暮昏，山嵐纏繞著我。
這樣廣闊的大自然啊，
何懼風吹雨打、霜欺雪壓！

一年一度我開了又敗，
冬去春來我在希望中發芽。
在這喧鬧的世界上，
我悄悄的、只是一朵野花。

我是一朵野花，
我願開遍崛起的中華。
待真正的春天來時，
任人們採擷、踐踏。

1980年7月

人的權利

有人說

一棵樹　就是雲梯

可以爬到宇宙中去索取

有人說

一條船　沉到海底

能夠窮盡

百慕大的奧祕

有人說

要像奴才那樣活著並死去

做一台永遠轉動的機器

有人把馬戲團內

排練出的獅吼

翻錄成自由的歌曲

有人把石林中

一排排舉手似的石筍

規定成民主的定義

有人把古舊的經書上

摘錄下的一段文字

註釋成神聖的法律

有人把人民

當作牛羊

驅趕向一片不長青草的土地

夠了
我聽膩了虛偽的囈語
我猜透了貪欲和王權的謎底
——凡是假、惡、醜的東西
都在人的屍體上建築海市蜃樓
祭起半圈裝點江山的虹霓

凡是真實的
　　善良的
　　　　美好的
都已經
或者必須死去
因此
我大聲疾呼——
人的權利！

1980年

禮拜堂內

上帝保佑華主席，阿門
因為華主席解放了宗教
一位白髮蒼蒼的牧師
這樣閉目祈禱

牧師的雙手向前伸向教友
彷彿要把背負的十字架扔掉
我的心因醒悟而痛苦——主啊
在中國你仍是人的發明創造

1980年7月

古隆中

走進一串「三」的數字裡
像走進古老的金字塔
三角體的構造曾壓迫過世界
民眾不過是塔底的泥沙

三顧茅廬、三角鼎立、三分天下
只有塔頂的帝王才不受擠壓
我說孔明你不如就呆在鄉間
多創造些木牛流馬

1980年8月

M像速寫

你的手指是豎直的石林，
再不能撫弄江河織成的古琴；
你的胸脊是崩緊的弓弦，
依舊彈射出箭矢的長鳴。

古老的冷月，
是你青幽的眼睛；
在夜空中盯住，
閃爍不定的星星。

塵土是你的大衣，
麻雀是你的精靈；
你用你背藏的那隻手，
握死帶往墳塋的權柄。

還有你模糊的陰影，
仍隨著陽光梭巡；
全都留給人們，
去回憶那些過去的事情⋯⋯

1980年9月

十三日後酬諸君

愛說血不再沸騰，
愛說心久已封塵。
三十年蓬門緊閉，
說什麼悠悠恨恨。

杯中之物常沉沉，
不信神，也昏昏。
昨晚與君一席話，
如星墜，聽山崩。

天南傳來友的信息，
始感到手的溫存。

1980年3月25日

荒涼

不是冤魂幽靈徘徊於曠野山岡
不是信仰的迷宮裡分不清方向
不是河流乾涸、大海枯竭
生命的綠色從此萎黃

不是地球母親的乳汁已經流盡
人類將向另一個星球逃亡
不對，這些都像惡夢一樣
荒涼絕不是一種迷茫的幻想

荒涼如同仇恨的刀劍
代代嫁接在生命的樹上
年年結出血紅的果實
餵養著形形色色的帝王將相

荒涼如同人們冰冷的目光
石頭一樣地相互碰撞
落下一束束種子一樣的火花
散開像一星星拾不起的希望

1982年5月

回答

—— 致詩友

肩上負著歷史的重壓

足下踩著歲月的沉渣

你的雙眼撐滿血絲

你的赤心卻能把五湖四海裝下

常常

你擂著長夜的門鎖

繫住對詩友的牽掛

在聖殿外採擷野草、春花

終於，我明白了

走過去又繞回來

腐朽的繁華

空泛的現代化

這世界靠什麼主義

誰也無法回答

可是你仍翹首南天等待

你的頭上已悄生白髮

等待

等待是行雲逸霞

等待

等待是盲人瞎馬

等待

等待是水月鏡花

等待

等待成秦磚漢瓦

可是你仍翹首南天等待

你早把自己

釘上血淋淋的十字架

從每一個失眠夜

到每一個夜裡失眠

在你大腦的影視棚內

珍藏著一幅血淋淋的中華

1983年2月（臘月30日），原載《野草》總第45期

歲月

這季節像熟透的桃，
在地面留下一圈水漬；
而守林人卻依著樹幹，
怕陽光竊取枯木底的雜菌。

隔著柵欄我伸出雙手，
用心去交換一塊土地；
種下鮮紅的記憶，
開出潔白的紙花。

歲月已凝成一塊石頭，
或者是一根矽化木；
讓後人去發掘，
它當初存在過的價值。

1983年9月

君山二妃廟墳

每個鄉村都散落著一丘丘荒塚，
每座城市都存留下巍峨的廟墳。
灑盡鮮紅的血滴，
卻用荒塚裸露著無名的人生。
參天的古樹早已倒下，
卻用石化的軀幹誇耀著幽遠的年輪。
這兒葬著四千年前曾長綠的野草，
兩個女人塑像和流傳至今的怨恨。

山地像黃色的兵馬俑，
湖水像黃色渾濁的天空；
眼淚也是黃色的，代代
同斑斑點點的湘妃竹一樣，
皮膚也是黃色的，代代
同枯草搖搖的墳塋一樣。

溺水殉夫化為湘君、湘夫人，
死後仍禁錮著自己的靈魂。
蒼梧之野、葉落歸根，
疊成座座山一般重的廟墳，
壓著人們野草一樣綠的思維，
何處去尋禪讓的唐堯虞舜？
皇權枷身，依然創造出四大發明，
龍為圖騰，五千年繁衍出十億子孫。

湖中，滿載孩子們去憑弔的輪渡，
用沉悶的汽笛發出嘶喊聲聲：
炸毀君山吧！
楚天會更加開闊；
斫去廟堂吧！
孩子們能看見清新躍動的早晨。

1984年兒童節於岳陽

星空

太陽像一滴血
染紅了地球的一半
月亮像一滴淚
尾隨著另一半黑暗
黃色的星辰升起
中國的星空
長——五千年
寬——九百萬

記住東方蒼龍等二十八宿
記住軒轅、內平、天相
　　　　天稷等星官
記住紫微、孔聖、關聖
聖聖聖聖聖
聖化的恆星一大串
肉眼望去，已經嵌滿
中國的星空次序井然

記住恆星就難了
還要按行星的軌道
作一顆衛星運轉
或者
　　在宇宙的無限中
　　　　圖個新鮮
花錢買一個不發光的「黑洞」

還分什麼恆星、行星、衛星
哪怕離地球幾十億光年

世界的星空就是「黑洞」
每個人、每個民族
都有被吞噬的危險
要想避開聖化的恆星
撥正軌道
多──麼──難

1984年6月

槍桿子下面

槍桿子下面陰風慘——
八百萬！一千萬？兩萬萬？
民族的兒女從地府齊聲嘶喊：
槍桿子下面出皇權！

1988年4月，選自《野草》總第32期

嗩吶

一支嗩吶，咿咿呀呀
召喚我們零碎的步伐
我想起少年時
學校教我要聽話
成年後漫長的日夜
單調又雜沓

召喚我們零碎的步伐
一支吹起鄉愁的嗩吶
我想起童年時，豆燈下
母親教我說話
一個茅草屋頂
在我心中懸掛

咿呀……咿呀……
像緊裹著死亡的白布帕
母親墳頭的野草
年年發出新芽
那陪葬的虯柏
從未脫掉過老椏

召喚我們零碎的步伐
古老的曲調吹不開春花
多麼憂傷
一支牽動別情

改纏青紗
咿咿呀呀的嗩吶

1988年5月

致王震

你的名字叫王震
人們又叫你鴉片將軍
因為你帶兵在南泥灣種植罌粟
從此鴉片將軍就是你的別名

鴉片曾使幾代人的神經興奮
你注射著毛主義的海洛因
鴉片也使你的大腦眩暈
過量了，就會沉睡不醒

如今你用種植鴉片的手
在中國彈起改革開放的豎琴
誰能期待你根根麻木的弦上
能奏出時代的強音

1988年2月28日

明天

昨天和今天湊到同一個地方
在一旁悄悄地商量
「不如把明天緊緊地拖住
看這兒能落得個什麼模樣」

於是昨天祭起了陳舊的繩索
今天撒出了黑夜的羅網
明天被禁錮在午夜的陰影裡
掙扎不出滿天的霞光

這兒明天將滿目荒涼
假如今天仍不肯去開創

1988年3月15日

保險絲

總想做華燈一盞
照亮漆黑的夜晚
做一根細細的保險絲吧
把每個人的心點燃
即使自己被高壓擊斷

1988年5月，原載《野草》總第34期

如果風起

如果風起
淚海絕不會沉溺
如果風起
天空就會陡然變色
我願是風
無形中把自我超越

1988年5月，原載《野草》總第33期

黃色的悲哀

排在黃色的廟堂後面，
孔廟、關帝廟、土地廟、宗廟……
世襲的香火燃自貧瘠的山村，
寄生於數千年戰亂的城鎮。
於是，黃色的廟門大開，
黃色的圖騰吞噬著人生。

排在黃色的始皇陵後面……
十三陵、清陵、廣場陵、祠墓……
窒息死民族的精英，
葬送掉民族的子子孫孫。
葉落歸根啊葉落歸根，
助燃起陵穴中皇權的長命燈。

這些廟堂，這些陵墓前，
跪拜著一代代循規蹈矩的靈魂，
像血紅的夕陽永遠潤染著黃昏。
線裝書似的歷史——死人壓活人，
黃色的淚水已象海一般深沉。
黃色的悲哀，唉……黃色的悲哀。

1988年6月

孔形拱橋

負著重壓，彎成弓腰
好一座孔形拱橋
背上的車轍
印訴說著你的歲月
孔底的黑色苔蘚
生長著團團封閉的苦惱

橋身的龍紋被刻意重雕
卻又刷上有特色的廣告——
留下村民們鑿成的象徵圖記
聚集在橋面，模糊又清晰
分不清是今天還是往昔

總是賣甘蔗的老農，在橋頭
用新月般古老的彎刀
引誘孩子們去爭食
河床上溢出嗚嚥的歌謠
一代接著一代
輾軋過一個又一個王朝

1988年10月，原載《野草》總第39期

思念

思念，屬於從前
每當清明時節
去野草叢生的墳頭
悄然無聲地
把晶瑩的淚珠點燃

思念，屬於今天
當親人離去在彼岸
異域音疏，天長海遠
我們彼此約定的日子
怎不令人魂繞夢牽

思念，屬於明天
雖然明天難以預見
但每一朵自在的雲霓
每一頂蔥綠的樹冠
就能叫暴烈的天體逆轉

1989年4月18日

微笑

花兒開了，花兒敗了，
我們自然地微笑。

當溫存的手觸摸到
帶毒的刺時，
我見你寬恕地微笑。

當愛妻在情人節收到
粉紅色的丘比特卡時，
你見我會心地微笑。

穿過小徑，踏著落英，
我們拾起一串串的微笑。

在紅木林中，朦朦朧朧的
我倆合抱不下一棵樹時，
記得兒子有童年的微笑。

在純白色的沙灘上，
赤裸裸地沐著陽光，
夢神托給我們七彩的微笑。

當車過小熊湖時，
我請你停下來，
看這碧綠的透明的微笑。

你能原諒我麼？

因為我並不是一個完美的微笑。

1993年3月

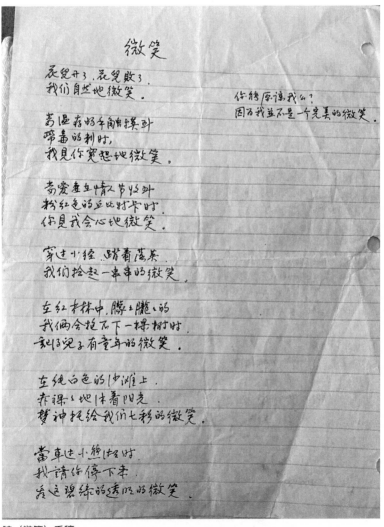

詩〈微笑〉手稿

紐約問答

乘萬里鯤鵬，我來自東方，
Hi！紐約，我問你：在
你自由的旗幟下，
為何弱肉強食，美醜並存，
讓我一眼便看透你腐朽的真實。

紐約說：你好！孩子，
自由正如你這樣無拘束的表達；
或是天賦的權利；是人類無止境的
包羅萬象的永不完美的追求。
在失去自由的地方，
首先你無法公開表達，
或因表達而獲罪，其次嘛，
即使再多看幾眼，
你也找不到真實。是嗎？拜！

1999年7月

選擇樹
——那些自稱森林的形象，
其實只是一株紅罌粟。

樹被野蠻斫去後，
我選擇樹，選擇孤獨；
選擇樹一樣綠的無言，
選擇立於荒漠的情愫。
從此綠色的生命互相告誡：

只有拒絕森林的誘惑，
才不必聽獸王的喝呼。

1996年6月4日

最初的啼叫
——獻給《野草》20週年

看慣了春花秋月的淺笑，
聽膩了夏蟲井蛙的聒噪；
才知你草一樣青的呼喚，
是生命不肯倒下的思考。
這塊黃土有過多的神廟，
容不下青青蔓延的野草；
萬籟俱寂不必去盼春雷，
只需要嬰兒最初的啼叫。

1999年3月

答明輝兄

跨海徒居是為了生存，
繞不開故土仍是夢魂；
君問我漂泊到何時，
聽自由的風撞開國門。

那時我會乘電子郵件歸來，
在聊天室慶賀嶄新的世界；
然後悄聲問明輝兄，
《野草》諸同仁安在？

1999年8月

再答明輝兄

歸來豈料定早已白頭，
歸來也揮不去淡淡的鄉愁。
牧歌似的田園漸行漸遠，
何計客程漫漫，生事悠悠。

聚談與傳杯確足慰平生，
濁眼卻長恨經書淹留。
斬不斷的少年情，江樓意，
嘆錦水已淪落於大漠荒丘。

君吟西風殘照，漢家陵闕，
我唱長亭短亭，春江東流。
故園風情催我們老去，
草堂人日我夢臨神州。

此生既定作一棵野草，
豈能不高歌被桎梏的自由！

1999年9月

獻給《野草之路》

要走新路就是要創造，
甘於平庸背離了「野草」。
詩友間最敬重真性情，
請跳出轉型期的浮躁。

既然曾經是海螺，
發出刺耳的長嘯。
那麼，把你的身軀，
鑄成大海中顛簸的航標！

2000年5月

懷想

像飛蛾在曠野裡撲火，
我的懷想在蜀鄉墜落。
柔柔地泊在溪澗的青石上，
黏黏的貼在野菊的花蕊上。
它來時帶著提簧的清嘯！

它是一輪紅白相間的紙風車，
澀澀的，轉動著冗長的歲月；
它是細碎的溜溜馬的馬蹄，
遙遙的，踏響我久遠的記憶。
它是碧綠的溪水，
叮叮咚咚流過童年。
它是七月的木芙蓉，
綴滿我粉紅的依戀。
它是三月的風箏，
放飛我幼小的心願。
哦！三月的浣花溪，
它來時一定戴一頂斗笠，
披一件蓑衣，在斜風細雨中
爛醉如泥。醒來還吟道：
「不知今夕夢，到蜀到錢塘。」
不如歸去……不如歸去……
它去時還留下鴿哨聲！

它掠過我浮萍似稠密的足跡，
野草一樣在孤零的墳頭棲息。

2000年6月9日

懷想

別夢成灰

野塘裡探出一隻蓮蕾，
盈盈的眼含不墜的淚。
慣看白雲自在地飄飛，
放翔的夢卻沉沒於水。

沒有了夢的完美，草的蔓翠，
沒有了她的傷悲，我的心碎；
搖不落山頭上高掛的冷月，
拾不起茅簷下漏洩的星輝。
似嵐，似靄，似夜已闌珊，
子規枝上聲聲不息的迷醉；
是漂，是泊，是金烏西沉，
人如大洋亙古呼嘯的憔悴。

再不聽嗩吶咿呀地吹，
今天的行客別夢成灰。

2000年12月31日夜於美國杜鵑花城

流星的歌
——致大海

海浪是你的皺紋，
海嘯是你的呻吟。
億萬年潮起潮落，
礁石也站成背影。

假若你停息一日呼嘯，
天空會奇怪你的寧靜。
把水珠交給浪花，還給雲朵吧，
這是流星在夜空中劃出的聲音。

2001年1月3日

追尋的燦爛
——《鄧墾詩選》讀後

寂寞地追尋了四十餘年，
滿紙不平溢於字裡行間；
一首〈三峽〉透視著殺戮的歷史，
一曲〈海螺〉吹響了刺耳的異見。

二十六年的茅屋，十八年的油燈，
〈螺絲釘〉釘死你大半生的苦難；
教堂的鐘聲敲不醒你沉溺的夢，
黃包車卻拉來一部夢稿的心酸。

人的存在是你專注的視角，
喜怒哀樂唱得平實又前瞻；
〈公孫樹〉是你不彎腰的靈魂，
價值關懷始終突顯於筆端。

狗竇大開，腳生雞眼，
全不顧有人指點邊緣的荒誕；
生命的價值至今你仍在追尋，
而追尋的歷程就是燦爛！

2001年10月14日

寂寞
——戲贈某君

一朵花開在幽閉的院落，
一片雲跌入狹窄的山窩。
若要問我的寂寞是什麼？
它是夾在塵封的書中的殘葉，
把一個褪色的故事對你訴說。

無表情的電腦終日陪伴著我，
聊天室裡的化名古怪而繁多。
若要問我的寂寞是什麼？
它是趴在我膝上的一隻花貓，
不息的呼嚕聲把靜夜劃破。

2001年12月5日

題照
——夢斷香消40年……

你的承諾像啼鳥的驕音，
消失如簷冰與春的約定。
彷彿一個不經意的錯過，
從此人生陌路一路伶仃。
如果花注定凋落，
一片冰心依舊透明！？

花自飄零，花自飄零……
隨流光香消玉殞。
我已用一生來依偎，
那十七歲時泛濫的春情。

2002年4月3日

題照 —— 夢斷香銷四十年

你的承諾象啼鳥的嬌音
間斷如擾冰与春的約定
仿佛一个不經意的錯過
從此人生路路一路徐行
如果花注定凋落
一片冰心依舊透吧！？

花自飄零，花自飄零……
隨流光走向主頁。
我已用一生來依偎
那十七岁時心盟的春情。

2002年4月3日

蔡豐

詩〈題照——夢斷香消40年……〉手稿

珍惜
——園中野草漸離離⋯⋯

昨夜，她的來信像搖搖的旌旗
牆上的風箏又撩動放飛的希冀
思念在晚風中灑落如雨
用飄零的花瓣釀造成蜜

把剪裁過的記憶縫合在一起
依依是熨平後的珍惜

或許，有一縷細細的光纜
能穿透時空與大牆的隔離
使太多的聲音不串成嘆息
夠擔得起今天，不辜負往昔

把磨損的紙張黏貼在一起
沉沉是揮不去的珍惜

今夜，熱帶的颶風識別彼此
輾轉於沒有街市的雨季
夢中的行客已杳不可及
心底的死水卻泛起漣漪

把放置的筆依然拾起
匆匆是生生不息的尋覓

2002年12月25日

偎依

我思想，化一隻彩蝶

在空蕩蕩的

竹籬上掛成嘆息

雖說，相思的藤蔓早已枯萎

而透明的溫暖仍爬滿心壁

終於，我被網捕去

製成一具乾屍

讓後人無意間提及

一個標本的偎依

　　　　　　　2003年2月15日夜不能寐時

——答台灣詩人喜菡「相信文學的心靈是可以隔著岸偎依的」

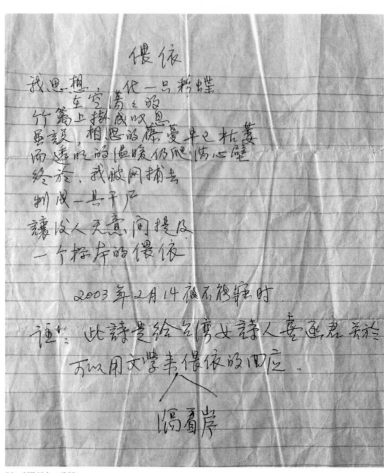

詩〈偎依〉手稿

Lake Tahoe

粼粼的，粼粼的水波，
微微的，微微的山風。
蒼蒼的，蒼蒼的青松，
皚皚的，皚皚的雪峰。
我驅車百里來探望你，
卻怕驚擾你靜謐萬年的夢。
渾圓的山石訴說著歲月的皺紋，
拍岸的水聲是你在叩問蒼穹？
六十條溪澗匯入你的安祥，
潤育出大自然的禮讚——
生命的搏動！
哦！Lake Tahoe，
天空上的湖，
印地安人藍色的夢。
我丟一塊石頭沉入你夢裡，
彷彿雪山在偷窺你夢的行蹤。
我採一朵水花別在心上，
托付溪水把我的吟詠，
叮咚不息地向四壁播送……

2003年2月23日於匆匆車上草就

獨生子

（一）

當你最初的啼叫聲
低啞地穿透出產房時
我知道是你，兒子

（二）

我聽過你的胎音
那是你媽媽和我的喜悅
你聽過我的歌聲
那是你不一定接受的胎教

（三）

當風鈴唱出的歌聲
在搖籃上晃蕩時
你專注的神情
至今銘刻在我心裡

（四）

你的搖籃曲是那條狹窄的短巷
和我不停的走動和搖晃製造的單調

而你的祖母就投身於牆後的水井中

（五）

你搖搖走步時
直向你媽媽和我搖來
像一隻風浪中的小舟
而你媽媽和我就是你溫柔的港灣

（六）

城市像一片光禿禿的石林
你的童年失去了叫咕咕的吟唱
和綠蔭掩蔽的小院裡
一群捉迷藏的小朋友

（七）

城市是一座無情的水泥森林
而我曾遺下你一人在水泥房裡
聽那重復過千遍的錄音故事
可憐的孩子，你外婆同你祖母一樣
不能陪伴你天真而孤獨的童年

（八）

你的問題老是沒完沒了
直到我也要去翻閱書籍來回答你

我的期望也是沒有止境
直到我動手打你的屁股

（九）

你八歲時去了異鄉
像一隻斷線的風箏
而我的心也開始漂泊

（十）

在紅木林中
我和你媽媽合圍不下一棵樹時
記得兒子有童年的微笑

（十一）

我希望你慢慢長大
不要很快進入這不完美的世界
你希望我永遠不老
保持一顆寫詩人的童心

2003年3月31日

媽媽・我沒有紅領巾

媽媽
我沒有紅領巾
我是「祖國的花朵」[1]
別的孩子「蕩起雙槳」
我卻十歲了
也沒有戴上紅領巾

媽媽我看見
「小船兒推開波浪」
我聽到
「紅領巾迎著太陽」
我知道
「四周環繞著綠樹紅牆」
我卻沒有
心愛的紅領巾

媽媽
誰不准我「愉快地歌唱」
誰讓我「做完了一天的功課」
卻不許唱心中的歌

---

[1] 引號內全部引自大陸五十年代歌曲：〈讓我們蕩起雙槳〉

媽媽
我沒有紅領巾

2003年4月1日

遙祭魯連[1]

你手書〈贈汪倫〉後即羽化，
遺下我們凝視碧血似的桃花；
那一片片一點點塗滿天際，
默默地昭示著秋實春華。

肆虐過的狂想早已崩解，
墳前的古柏卻也冒出幾枝殘椏；
生命的腳步終究會休止，
我也要念你到海角天涯。

蔡楚遙祭2003年4月3日

---

[1] 詩友魯連，原名周永嚴。文革中繫牢16年，於3月30日仙逝。

我想她是舒卷的雲

你潑墨後淺浸的突兀
像含化的甜在指間復甦
一片透明的翼溢滿局外
款款的飛在搖曳裡模糊

她的裙裾飄逸已多年
活脫脫恰如水靈靈的露珠
在草葉間悄然翻滾
又於目灼灼時被晨曦淡出

2003年4月10日──原載「喜菡文學網」精品區

夢訪魯連居[1]

清溪板橋，黃竹葉未掃
桃林掩映，紅鵑花繚繞
我輕敲木扉叩問你
卻驚鳴眾聲雀鳥

生鏽的輸氧瓶仍依在床頭
數隻禿筆斜插入牆角
半堆書稿爬滿天空
組成一個巨大的問號
流水不腐，青山未老
我的詩友，你到哪兒去了

蔡楚癡夢2003年4月15日夜

---

[1] 詩友魯連曾以「現行反革命罪」身陷囹圄16年。於3月30日手書〈贈汪倫〉後羽化。

酒愁

醉作一溪雲
灑落在無言的神州
與泥土私語、草木依偎
長嘯一聲化為石頭

任野草青青的呼喚
任清風徐徐的綢繆
謫仙已矣、東坡老去
信說人間有酒愁

2003年7月

夜讀薛濤

頭枕錦水，身臥箋亭
簇擁你的是翠荷臘梅竹林
醉去千年絲竹尤響
飄弦唳夜，竹徑淒清

冷月無心論圓缺
芳草有意泛花心
一魄詩魂悠然溢出
露滌音遙的澣箋井

2003年4月20日夜記

月夜思

冷月婆娑徹夜的寒
承載起流傳的籲嘆
人道是斫去桂樹清光更多
我說是一個美麗的夢幻

美麗的夢代代流傳
圓圓缺缺的月依舊孤懸
人間因此增添雙雙的情懷
斫去桂樹斫不斷遊子的思念

2003年4月27日

聽郭生〈洋菊花〉

友人從故鄉郵來電子音響
一曲〈洋菊花〉牽動我熱腸
高山流水舒緩地奏鳴著天籟
皎潔的月輝在花間悠悠流淌

柔美的和弦穿越時空
化苦難為雨露化仇恨為陽光
那些物我匱乏的歲月
全都忘形於無形的琴瑟上

2003年詩人節

母親

起霧了
你的心囚禁在乾燥的季節
使我生而缺水
不能隨遇而安
乾燥的季節滋生渴望
缺水的日子掀揚人性

起霧了
躁動的歲月澎湃無奈
水面上朦朧如夢
您投身去追尋寧靜
遺下一張您擁我微笑的黑白照
燦爛的童年，稚氣的小臉
年年歲歲抹去發黃的記憶
但令旁人說往昔我最幸福

2003年6月25日

懷秋

九月的晴空
沉醉於農家的鐮下
群星墜落
靜謐的湖也失去安祥
水面的簫聲
同瓜果一樣酣熟
故鄉的秋燃在山野的紅葉上

悠遠的號子聲
透出峽谷
牧女的鈴響
流著透明的寂寞
稻香使牛背上的笛聲更悠揚
故鄉的秋跌進牧童的笛孔裡

殘荷聆聽秋雨的淅瀝
白霜點染了青瓦
促織的吟唱日趨寥落
雁唳聲聲撕碎了鄉心
我的相思眠熟在故鄉的秋天
故鄉的秋眠入圓月的銀夢中

2003年7月2日

秋意

濃郁的桂香從窗外陣陣襲來
飛舞的黃葉遂化作片片異彩
無須點滴到天明的雨叮囑
輕敲鍵盤自成虛擬的世界

我到哪裡去？又從哪裡來？
人生已秋卻弄不明白
問天地，問鬼神，問自己
一池鄉思爬滿青苔
心是秋衣，用蒼茫去剪裁

2003年9月1日

鐵窗
——獻給劉荻

窗外，10月的慣性又沸騰了廣場
窗內，禁錮著一個個鮮活的思想
歷史喜歡機械地重複
小老鼠因此變成不鏽鋼

說什麼貓代表了老鼠的利益
請瞧瞧這緊閉的鐵窗
既然月亮注定要嗚咽
請為您點燃生日的燭光！

2003年10月6日

心事

前天他還站在夜裡
冷風中，像一棵樹
儘管不是綠蔭婆娑

而我被壓縮成文件夾
每天保存些交纏的古文
枯乾的落葉
但願有一片是
紅的……

2003年10月31日

花落不愁無顏色

春花看不見秋月的冰心
秋月卻知道春花的凋零
花月在循環往復中起落
花自飄零……月自伶仃

月懸亙古光雖好
怕人垂淚到天明
花落不愁無顏色
秋來霜葉染山林

2009年4月21日

紫紅的落寞

風信子唱起紫紅的落寞
今夜的簫聲如星遊銀河
幾支蓮蕾在網絡細語
晨鐘敲響拈花卜問的歌

只要一次對花莞爾
時空就在微塵裡磨合
只要一次對樹頷首
枯木就綻放涅槃的花朵

2005年7月31日

你的小姑娘閉嘴不語

你的小姑娘閉嘴不語
或許，爬行的苔蘚也會噓噓
夏熟無眠草木吁吁
叛離的雲層向天外遁去

你的小姑娘閉嘴不語
喇叭花說
如果天空耐不住潮濕
假如明天
會
下
雨

2005年8月6日，首發於「燕南網」

記夢
——疑又是阿纖

梨花似雪
唯其美麗
唯其水月般陰柔的層面
撩撥出如此的夢幻

昨夜夢裡她仍赧顏
為一生一世化蝶的愫願
一夜梨花春風雨
無言也凋殘

鬢已灰灰夢亦闌
還是在芭蕉似蓋的庭院
心中鼠影動
疑又是阿纖

2006年3月25日晨記夢

致萬之

你常要我學點邏輯
令我寫詩的手顫慄

白雲浮在青空像一群羊
牧羊人的鞭卻甩向青青草地

我的琴韻越過思辯
欲往野草叢生的墳頭棲息

求求你饒我有感悟吧
別指派明天的社區就光燦熠熠

看過去看過來是自身的文字
走向前退回來見審醜的流弊

萬之呵我的筆友
你叫我如何不倍加珍惜

2006年7月20日，首發筆會社區

贈謝莊

見了你古稀的瀟灑
逼出我花甲的偏狹
四十五年飛鳥掠影
老兄，我敬你一斝

名乎利乎傻乎癡乎
人生恰如野草芃芃
一旦春風歸來之際
請看我綠漫天涯

2009年1月4日

斯瓦尼河

少年有夢
尋訪斯瓦尼河
走遍天涯
為一首懷念親人的歌

草坪上
鞦韆取代了小茅屋
一座座木橋彎彎
在叢林中穿梭

鐵磨坊的殘骸
記錄農家的歡欣
當年的果園
彷彿留下甜美的碩果

古老的根蔓沿河岸蜿蜒
白雲綠樹纏繞夢幻似的柔波
槳聲蕩起童年的畫面
母親的笑貌在波光裡閃爍

金色的夕陽從枝頭醉落
斯瓦尼河從我心中流過

2010年7月偕友人重訪斯瓦尼河，8月成詩，2010年8月22日發表

致劉曉波

秋雨中得知你獲獎我淚如雨下
彷彿又聽到我們熟悉的大嗑巴……
每年六四，Skype上你說對不起亡靈
斷續的哭泣像這秋雨綿延著牽掛

有人說你軟若雨水不夠剛烈
有人說你水滴石穿已經幻化
我說不要捧你上祭壇
劉霞喊你回家

2010年10月

2005年劉曉波與劉霞在青島海濱，攝影：孫文廣

後院花開

——給弟妹

年年待一枝
盡日念成癡
百度看星月
山空葉落時

——（集古句）

蔡楚

已有預感，花開花落皆寂寥
不料，昨夜微雨
鼓動心事如濤

歷盡劫難之後
枝葉又籠寒潮
血色藏在潔白的花底

仰頭觀看，四朵
一枝綻放
佇立伶聽一串心跳

有意擺渡，根在趙家王朝
來世，冥想中
不需一張船票

我等你們，再拾塵緣

約定

到花落，重開同一枝條

2016年4月17日

七一

紅旗和氣球的霧霾下沒有人
沒有血腥，沒有一絲痕跡
步槍華麗轉身後哼唱著他的夢

影子被拉長，揉碎在白夜裡
夢境中謊言被鐫刻在獎章上
掛在共產黨萬歲的胸前

坦克碾過六月來到七一
化作南湖的木船
桅桿半拖掛著黑玫瑰花旗

黑色的神祕
駛向悲傷的彼岸
喚醒記憶和良知

2017年7月1日

雨後

銀河傾斜紛飛如洪
穿過橘子洲頭
席卷萬山紅遍

一個靈魂沒有遠去
彩虹一樣反射在中國的上空
沒有責備這個虧欠的世界

直播開始了
死神站起來祭奠
從此人們救不活自己

淹沒了的紅色祖墳
不需要軟埋
只需要顛覆

2017年7月13日

秋

掃去院中的黃葉
秋，色彩斑斕地來了

踏著落英，吹著口哨
秋棲息在桂樹的香氣中

喝一杯淡淡的花茶
秋夢寐在酣熟的瓜果裡

向湖中拋出長長的釣線
秋遊戲在鱸魚的捕食間

花落不愁無顏色
秋纏綿在渡河人的竹竿上

2017年9月27日

回覆向莉〈渡口〉

你的渡口
穿過悠長的街巷
我的渡口
落滿百年的滄桑

天幕低垂，大漠荒野
悠悠黃河，青青蘆蕩
一葉孤舟
守著古樸和夢想

走吧，把憂傷留給渡口
走吧，把鴿子帶到廣場
到海上揚一隻希望的帆船
去托起明天的太陽

2017年10月8日

中國，如何走出今天

鐵馬冰河未入夢
電話那端，哭泣之聲頻傳
世界，你可聽見

這殉道是否有些枉然
留下另一半，無孤墳可話淒涼
正義，你如何審判

遠方傳來海的呼喚
人性、神性都有些蒼白
權力照舊糜爛

一個女人的淚水要流多少年
一台絞肉機的運轉還有多少天
中國，如何走向明天

> 2018年1月2日夜與劉霞通話後寫成。
> 相傳，孟姜女哭長城也才三天三夜。

導讀

導讀（一）

活出飢餓，歷盡死亡

──讀蔡楚詩文集《油油飯》

一

　　一代人有一代人獨特的記憶，經歷過大飢荒和文化大革命的蔡楚，最揪心的記憶就是他讀書求學時期長年挨餓和父母親友相繼慘死的情景。直至1997年揮別故土，舉家移居到美國，他已往的歲月大都在不堪回首的死等中苦熬而過。

　　蔡楚以「油油飯」題名他這集詩文稿，顯然有悼念慈母深恩的用意。那是他1961年大飢荒在農村勞動的歲月，有一天母親給他送來一飯盒從她自己口糧中節省下來的油油飯，緩解了他在拉車路上的轆轆飢腸。母恩難忘，每想起母親的油油飯，蔡楚的淚水總是潸然而下。這油油飯本是成都人很普通的家常便飯，用少許豬油和醬油拌炒的糙米飯而已。在共產黨帶領全國人民一再詛咒的那個「舊社會」，對生活在天府之國的老百姓來說，油油飯絕非什麼稀罕的食物。但在僅四川一省即餓死了一千二百萬人──據前四川省政協主席廖伯康著文所說──的大躍進年代，每看見鄰家孩子端出一碗油油飯細嚼慢嚥，都會讓年少的蔡楚眼饞得口水長流。讀至此情此景，我們不難想見當時普通市民多吃不飽肚子的窘境。至於在出產糧食的鄉村，飢餓蔓延的情況則慘絕人寰，遠比城市嚴重，任何可吃下去果腹的東西都被飢民搜求盡淨。只因各地的基層幹部畫地為

牢，嚴堵出外逃荒，困守在家的村民只有坐以待斃。共產黨造孽的飢餓於是拉平了他們土改時製定的家庭成份，千村萬戶，不管是貧下中農還是地主富農，全都攤上了活活餓死的厄運。城裡人定量再低，好壞還有政府每月配給的主副食勉強度日。最可憐為黨國種地繳納公購糧的廣大社員，吃完了他們僅有的口糧，便一家挨一家無聲無息滅了門。毛澤東經常把他們毛共集團犯錯誤造成的損失輕描淡寫為交一筆學費，那餓死了幾千萬人的數字，就是黨國草民為偉大領袖縱容的浮誇冒進風所支付出的犧牲代價。

　　1961年春，蔡楚隨他就讀的成都工農師範學校下鄉幫農民耕作，他親眼看到卑賤的村民成批餓死，新墳累累日增的淒慘景象。在他們幫助春耕的那個生產小隊，家中沒人餓死的農戶，只剩下隊長、會計和「跳神」婆三戶人家。在回憶他二姨婆的文字中，蔡楚講述了他們家這位近親在「新社會」福轉為禍的故事。老人家是個土改中分得土地和房屋，受益共產黨政策的貧農，兒子參了軍，長年在外為黨國駐守邊防。誰料到飢荒無情，不論成份，即使是二姨婆這樣的光榮軍屬，也難免餓斃空屋後被草草埋掉。書中還寫了一個身為城市貧民的鄰居吳爺爺，老頭子那年月餓得發了瘋，有一天看見蔡楚家鍋裡正煮的稀飯，伸手便往鍋內抓吃。結果燙得那抓飯的手傷勢嚴重，慘不忍睹。餓瘋子吳爺爺沒能熬過飢荒，受傷後不久便增補為餓死鬼行列中的一員。

　　鄉間的見聞震驚蔡楚，他眼前的社會現實明顯地對照出報刊宣傳的虛假和誕妄。再加上蔡本人切身的飢餓感以及周圍的飢餓恐慌，中學生蔡楚開始對「解放後」所謂的「新社會」生出了種種疑慮。比如在〈二姨婆〉一文中他就發問：「像二姨婆像吳爺爺，以及千千萬萬的無產者和貧下中農，無論他們居住在城市或鄉村，在已經翻身解放當家作主十年以後，居然

導讀（一）　活出飢餓，歷盡死亡——讀蔡楚詩文集《油油飯》

3
1
7

會活活地被餓死！這樣的死，究竟是重如泰山？還是輕如鴻毛呢？」

　　飢餓不只令蔡楚傷感恐慌，更造成他精神上極度的苦悶，他只有把這種不敢公開說出來的苦悶寫入他暗暗習作的詩行。收入詩文集的首篇詩作〈乞丐〉便創作於詩人身心俱感貧乏的處境之下。該詩全文如下：

> 為什麼他喉嚨裡伸出了手來？
> 是這樣一個可憐的乞丐，
> 徹夜裸露著、在街沿邊，
> 蜷伏著，他在等待？
>
> 襤褸的衣襟遮不住小小的過失，
> 人們罵他、揍他卻不知道他的悲哀，
> 自從田園荒蕪後……
> 這雙手原可以創造世界！
>
> 從此後他便乞討在市街，
> 不住顫抖的手，人們瞥見便躲開，
> 沒奈何，搶幾個小小的餅子……
> 到結果還是骨瘦如柴。
>
> 冬夜裡朔風怒吼，
> 可憐的乞丐下身掛著幾片遮羞布。
> 這雙手原可以創造世界……
> 長夜漫漫，他在等待！

　　按照李亞東的理解，這首後來惹上了政治麻煩的乞丐詠不

只是寫實，「更是詩人自況」。李亞東的解讀可謂點出了蔡楚在該詩中的深層寄託，從這個切入點讀下去，詩中的乞丐就不單純是當時的街頭之所見，多少還可讀出幾分意在言外的象徵意味。從喉嚨裡伸出的手既凸現出飢民的疾苦，也流露了詩人自己的精神飢餓，以及他不甘沉默，硬是要說出社會真相的強烈訴求。那伸出喉嚨的手早被當局剝奪了選擇權和發言權，在黨國體制的重壓下，本可靠辛勤工作來發家致富的勞動者遂陷入乞討境地，乃至被活活餓死。更為可憎者，全國性的飢荒明明是錯誤路線造成的人禍，黨國政府卻硬要說是遭受了自然災害。喉嚨裡伸出的手要表達的就是那既被封口，又被束手的苦悶情境。而詩中首尾呼應的「等待」則是整部蔡詩的領唱詞，其深沉的呼喚可謂貫串始終，滲透全書。正如他的詩友鄧墾所說：「這土地，這人世，不平事太多。我們的最大不平，就是不慣於喉嚨被鎖著鏈子，我們的喉頭在痛苦地發癢。」因此他們便「以詩的形式說自己想說的話。」（〈勇敢是信念和智慧的果實〉）

　　古人論詩詞創作，常有「發憤抒情」和「物不得其平則鳴」之談。蔡楚及其《野草》詩友群創作的雖是新詩，其創作的動力源流仍來自「詩言志」和「詩可以怨」的古典傳統。由此更可以推想，在飢餓的六十年代初期到文革十年浩劫前後，全中國各地的文藝青年群體中，不知有多少地下文學和「潛在寫作」也都在類似的情境下自發萌生，在他們各自的小圈子內私下傳閱開來。這一類書寫和閱讀的活動到底有多少人參與，他們最終寫出了多少作品，至今已無從統計，也很少有人探討了。在他們之中，有包括蔡楚在內被告發的不少人都以言獲罪，受過輕重不同的懲罰；而其他的幸免於難者則默默無聞，他們的創作猶如冒煙悶燃的暗火，在煥發過一陣醉心吟詠的青春熱之後，便趨於沉寂，塵封廢紙，隨風飄散了。

二

　　大躍進的失敗不只造成嚴重的飢荒，更累及整個國民經濟，致使很多國營單位紛紛下馬。蔡楚就讀的師範學校也在此頹勢下宣佈關門，遣散了全部師生。失學的蔡楚回到父母家所在的街巷，成為一名受街道辦事處監督管理的社會青年。蔡楚的家庭成份不好，辦事處的幹部曾多次催逼他遷出成都，去農村落戶，做一名響應政府號召的知識青年。我在此要順便指出，迫使城鎮中無業青年到農村落戶，早在文革中的上山下鄉運動之前已有過幾波程度不同的動員。這是中共當局為解決城市失業問題，從五十年代即開始實施的一項政策，家庭出身不好的子弟多首當其衝，被發配到窮鄉僻壤。蔡楚那時候已吃過下鄉勞動的苦頭，他無意做積極分子，自然不願服從組織分配。於是他軟磨硬泡，尋找藉口，最終避過了幹部的催逼。後來他一邊打零工，一邊抽時間鑽到圖書館自修高中功課，決心要考大學，去走他個人奮鬥的正道。1963年的高考政審，據說是歷年來最寬鬆的一年，不少家庭出身有些問題的考生都以其優異的成績幸獲錄取。據蔡楚本人所述，他自感高考成績還不錯，本有錄取的可能，可惜政審未能過關，最終還是遭到淘汰。蔡父系黃埔軍校出身，屬於政審條款中排斥尤甚的國民黨軍官，那一年審查儘管稍放寬鬆，卻照舊把蔡楚那類考生關到了門外。繼續失學的蔡楚情緒低落，哀怨滿懷，在一首題曰〈致某君〉的詩中，他寫出了新時代落榜者的失意和落魄：「而今你在燈下攻書，／我卻只能站在淒清的河邊，／眼望著滾滾東逝的流水，／嘆息人生青春的蹉跎。」

　　好學的蔡楚斷了上學的門路，他沉吟著沮喪的詩句──「別上一朵憔悴的花」──走出家門，走向了社會底層。青春從此無奈地蹉跎下去，一直延續到他身世飄零中年。在不同的

工地上，他幹了整整16年臨時工。如他自述所說，他幹過的體力活計有「石工、泥工、混凝土工、燒窰工、築路工、搬運工、裝卸工等，還推過雞公車，拉過架架車，蹬過三輪車。」（〈我——一個飄零者〉）

　　接二連三的政治運動如巨輪轟隆滾動，無情碾軋，軋到了哪戶人家，就軋得哪家覆巢下幾無完卵。大躍進造成的破壞尚未完全復原，文革大浩劫隨即接踵而來，剛活出飢餓的蔡楚一家人及其親屬被卷入橫掃一切牛鬼蛇神的風暴，經歷了比飢餓更恐怖的殘害。蔡楚的母親出身書香人家，她父親系前清舉人，民國時在成都任職多所名校，曾以學問和書法稱譽一時。1949年大陸變天，只因他家裡擁有祖上留下的20多畝農田，蔡楚的外祖父土改中便被劃為「職員兼地主」。面對新政權暴力分田的行徑，老人家憤然上吊自殺，豁出他一條命抵制了橫加在頭上的凌辱。蔡楚的母親也稟賦了她父親的烈性，文革開始不久，即因抗拒紅衛兵粗暴的批鬥而投井自盡。紅色恐怖驅使越來越多的無辜者走上絕路，繼母親自殺後，蔡楚未來的岳母尚未當上他岳母，即因丈夫長期關押牛棚，郁悶絕望中投江自盡，連屍首都付諸東流，餵了魚鱉。那年月除了死亡可由你自行選擇，其他任何出路均被堵死，據丁抒的粗略統計，僅在文革初期，全國的自殺人數即高達20萬左右。

　　蔡楚清楚地記得，母親死後，他曾央告遠道趕回成都送葬的父親，求父親念及他們兄弟姐妹五人已失去母親，萬勿想不開也去自殺。自進入「新社會」，他父親一直都因曾任職國民黨軍官的歷史問題而備受壓抑，早先的教職一貶再貶，最初是在城裡教高中，後來竟被調離到遠在山西的鄉村小學教書。文革中運動初起，蔡父即成為挨批鬥的對象。面對兒子的擔憂，父親的回答很明確，他說他是個軍人，任何情況下都不會輕易去尋短見。可憐這位誓言絕不自盡於溝瀆的漢子後來的結局實

在淒慘，竟是被革命群眾活活打死在批鬥會上。蔡父遇難後，校方並未通知家屬，後因父親長期不通音信，蔡楚一再去信追問，校方才來信回復，說他父親「係歷史反革命，又是現行反革命分子，已經服安眠藥自絕於人民。」父親的遺物被寄回家中，蔡楚發現收到的舊衣服上沾有大片血汙。聯想到父親死前最後一封來信中說「這次運動打得很兇」，再想到父親許諾他不會自殺的遺言，蔡楚對校方的答覆滿腹懷疑。他們一家人持續追問，卻再無回音，就這樣不明不白地等候了十四年，直等到平反冤假錯案的年代，再經過數十封信件的陳訴，山西方面才勉強說了實話。原來父親在批鬥會上被黨員積極分子踢破下身而致死，所謂的自殺現場，實係一群當事者的偽造。蔡父死後，屍首被草棺軟埋，埋後也未樹任何標誌，事隔多年，亂石荒草中早已無從辨認所葬何處。後來校方送交給家屬的僅空骨灰盒一個，內裝父親遺照一張。在一首短詩中，蔡楚抒發了他的哀傷和對父母的思念：

　　　思念，屬於從前
　　　每當清明時節
　　　去野草叢生的墳頭
　　　悄然無聲地
　　　把晶瑩的淚珠點燃

　　　思念，屬於明天
　　　雖然明天難以預見
　　　但每一朵自在的雲霓
　　　每一頂蔥綠的樹冠
　　　就能叫暴烈的天體逆轉

三

　　蔡楚是家中長子，父母雙亡後，留給他最沉重的擔子就是照料撫養四個年幼的弟妹。1970年，在弟妹們最需要他這位大哥哥做頂梁柱的日子裡，蔡楚卻因參加地下文學活動，遭到拘留，被關押批鬥了一百多天。關押審訊中，他被迫寫了大量交待材料，那些自誣自辱的文字至今仍封存在成都市檔案館發黃的卷宗內。近年來成都學者李亞東有意勘探當年的「地下文學現場」，經他查閱檔案，作了一番深入發掘，寫成田野考察性質的長篇報告，始將蔡楚及其詩友群「在特殊環境、特別條件下」留下的「另類寫作」——也可以說是反寫作或反面寫作——披露於世，讓我們看到面對紅色刀筆吏嚴酷的拷問，稚嫩的文學青年們如何遭遇革命硫磺火炙烤，他們的靈魂曾如何苦澀煎熬。在蔡楚的專案材料中，〈乞丐〉、〈致某君〉和〈別上一朵憔悴的花〉等詩作都經他本人交待和他人揭發，被判定為「反動」詩作。蔡楚的書面交代滿篇自責，他在檢討語境中浸泡已久，鋪陳起那類公式概念化的自我批評話語，竟把關鍵詞套用得十分嫻熟，在一連串屈辱招供的文辭中避重就輕，見機插入柔滑的開脫，配合著專案組敲打折騰人的程序，順勢承接了橫加給他的罪名。審訊到最後，算是以罪行較輕，不予刑事處分的認定博得軍管會從輕發落，被缺席判決了「實施內控」的處分。

　　蔡楚獲釋後長期受到公安人員暗中監督和管制，在整個的七十年代，他的生活都處於擔驚受怕，顛沛流離的狀態。到外面，他常受警方規訓，不得亂說亂動。在家中，要負責照看弟妹，必須把更多的精力用於養家活口。寫詩，特別是雕琢唯美的文字，再調配上口的節奏韻腳，對那時候幹重體力活的蔡楚來說，實在是有點奢侈。但他始終不忘情抒情文字，偷空

就要在音韻和節奏的沉吟中緩一口氣，好疏解日常勞碌中的精神麻痺。閱讀蔡楚那十年中保存下來的一些詩作，可以想見他持身的孤立和做人的卑微，更可以看出他如何把苦吟出的詩句當作寒夜中劃亮的一根根火柴，如何用甜美的聲韻溫暖他身心的落寞。由於他「想化身泥土回歸大地都不可得」（〈愛與願〉），於是便把詩意的向往投向知了、蜜蜂和蜻蜓的透明翅膀（〈透明的翅膀〉），有時則以流螢作喻，安慰自己說，「我有我的光亮」（〈遊螢〉）。他和他那群詩友的處境實在是太壓抑太封閉了，好比陳墨詩中所哀嘆的蚯蚓：「誰能看得見你喲／黑暗深處的躬耕者？／誰能聽得見你喲，／沉默在愁苦之中的光棍？」（〈蚯蚓〉）對於這種死等活等的固守，這種絕望中突兀的執拗，在〈等待〉一詩中，蔡楚以其穩健沉痛的筆調做出了咬緊牙關挺下去，不管「人壽幾何」都堅持要「俟河之清」的表達。我多年前曾撰文漫談蔡楚的詩作，文中已對該詩作過點滴賞析。如今通論蔡楚詩文集，不能不重提這篇佳作，稍作點評。現將全詩抄錄如下，以饗讀者，並與其作者共誦。

　　　從鮮紅的血泊中拾取，
　　　從不死的靈魂裡採來。
　　　在一間暗黑的屋內，
　　　住著我的——等待。

　　　它沉沉的，不說一句話，
　　　不掉一滴淚，如同我的悲哀。
　　　它緩緩地，不邁一個急步，
　　　不煩每次彎曲，如同我的徘徊。

有時，它闖入我的夢境，
帶我飛越關山，飛越雲海，
到一個陌生又熟悉的地方，
那裡是光明的世界。

但它卻從不肯走到屋外
去眺望那飄忽的雲彩。
它是緘默而又固執的啊，
懂得自己的一生應當怎樣安排。

在那間暗黑的屋內，
它凝住我的恨、凝住我的愛，
凝住我力的爆發，
凝住我血的澎湃。

從鮮紅的血泊中拾取，
從不死的靈魂裡採來。
在一間暗黑的屋內，
住著我的——等待。

　　蔡楚的等待持續了很久很久，1979年，他終於等到世道突變，命運有了轉機的時刻。多年前的「反動詩」舊案經重新甄別，當局對蔡楚做出了「撤銷原判，宣告無罪」的終審裁決。蔡楚這才從臨時工轉正，處境較前寬鬆了許多。毛澤東一死，很多事情都陸續出現變化，毛要是多活上七八年，蔡楚的等待韌性真不知會磨損到何等田地。必須指出，讓人們感到可喜的寬鬆並非當局主動的恩賜，而是隨著共產黨意識形態的破產，極權勢力無形中已有所削弱。經歷了文革浩劫的國人開始覺

醒，在國際大氣候催發的解凍形勢下，新時期的文學藝術一時間泛起小小的春潮。

蔡楚及其詩友群也聞風而動，他們以手抄小報的形式編輯《野草》和《詩友》等同仁刊物，發表詩作，互相擊賞，在已經不再年輕的詩友群中，熱心傳閱著各自仍帶有青春寫作特徵的作品。總的來說，《野草》詩友群的創作共享的風格和情調比較突出，個性鮮明的獨創特徵則稍顯薄弱。他們的詩作仍偏於直抒胸臆，對現代主義詩歌所迴避的感情，他們放縱的成份往往偏多，不無泛文泛情之嫌。他們重視詩歌的語言美和音樂性，講求節奏感，精心用語音語調的起伏變化烘托詩意，常喜歡排比鋪陳復沓的章節，有某種新詩格律化或詩章歌詞化的傾向。可以明顯地看出，過分重視韻腳的遣詞造句已在他們某些人的某些作品中造成障礙，束縛了行文的暢達，致使節奏聲韻構成空泛的外在形式，流於優美的單調。在他們早期的不少詩作中，這種缺點顯得尤為突出。

隨著思想解放大潮的湧起，《野草》詩友群的詩作在社會關懷和政治批判方面調子更加明朗，立場也更公開，發言則更大膽了。比如他們的詩壇主將陳墨就敢於大聲疾呼，明確提出他們的創作方向。他說：「我們這個社會發揚了人性中假、醜、惡的一面，被扭曲的人們之間的互鬥，精神生活的極度空虛，物質生活罕見的貧乏，是我們這一代所經歷的深刻的人間苦。我們不得不表現我們的苦悶（用文藝），也不得不表現我們的追求。」（轉引自〈勇敢是信念和智慧的果實〉）單就蔡楚1979年以降的詩作來看，從淒清哀傷向高昂抗爭的變調便十分突出，衝鋒在詩友群的前列。比如在寫於1979年12月的〈廣場夜〉一詩中，他就敢公開悼念幾年前被鎮壓的「四五」運動，發出「歷史的長河被欺騙凝凍」的指責。在〈我的憂傷〉中，他放聲呼籲：「既然沒有一個新鮮的太陽，／就讓我到太

空中去尋訪。」在〈人的權利〉中，他痛切嘆息，「凡是真實的／善良的／美好的／都已經／或者必須死去」。面對成都某處仍未拆除的毛主席塑像，他直接申斥說：「你用你背藏的那隻手，握死帶往墳塋的權柄。」至於《野草》和《詩友》中所刊其他詩人的作品，類似的詩行自然更多，甚至更強烈，更加令人一唱三嘆。但因已超出本文的論述範圍，實無法在此一一徵引。

這就是長期壓制後一放鬆即引發百花齊放效應的中國熱風景，也正是此類同仁刊物在八十年代初的文藝小春潮一度湧現後，隨即在各地普遍遭到取締，甚至某些編輯和撰稿人受到懲處的原因。在出版言論自由始終受到黨權政府控制的中國，政治氣候總是反覆出現乍暖還寒的變化，每一次短暫的放鬆，緊跟而來的收緊常會延續很長的時間。等待依舊是持續的和壓抑的，整個的大政治環境仍是一間鬱悶的黑屋。蔡楚的詩作從一度的高昂呼喚又落入沉重的慨嘆，他懷念《野草》詩友群，哀悼他們被取締的刊物，痛恨「這塊黃土有過多的神廟，／容不下青青蔓延的野草。」（〈最初的啼叫〉）

四

1997年，蔡楚追隨出國留學後定居北美的妻子，再次漂泊，加入出國大潮的行列。出國後他斷斷續續仍在寫詩，寫詩懷念留在故土的朋友，寫詩勉勵仍在大陸堅守的異議作家，寫詩詠嘆當年以文會友辦刊物的激情歲月。歲月如梭，業已編織成他埋頭書寫和繼續漂泊的命運，在辨認和承受自己這勞碌命之同時，蔡楚更勇猛精進，努力投入他完成其人生使命的工作。他賦詩寄贈詩友說：「此生既定作一棵野草，／豈能不高歌被桎梏的自由！」（〈再答明輝兄〉）

　　與出國前相比，蔡楚詩稿中現存的近作有所減少，詩情也稍顯退潮。15年來，他把幾乎所有的時間和大多數的精力都奉獻給了編輯刊物、建立網站、聯繫中國國內異議作家和組織獨立中文筆會的工作。2001年，由他選編的《野草詩選》在海外期刊上發表。同年，他又與另一詩友建成「野草」網站。2005年底，他開始協助蘇曉康編輯《民主中國》網刊，蘇離職後，他挑起網刊工作的大頭，隨後劉曉波入獄，他任職該刊主編至今，同時還獨自主編《參與》網刊，多年為美國最大的新聞綜合網站「博訊」做義工服務，在「推特」網上張貼有關海內外民運動態的消息。至於多年來為獨立中文筆會做組織協調工作，蔡楚的辛勤服務更是不勝枚舉，其如牛負重的持久耐力簡直可與他從前16年幹重體力勞動的勞碌有那麼一拼。所不同的只是，昔日的賣力是不自由的環境所壓迫，如今的盡職責則是自由環境中心甘情願的奉獻。

　　為「高歌被桎梏的自由」，蔡楚多年來在電腦螢幕前的操勞已造成他視力減退，損及他整個的身體健康。他一直說要準備退休，但至今仍樂此不疲，總是把編稿工作和為他人作品刊發的服務視為他另一創造性的書寫方式，甚至把他編輯出版的文字看得比出版發行自己的文字還重要，還心滿意足，以至對前者的書面印刷物更為珍愛，拿到手中，常有把玩不已的興頭。在他定居的大西洋海濱城市家中，蔡楚把全部《野草》、《詩友》的復印件合訂本置諸案頭枕邊，時常翻閱，映襯著窗外的杜鵑花，靜觀北美景色，回想錦城四季，海內和天涯時空交織，故友新交，一瞬間詩心溝通。此時此刻，他許願他此生此身「被網捕去／製成一具乾屍／讓後人無意間提及／一個標本的偎依」（〈偎依〉）。

康正果2015年9月8日

導讀（二）

查勘地下文學現場

——從一九六〇年代蔡楚的「反動詩」說起

　　獨立的「當代文學」研究，面臨著諸多困難。其中之一，就是資料的不足。以至於北大的洪子誠先生一再興嘆：「史實、材料的封閉和壟斷，導致當代文學研究在許多問題上仍是曖昧不明」；「當代文學的許多材料被壟斷，當代文學還怎麼研究？……當代文學研究的難度，和這個情況有關。」主流的研究如此，異端的建構更是。

　　所以，有些研究者停步不前了。就像洪先生所坦白的：對20世紀50到七十年代文學，就算有尋找「異端」的衝動，可「你不能不信，但又放心不下」，事情大概如此。他寫了篇〈文學作品的年代〉，一股腦提了三個與之相關的問題：一是，我們可否按照公開發表時篇末註明的寫作時間，確定作品的年代？二是，在標識的寫作時間到發表的時間之間，作品是否有改寫、變動？如做過重要修改，能不能把寫作時間完全確定在所標識的時間上？三是，假如寫出作品未被閱讀，作品只是手稿之類，那我們在多大程度上可以把它視為那一時期的「文學構成」？或者說，它還是「文學事實」嗎？

　　對於這樣三項質疑，我想研究者應該回應。我肯定相信地下文學的歷史真實性和美學有效性。文學作為人類的夢想，任何時候都不會絕滅。我們知道，連奧斯維辛集中營都有詩歌、繪畫留下來；古今中外的秦皇如何不可一世，終究「人間猶有

鐵未銷」。話是這樣講，不能把推理當事實。學術研究不僅要有理論前提，歷史討論更要「拿證據來」。什麼真實的、什麼是可疑的，不能不先「辨」個清楚。就像上海地下文學的參與者陳建華所感嘆的：……詩是一回事，寫詩的歷史是一回事，得遵守歷史學的遊戲規則。「其實我自己在這一行裡討生活，論及作家求諸史料考證，卻沒想到自己的詩也要辦『歷史』手續。」當然是那麼回事。不論任何時候，都有個「辨偽」問題。正如「7月派」老詩人冀坊心直口快所講：「……在什麼都有假，什麼假都有人敢於製造的今天，也免不了會有假『潛在寫作』。」

因此很長時間，對於「地下文學」的材料，我喜歡看卻也保持著矜持。你不能消除頭腦裡的問號。直到幾年前，為了參編一部《中國現代漢語文學史》，為了自己承擔的「文化大革命中的地下文學」章節的寫作、修訂，專程深入到成都市檔案館，翻閱那些發黃的卷宗，見到了1970年本地詩人蔡楚被「反革命集團」時的「交代」、「審訊記錄」等，大量涉及「歌頌愛情及發洩個人主義的反動詩」。此次「田野調查」基本消除了我的疑慮，而對「地下文學」的歷史真實性不再懷疑。今天寫這篇文章，就是想跟人分享、討論。

蔡楚（本名蔡天一）先生的有關檔案編號：145—1468—1272。以專業眼光看，1970年的「反動詩」檔案，不僅是他本人一九六〇年代從事獨立寫作的一份有力而真實的證詞，對於後人走近20世紀六、七〇年代中國地下文學現場，也是不可多得的珍貴史料。

1964年，蔡楚

一、文本

　　從1970年1月12日到6月13日，25歲的青年蔡楚僅個人「交代」，就寫了39篇。能夠落實的罪狀，也就「寫反動詩」、「偷聽敵台」兩項，主要是前者。由於檔案不能復印，我做了許多筆記。其中2月3日交代，是此前寫的反動詩。3月12日補充交代。下面是2月3日「交代」全文。為保持文獻材料的真實性，盡量原文照錄。個別不好認的字詞和標點，也照貓畫虎。辦案人員所加的符號、橫線，一並保留並說明。它能幫助我們做些判斷。

　　最高指示坦白從寬，抗拒從嚴。
　　66年，文化革命初期我向工作組，把我所寫歌頌愛情及發洩個人主義的反動詩作了交代，現交代如下：

〈贈某君〉（指我初中時的一個同學，62年時在成都16
中讀書）

看到你青春的歡樂，
便感到我年少的憂鬱，
卻似激盪的洄水，
記憶從我心中流過。

可曾記得那油光的書桌
明亮的教室裡坐著你我，
兩年的攜手並進、
給我們結下了一棵友誼的碩果。

而今你在燈下攻書，
我卻只能站在淒清的河邊，
眼望著滾滾東逝的流水，
嘆息人生青春的蹉跎。

看到你青春的歡樂，
便感到我年少的憂鬱。
你可知道在我心中升起了多少憧憬？
升起了多少寂寞！

〈給你〉

錦水流不盡的詩意，
使我難以離去。
綿長晶瑩的柔波，

把我的心兒緊繫。

那明星伴著媚月，
究竟是天經還是地義。
為什麼在這寂寞的時兒，
我就想起了你？

想起了你，
夜色更加沉寂。
沉寂中不見你天真的面容，
不見你我感到窒息的哽噎，

錦水流不盡的詩意，
使我難以離去。
不，不是柔波把我心兒緊繫，
明月下久憶你深情的黑眸。

〈別上一朵憔悴的花〉△

別一朵憔悴的花
毅然地走出這可憐的家
小妹垂手睜閃著眼睛，
弟弟悄聲問我：「你還回來嗎？」

走出這可憐的家，
我默念著：「別了，親愛的媽媽」，
你的兒子到社會去了，
我會為人民辛勤勞動——對你作最大的報答。

腳踏在藍天的祥雲下，
浮想又像雲片似飄達
多麼想看落葉的飄飄，聽西風的颯颯，
求知的眼兒睜得老大、老大。

別上一朵憔悴的花，
毅然地走出這可憐的家，
只因為旭日揮手向我示意，
我邁步奔往那希望的朝霞。

〈乞丐〉△

為什麼他喉嚨裡伸出了手來？
是這樣一個可憐的乞丐，
徹夜裸露著在街沿邊，
蜷伏著、他在等待？

襤褸的衣襟遮不住小小的過失，
人們罵他、揍他卻不知道他的悲哀，
自從田園荒蕪後……
這雙手原可以創造世界！

從此後他便乞討在市街
襤褸的衣襟、顫抖的手、人們瞥見就躲開，
沒奈何，搶！……幾個小小的餅子，
到結果還是骨瘦如柴。

冬夜裡朔風怒吼，

可憐的乞丐下身掛著幾片遮羞布，
這雙手原可以創造世界，
他等待著呵，蜷伏著，他在等待。

〈無題〉

夢裡常縈繫一張笑臉，
縈繫著美麗的過往，純潔的初戀。
友人們常說是應當珍惜，
在這寂寞的夜晚和白天。

那時我從未想到有一個花環，
會題上我痛絕的追憶，忘情的冷淡——
心溫柔地騰跳，
當我們十七歲那年。

交代人

土建中隊

蔡天一

70年3／2

大概2月3日不能算完，3月12日又補充了一首：

　　……到大邑後，我還為孫從軒歌功頌德，寫了一首
詩來美化他，這首詩如下：

〈悼——寫在一個骨灰盒上〉

兩旁雕滿了呆板的荷花，
過往的一切都全部裝下，
正中嵌著你昔年的小照，
這就是你靜寂的永遠的家。

可是我忘不了我們共同的語言
那是一支高亢的親切的歌——
用鬥爭去迎接生活，
生活就是一匹馴服的駿馬！

二、自述

　　除了「反動詩」文本外，蔡楚還寫了大量交代，「說清」每首詩的寫作過程、背景及立意，乃至自己的詩歌寫作路數。當然，未必就那麼毫無保留；在那種情況下，肯定要自汙、狡獪或言不由衷。但是可以想像，想僥幸過關是不可能的。所以今天來看，不妨說是一個寫作者在特殊環境、特別條件下寫的另類「寫作談」。

　　有關內容，主要在3月8日、3月12日、5月6日、5月12日、6月13日的「交代」裡。應該說這些交代，比較全面、也不無重點地「說清」了他及「反動詩」的各方面。——應該說明，有時相當不厭其煩：

　　3月8日的交代，圍繞2月3日的幾首詩。從交代的順序看，似以〈乞丐〉、〈別上一朵憔悴的花〉為重點，〈乞丐〉為重中之重。因為涉及到這首詩處，專案人員在下面劃了橫線：

　　62年至64年，我寫的反動詩，其中尤以〈乞丐〉一首最反動。我當時受反動的修正主義文藝路線的影響，要寫所謂的「生活真實」。加上自己的反動本質，就認為街上的〈乞丐〉是社會造成的，我在這首反動詩中反覆強調「這雙手原可以創造世界」，說明〈乞丐〉本身可以靠雙手勞動，而卻落得田園荒蕪、流落街頭。我這首詩大約是63年初寫的，這首反動詩、惡毒地攻擊了新社會，起到了為帝修反搖旗吶喊的作用，這是我的罪惡。

　　〈別上一朵憔悴的花〉是我63年8月調成都磚瓦廠前寫的，當時我一心想讀大學不成，我反動父親又給我灌輸華羅庚、何其芳都沒有正式進大學，靠自己苦攻、自修、成了數學家、文學家的，我反動父親還談到他也是每天吃鍋魁進圖書館自修後來考取學校才有了前途的。在那段期間我天天到圖書館自修，想個人奮鬥，將來成個詩人、文學家，但家中的經濟條件不允許我不工作，我母親每天都同我吵鬧，要我去工作，不然就要我離開家，不供養我了。我沒有辦法，到辦事處求做臨工，63年8月調我到磚瓦一廠做臨工。我由於日夜攻書，身體很弱，並感到天天在家吃受氣飯，現在能離開家，踏入社會工作了，於是寫了〈別上一朵憔悴的花〉這首反動詩。我把自己比作憔悴的花，把家說成可憐的，這都是反動的。

　　〈贈某君〉，蔡楚說是寫給初中一位同學的，後來聽說考取了四川外語學院。「我這首詩也是反動的，認為自己青春蹉跎了，光陰虛度了，（初中時學過《明日歌》）抒發了腐朽的資產階級個人主義苦悶、寂寞的感情。這首反動詩是62年寫的。」〈無題〉是64年寫的，〈給你〉是62年寫的，都是寫

給當時女朋友詹××的，因對方家中不同意斷了來往，「事後我病了兩個星期，好了之後很後悔，就寫了〈無題〉這首反動詩，在詩中我自感寂寞，把白天和夜晚都說成是寂寞的，這是很反動的。」

3月12日這天，蔡楚提交了兩篇，一篇圍繞〈悼——寫在一個骨灰盒上〉，一篇反省寫作道路和所受影響。現摘要如下：

> ……我寫這首詩，是說孫從軒死了，裝在骨灰盒裡，骨灰盒的兩旁雕滿了呆板的荷花，孫從軒生前的一切都隨著他的死而過去了。但是孫從軒的精神是不死的，馬克思說過「生活就是鬥爭」。孫從軒生前在文化大革命的鬥爭中，曾經積極地為捍衛毛主席的革命路線而鬥爭，這是我們共同的語言，而在我們的生活中積極參加了為捍衛毛主席的革命路線的鬥爭，就會戰勝困難，贏得勝利。生活就會象一匹被馴服的駿馬一樣，載著我們奔向共產主義。我寫這首詩美化了孫從軒，也美化了我自己，……由於我參加革命的動機不純，是為了自己個人的前途，所以就搞不好革命，對謝朝崧等人的反革命罪行不敢揭發（雖然我說過他們那樣做不對），怕揭發出來觸及自己過去的罪惡，影響到自己的前途，而對自己過去沒有牽連的人我就揭發了、上綱了，對自己的錯誤和罪惡卻不交代，我這樣的革命是假的、反革命的，一遇風浪，我也就可能為了個人的前途而投入反革命的懷抱。……我誠懇地向廣大人民群眾低頭認罪，並在今後的工作中老老實實接受廣大群眾的監督改造，重新做人。

關於寫作道路、所受影響，大概是追問的重點。3月12日、5月6日、5月12日、6月13日幾天交代，都圍繞著它。3月12日寫：

通過同志們的批判，我認識到自己愛好的文學是資產階級反動的文學，自己所寫的詩是為帝修反服務的反動詩。在我62年進圖書館自修那段時間，謝朝崧給我介紹了五四運動時的詩人及作品，特別是反動詩人戴望舒的作品《戴望舒詩選》，謝朝崧介紹說寫詩首先要懂得音韻的美，其次要懂得意境的深遠。由於我資產階級個人主義的反動世界觀的共鳴，我看了這個反動詩選，就認為戴望舒的詩確實寫得好，念起來音韻鏗鏘，體會起來感情深厚（實際上是資產階級的反動感情），我於是就模仿戴望舒的詩寫出了自己的反動詩，如「看見你青春的歡樂，便感到我年少的憂鬱」，是模仿戴的「看到你朝霞的顏色，便感到我落月的沉哀」寫成的，逐步使自己墮入了反革命的泥坑，寫出了反動詩篇。除了自己到圖書館去自修外，謝朝崧還借了許多修正主義的書籍給我看，我自己受毒很深，一心要想成為中國新詩壇上的一顆巨星。在解放後的詩選中我又喜愛看郭小川、賀敬之的詩選。雖然我也寫過歌頌黨和社會主義的詩，但這種感情不是真實的，總認為我寫的反動詩才是藝術價值最高的詩，……我所寫的歌頌孫從軒的詩，一方面美化孫從軒、美化自己，另一方面我所採取的文學形式也是資產階級的音韻和諧，我自己認為我這首詩，政治性同藝術性都很好，而用無產階級的文學藝術來檢驗我這首詩也是一錢不值的，當何蜀看到我這首詩批評我沿用了五四時期反動的資產階級的晦澀的藝術形式時，我還不服氣，認為自己是舊瓶裝新酒，沒有錯。現在認識起來，我寫這首詩頭一段詞彙消極，整個詩為無產階級政治服務的態度不鮮明，歌頌的對象並不是完美的無產階級的形象，而是站在私人的感情上來加以美化，也是非

常錯誤的。

5月6日，專門檢討〈乞丐〉，自汙中委婉自辯：

62年，我寫的反動詩〈乞丐〉，當時我思想上受反革命修正主義文藝路線的影響，要寫生活的真實，要敢於揭露現實生活中的陰暗面。當時國家遭受到暫時困難。我在街上（東大街）買包子吃被搶走了。我的思想上想，為什麼街上會出現搶東西的乞丐呢？我想在學校裡時政治老師教我們說：「人定勝天」。政治老師還說：「到1962年，我國的生活水平，將隨著第一個五年計劃的完成而達到每人每天有半斤肉、半斤糖，和飯後水果等。」我想現在已經是1962年了，為什麼反出現了這種情況呢？當時國家遭受到三年自然災害、遭到暫時困難，我想說是自然災害造成的，這個理由不通，因為人是能夠戰勝困難、改造自然的，不應當把困難的原因歸於自然災害，而應當檢查一下，我們在農業問題上是否犯有錯誤，是否真正用我們的雙手去戰勝困難。我從思想上就懷疑黨在農業問題是否犯了政策上的錯誤，而走了彎路。1961年，我在工農師範學校讀書時，曾和全校同學一道到龍泉驛的八一生產隊去支援勞動過半年多，看到了農業戰線上這個生產隊的欠收情況和當時社員的生活困難情況，而我從報上看到的農業戰線的消息，卻說畝產幾萬斤的水稻，我想畝產幾萬斤每畝才60平方丈：怎麼可能？因此我就認為，這是浮誇的，因此就產生了街上出現乞丐，不是自然災害造成，而是人為的，而是我們在農業問題上走了彎路而造成的這個反動結論，這樣下去就不得了。我在反動詩〈乞丐〉中用文學

的手法，把乞丐描寫得十分可憐，因為田園荒蕪、而流落街頭，出於為了生活被迫去搶幾個餅子，到「結果還是骨瘦如柴」表示了自己對乞丐的同情，並指出「這雙手原可以創造世界」，企圖說明人本身可以用勞動去創造世界的，乞丐是無罪的，他在飢餓與寒冷中等待著黨和政府迅速改變農業上的狀況，使乞丐能用自己的雙手，使自己自食其力，這樣我就反動地把乞丐出現的原因歸到了社會，歸到了黨在農業問題上犯了政策錯誤。惡毒地攻擊了新社會和偉大的黨。當時對出現這些現象的原因還是弄不清楚的。……

5月12日，全面檢討「為什麼我會寫出反動詩、收聽敵台呢？」，按照那時的「檢討」八股，無非從兩個方面：一是反動階級根源，一是接觸的人、讀的書、受的影響等。現摘要如下：

為什麼我會寫出反動詩、收聽敵台呢？從自己的反動階級根源來檢查，我父親在舊社會，是反動的軍校教官，是騎在廣大勞動人民頭上的老爺，雖然他與當時的反動統治有狗咬狗的矛盾，也對我們談過蔣匪幫的反動腐敗，但解放後，他對黨和人民政府，仍然是不滿的，認為沒有重用他這類資產階級知識分子。在反動家庭，從小就給我們灌輸，知識是萬能的，要苦讀書，將來成名成家、光宗耀祖，他的反動思想又是很矛盾的，是同劉少奇的讀書做官，和讀書無用同出一轍的。60年以後他探親回家，又教我們將來不要去愛好文學藝術，凡是與政治有關的工作都很危險，像我們這樣的家庭出身，最好是學一門技術，當工人、農民一輩子安安穩穩、毫無憂鬱。……那段時間，我對我的反動父親，劃不清界

限，站在同一反動立場上，對他十分同情和崇拜。他自我吹噓、滿腹經綸、一肚子詩書，年輕時能背誦一千多首唐詩、宋詞等，現在也能背幾百首，每次寫信回家不是語云，就是子曰。他既十分自負、狂妄，又非常自悲，以為他大材小用了。而我則繼承了他的反動劣根性，對他同情，對自己也感到成績好、有天才，就是出身不好，就考不起學校，在自修的個人奮鬥中十分苦悶寂寞，對自己的前途悲觀失望，站在我反動家庭與個人前途的反動立場上必然地就產生了對黨的政策的不滿和懷疑，對社會上的一些現象也就產生了反動的結論。所以我會寫出反動詩。

另一方面，從我當時、接觸的人、讀的書、接受的影響來看。我所接觸的人是謝朝崧這一類反動的資產階級知識分子，他們吹捧我年輕、有天才，16歲便能寫出好詩來，……當時我到省圖書館看了不少五四時代資產階級作家的詩文選。如：《聞一多詩文選》、《蔣光慈詩文選》、《馮至詩文選》、《王統照詩文選》、汪靜之的詩集《蕙的風》、郭沫若的詩選《女神》、何其芳的詩歌選《預言》等，還看了許多外國資產階級作家的作品，如：普希金詩集、萊蒙托夫詩集、托爾斯泰的《戰爭與和平》、《復活》、《泰戈爾詩選》等等。（也看過一些較好的書，如魯迅先生的文選）但由於我的世界觀是反動的資產階級的，所以接受了許多修正主義的毒素，成為資產階級的繼承者、接班人。……通過偉大的無產階級文化大革命，特別是通過同志們對我的批判，我充分認識到，我收聽敵台，就是裡通外國的反革命罪行，我寫出的反動詩，就是惡毒攻擊黨和社會主義制度的反動詩。

三、場景

加上這一節，我有點猶豫。沒有徵求蔡楚本人意見，把他「交代」（注意非「揭發」，文體有所區別）與文學領路人謝朝崧「接觸」、來往的內容予以披露，會不會對他造成某種傷害？卻又不想割愛。畢竟這個文本太珍貴了！近年來，關於「文革中的地下文學」、「文化大革命中的地下讀書運動」、「一九六〇年代的文學追憶」之類，人們寫了許多，我們也讀了許多。可那都是時過境遷，才寫出來發表的。而6月13日交代，屬於原生態、現場報導。

我想，假如超脫一點的話，則它不止屬於當事人，也屬於莊嚴時代，屬於歷史文獻。

最高指示
坦白從寬，抗拒從嚴。

交待
我與謝朝崧接觸得較多的時間是62年至65年那段時間，65年8月我參加石油會戰後，只是我因事回家才同謝接觸。因為在那段時間內我接受他的資產階級文藝觀同人生觀的影響較深，文化革命中又不能主動劃清界限，所以他叫我去吃茶、吃飯我也就去了。謝朝崧借過一本《戴望舒詩選》給我看，戴望舒是五四時代後期的所謂「現代派」的作家，這書是解放後出版的。書的前面還有吹捧戴望舒是愛國的坐過日本人的監獄的序言。而從現在來看，戴望舒的作品都是資產階級的無病呻吟、悲觀喪氣、怨天尤人的反動作品，並不能在當時的青年中起進步作用。我自己在國家困難時期看了這本詩，在自

己個人主義的心靈中引起共鳴。當時的我，也是悲觀喪氣、無病呻吟的。因此模仿戴望舒的詩，寫出了自己的反動詩作。謝朝崧崇拜「唯美派」的詩人，他對我也介紹這一類的詩，我當時年輕，渴求知識，聽他對我講這些詩，覺得很新奇、很美。慢慢也就成了這些反動詩人的崇拜者。謝朝崧說過：「寫詩要音韻鏗鏘、和諧的美。意境要深遠，要餘味深長，做到餘音繞梁三日不絕」。

謝朝崧對我介紹五四時期的詩人及作品。其中他吹捧徐志摩、聞一多、郭沫若是三大詩人，徐志摩的〈再別康橋〉、郭沫若的〈黃浦江上〉、聞一多的〈死水〉、戴望舒的〈雨巷〉、何其芳的〈花環〉是五四以來寫得最好最美的詩。因為這些詩百看不厭，能夠流傳百世。他在藝術上追求的是「唯美」、在政治思想上是追求超階級的愛同美，吹噓超階級的「人性」及愛情是永恆的主題這一套資產階級文藝觀。謝曾說過：「胡適的作品在五四以來的青年中影響是很大的」他根本不看為那個階級服務、追求超階級的「真、善、美」，我中他的思想的毒害，也是較深的。

謝經常評論中國作家及外國作家的作品。說什麼，托爾斯泰是世界的良心，泰戈爾的詩作表現了最深沉的母親的愛。而「五四」時期的謝冰心，就是中國的泰戈爾。同謝接觸的尹金奇等更比他高出一籌，看過的這類書更多。在談論起這類作家及作品時更是口若懸河。

用偉大領袖毛主席的光輝著作《在延安文藝座談會上的講話》來對照，謝朝崧等人對我宣揚的正是資產階級的、修正主義的文藝觀。我自己接受了這些毒害，寫反動詩，成了資產階級的繼承者、接班人。

在人生觀上，謝對我宣揚「只要能寫出一本成功的書或詩選，就能成名，成名後就吃得開了。有些作家出名是因為一本書寫得好，其它的作品並不怎樣，因為成名了，打個屁都是香的」。還宣揚：「寫出一本好的作品可以得到很多稿費，甚至上萬元，這樣既有名譽、地位，又能進一步深造學習了。」我即努力自修，希望自己能在新詩壇上成名成家。

通過偉大的無產階級文化大革命，我認識到自己所走的道路是危險的，墮落下去，一定成為一個道地的反革命，我決心用偉大領袖毛主席的光輝《講話》來改造自己的世界觀文藝觀，使自己能重新做人。能在今後的日子裡，不犯罪、不作惡，少犯錯誤。為黨和人民的事業、為社會主義建設貢獻自己的力量。

交代人
土建中隊
蔡天一
70年，13／6

四、辨正

看到40年前「反動詩」檔案，不能沒有感嘆、不能沒有思考。所有這些今天看，有何「反動」可言。可能否得出相反結論，今天看它沒有意義、沒有價值呢？肯定不能。我們做「知識考古」，意義在哪裡？還有，深入現場對我們這些歷史學愛好者，會有哪些啟迪？

還是先扣緊題目，討論蔡楚先生的詩。

其一、蔡楚一九六〇年代的寫作，真實性上沒有問題。

當然就具體作品言，不能沒有分析、辨證。比如寫於六〇年代初的〈乞丐〉，究竟哪一年寫的？目前有三個版本：「我這首詩大約是63年初寫的」（3月8日）；「62年，我寫的反動詩〈乞丐〉……我想現在已經是1962年了，為什麼反會出現了這種情況呢？」（5月6日）；及「公開出版」的紙質本（我看到的是1993年電子科技大學出版社所出，蔡楚、陳墨詩歌合集《雞鳴集》，與2008年中國文聯出版社所出《別夢成灰》。仔細對照了，兩書詩歌年系是一致的），該詩後標註時間「1961年12月」。當然出入不大，究竟哪個準確？想來該是「後出」紙質本。關鍵在5月12日交代，「他們吹捧我年輕、有天才，16歲便能寫出好詩來」一句。作者1945年出生，16歲是1961年。當然62年初，也不妨模棱成61年冬。可對年輕作者而言，16歲寫出一首好詩與17歲時寫出，我們知道意義不同。那為什麼兩次交代，寫作時間有所縮後？我猜想是一開始時，他想避免給人「年紀那麼小就如此反動」的壞印象。人的記憶在反覆錘煉，作者也在反覆考訂。

　　〈別上一朵憔悴的花〉較復雜。3月8日交代，「是63年8月調成都磚瓦廠前寫的」，而且過程很具體，「把自己比作憔悴的花」。問題在於，標題「別上」怎麼能說通？2008年12月8日，蔡楚先生跟筆者郵件講：「〈別上一朵憔悴的花〉是64年，街道上逼我下鄉的感慨。」2009年4月9日郵件更講，當年「交代」不一定都真實，那時避重就輕是能理解的。他認真寫：

　　　　……〈別上一朵憔悴的花〉是1964年時，小天竺街道辦事處的周主任和派出所的董所長逼我上山下鄉時的矛盾心情的寫真，他們威脅我若不去就送我去勞教。當時我身體有病，到川醫附屬醫院診斷，醫生出具了「風

濕性心臟病」的證明才避免了下鄉。〈交代〉中把「你的兒子到農村去了」，改成到社會去了，年代也改早了一年，就是害怕被上綱為攻擊上山下鄉運動。想想看，只有上山下鄉才可能戴花，就會明白我的指向是上山下鄉運動。

總之，我六十年代初開始寫作是事實，具體的寫作日期不一定完全準確。

——該怎麼看呢？一般情況下，偽「地下文學」、假「潛在寫作」，傾向於把自己寫作說成越早越好，可蔡楚先生堅持此詩比檔案中「交代」晚一年。網路版《別夢成灰》更在詩後標註「1964年10月」。看來此事他很在乎。經過多種材料、綜合判定，我現在倒向了作者意見。理由麼，有幾點：一是1964年，全國大張旗鼓推動上山下鄉。像蔡楚那麼出身不好的青年，不受脅迫基本不可設想。而從專案人員在此詩標題後加的小三角符號看，〈別上一朵憔悴的花〉在「反動」程度上，似乎與〈乞丐〉同類。二是作者那時，確實有那種危險或嫌疑。據檔案中小天竺派出所〈蔡天一的單行材料〉（整理時間：1964年12月24日）：在18歲時蔡已有「主要犯罪事實」：一是收聽敵台廣播，散布廣播內容；二是大肆造謠破壞，攻擊誣蔑知青上山下鄉運動等。其中有一條：「今年上半年，蔡誣蔑青年上山下鄉運動說：『好多學生都跑回來了，下農村是受罪，農村是殺廣闊天敵。』」如真的「上綱為攻擊上山下鄉」，在那個時期，將「吃不了兜著走」。三是不要忘了，就在蔡楚被關押、審查的同時，南京知青任毅因為一首《南京知識青年之歌》，也以「創作反動歌曲、破壞知青上山下鄉、干擾破壞毛主席的無產階級革命路線和戰略部署」罪名被捕，最後「一曲知青歌，九年牢獄罪」。而且人們還說，在那草菅人命的年

代，這簡直算是一個輕判。如果考慮到此類「上下文」，則作者交代時避重就輕，對本人是刻骨銘心的。

其二、對照前後版本，則蔡楚詩歌文本幾十年無大改動。館藏「交代本」與後來紙質本確有不同，很難說是「重要修改」。

略微細看的話：〈無題〉只有一處標點位置挪動，可以說原封不動。

〈乞丐〉、〈給你〉略有改動。〈乞丐〉的標點符號，有幾處不一樣：「徹夜裸露著、在街沿邊」，在句中加了頓號；「自從田園荒蕪後……」、「這雙手原可以創造世界……」，後面加了省略號；「沒奈何，搶！……幾個小小的餅子」，標點調整成「沒奈何，搶幾個小小的餅子……」。句子方面有兩處變化：〈交代〉中「襤褸的衣襟，顫抖的手，人們瞥見就躲開」，變成了「不住顫抖的手，人們瞥見便躲開」；「他等待著呵，蜷伏著，他在等待。」變成了「長夜漫漫，他在等待！」應該說，更凝練了。〈給你〉一詩有六處改動，五處屬於細微的：題目改為「給zhan」，「媚月」改為「眉月」，「您！」變成「你？」，「天真的面容」變成「純真的笑容」，「不，」變成「不！」，都屬於推敲的性質。只有末句，「明月下久憶你深情的黑眸」變成「波光裡你的倩影光燦熠熠！」，屬於什麼性質呢？

相對而言，〈悼——寫在一個骨灰盒上〉變動較大：題目變成了〈題S君骨灰盒〉，「雕滿了呆板的荷花」去掉「了」，「一切都全部裝下」變成「一切都輕易地裝下」，「靜寂」改成「死寂」，「高亢的親切的歌」變成「親切而高亢的歌」，都屬於錘煉的性質。只是結尾兩句完全換了：「用鬥爭去迎接生活，生活就是一匹馴服的駿馬！」變成「再見吧，媽媽……祝福我們一路平安吧……」，基調從高亢變為親切，為什麼有

後排中蔡天一，前排左一張征祥，左二何屬，1968年在成都合影。

這個「重要修改」？而且，既然此詩是題在骨灰盒上寄託哀思的，應該說無修訂之必要與可能？且存疑。

〈別上一朵憔悴的花〉，兩個紙質本都未收入，《別夢成灰》網路版倒有。基本改動不大：「小妹垂手睜閃著眼睛」成「小妹垂手睜圓著眼睛」，一字之改；「弟弟悄聲問我：『你還回來嗎？』」，成「弟弟悄聲問我：哥還回來嗎？」，一字之改，直接引用沒了；「我默念著：『別了，親愛的媽媽』」，成「我默念著：別了，親愛的媽媽」，也是直接引用沒了。要說最大不同，則交代中「你的兒子到社會去了，／我會為人民辛勤勞動──對你作最大的報答」，變成了「你的兒子到農村去了，／我將勤奮地為祖國添磚砌瓦」。關於這個，孰是孰非，前面已經涉及。我倒覺得，作者的「後設闡釋」能夠成立。為什麼呢？「增磚添瓦」是那個時代的流行詞。而「到社會去」給人感覺怪怪的（因為嚴格來講，很長一段時

間，所謂「社會上」是個負面的詞）跟「報答母親」之間，會有什麼關係？

總體講，蔡楚先生六〇年代的作品比較成型，前後說不上有什麼影響整體立意、風格的大修改。至於個別語句、標點方面的變動，只能被認為是苦吟、推敲的體現。屬於中國古人「吟安一個字，撚斷數根鬚」的性質。而且我覺得，有無那些更改，其實無關宏旨。

所以，他的這些詩，當然「屬於」六〇年代。

其三、他的詩沒在官方刊物發是事實，在一九六十年代他也沒有涉足「地下刊物」。但不能認為，他的寫作是「潛在寫作」。他不是放在抽屜裡的。多的不講，起碼他的〈乞丐〉在圈子裡得到了閱讀，起碼他的〈悼〉得到了何蜀的「批評」，起碼他的前面六首詩，在風雨如磐的1970年驚動了「組織」，起碼他的這些反動貨色「通過同志們的批判」。顯然不是潛在云云，而是產生了影響的。

關於這點，不擬多說。

五、補充

不，想繼續說。

首先，關於蔡楚其人其詩，我想多說幾句。

前面「鉤沉」出他六〇年代的「反動詩」文本，披露了他在專政斧鉞下的自我陳述和自我批判。可是對他長達半個世紀的詩歌，我沒下專門功夫研究。老實說有時候，受制於一些審美時尚或偏見，覺得他們（到1980年後，蔡楚有了更多詩友）的詩更多青春寫作的特點，更多受戴望舒、何其芳、陳夢家乃至饒孟侃……的影響，好像缺少自己鮮明的特色與美學建樹。對他的作品缺少全面研讀（不能全怪我，當然也不怪他），導

3
5
1

致了這一點。

　　就是現在，我也只能蜻蜓點水地，談談對其人其詩的印象。他的朋友陳墨說他是「詩癡」，我倒覺得他是半個世紀以來地下詩壇的尾生。就是中國古代抱柱而死的那位，「常存抱柱信，豈上望夫台」，抒寫著海枯石爛的熱忱。從他的〈乞丐〉開始，他就開始等待戈多。這位新中國成立時才幾歲的少年，只因為出生在「反動家庭」中，而活得喘不過氣來。援用他的朋友九九話講：「命運像一把黑色的大傘」。到文革爆發不久，父母親相繼冤死。據館藏材料披露，他曾跟人「狂妄叫囂」：「我是沒有歡樂的。領償人間的痛苦，吃盡了人間的苦頭，我只有痛苦，沒有笑，如果說有笑，那也只是苦的另外一種表現形式罷了。」（聯合專案組〈蔡天一的單行材料〉）

　　古中國的詩人說「不平則鳴」，外國人則說文學是「苦悶的象徵」。蔡楚這位一心等待的赴約者則說：「我的文學起於尋求自我安慰，歸於追尋心靈自由。」看他「交代」出來的詩，〈贈某君〉的失落感，〈給你〉的窒息感，都真切而生動。〈別上一朵憔悴的花〉中，那對藍天、旭日、朝霞的向往，以及「求知的眼兒睜得老大、老大」，何等真切動人。〈無題〉更是李商隱一樣的讓人叫絕。「心溫柔地騰跳，／當我們十七歲那年」！何須去考證，這是所有十七歲少年的故事。

　　文學有個常識，就是詩無達詁。因此上，〈乞丐〉固然說是寫實，我以為更是詩人自況。而關於這一點，恰是他向專案組不能觸及的。翻翻他的詩歌集子，長夜漫漫中的等待卻是醒目主題。諸如：從「看到你青春的歡樂，便感到我年少的憂鬱」（〈贈某君〉，1961年），到「常常我夢著憶著愛著，／忍受著胸中的痛苦」（〈愛與願〉，1973年），再到「多年來總做著同樣的夢，／在夢裡我們重又相逢」（〈夢〉，1973），直到慨嘆「我已經看了多少次，／多少次我的幻覺

和沉思？」（《題像》，1976年），確實可謂「吾道一以貫
之」。論者們喜歡引用他1976年寫的〈等待〉：

從鮮紅的血泊中拾取，
從不死的靈魂裡採來。
在一間暗黑的屋內，
住著我的——等待。

它沉沉的，不說一句話，
不掉一滴淚，如同我的悲哀。
它緩緩地，不邁一個急步，
不煩每次彎曲，如同我的徘徊。

有時，它闖入我的夢境，
帶我飛越關山，飛越雲海，
到一個陌生又熟悉的地方，
那裡是光明的世界。

但它卻從不肯走到屋外
去眺望那飄忽的雲彩。
它是緘默而又固執的啊，
懂得自己的一生應當怎樣安排。

在那間暗黑的屋內，
它凝住我的恨、凝住我的愛，
凝住我力的爆發，
凝住我血的澎湃。

從鮮紅的血泊中拾取，

從不死的靈魂裡採來。

在一間暗黑的屋內，

住著我的——等待。

　　此詩讓人想到馮至名篇〈蛇〉，都是讓人驚心動魄的。有論者精闢地指出：跟那些「相信未來」的幸運兒不同，「蔡楚的〈等待〉則是死等，是硬碰硬地等，是沒有希望地等，是存在本身唯一能夠延續下去的等待。……沒有希求獲獎的起跑姿勢，有的只是草根小民在架子車轅下吭哧吭哧爬坡時所能做的選擇。」（康正果）我以為說得很深摯。即就是里爾克所講，「有何勝利可言，挺住就是一切」。

　　除了〈等待〉外，1976年寫的〈祭日〉同樣沉痛：

歲月把日子打個結，

繫住人們心中的悲哀；

我把歲月打個結，

繫住我長久的期待。

　　另一方面，則「不平則鳴」。像他自己講的，「我吃慣了新鮮飯，多了一點野性」。他和他的《野草》詩友在一起，對一切標榜的「路」不信任。

　　〈我的憂傷〉宣佈，「既然沒有一個新鮮的太陽，／就讓我到太空中去尋訪」（1983年）；〈選擇樹〉揭露，「那些自稱森林的形象，其實只是一株紅罌粟」，而「只有拒絕森林的誘惑，才不必聽獸王的喝呼。」（1994）；〈再答明輝兄〉則砥礪：「此生既定作一棵野草，／豈能不高歌被桎梏的自由！」（1999年）。從他的網路版《別夢成灰》，看到了一首

極其「反動」的詩：

〈槍桿子下面〉（選自《野草》總第32期，1988年4月）：

槍桿子下面陰風慘——
八百萬！一千萬？兩萬萬？
民族的兒女從地府齊聲嘶喊：
槍桿子下面出皇權！

我敢說，這樣的詩在大陸任何出版社和官方詩刊（雖然他們迴避「官方」一詞），都不會登出來。哪怕從寫作的1988年到現在而今，又是20多年過去了。哪怕現在貌似文學、出版很繁榮。像「潛在寫作」、「地下文學」一類題目，堂而皇之在官方、半官方的書刊上亮相。乃至像〈我軍將士的百年一哭〉那樣的旋律，堂而皇之進入《食指詩選》，得到了近乎「經典化」的待遇。——可類似〈槍桿子下面〉這樣的詩作，其實難以找到自己的歸宿。它是「潛在寫作」嗎？無論如何都不是。「潛在寫作」的定義，按照陳思和先生的說法，指「由於種種歷史原因，一些作家的作品在寫作其時得不到公開發表，〈文革〉結束後才公開出版發行」。（〈試論當代文學史（1949-1976）的「潛在寫作」〉）

思來想去，它只能歸到「地下文學」名下。其次，想說「地下文學」是一條長流的河。

有論者說，挖掘「異端文學史」，無異於「文學化石的挖掘」。其實僅就蔡楚的寫作言，這個等式完全不成立。原因在於，蔡楚及其寫作不是完成了的過去，而是延續至今的正在進行式。他和他的朋友們，並沒有放下自己的筆桿。哪怕由於種種原因，受到了發表上的限制。你可以說一個人很醜，可不能宣佈人家不存在。我想任何人面對莊嚴歷史和荒誕現實，都要

保持慎重甚至幾分敬畏。畢竟我們的時空，被破碎得太厲害。可還是要看得長遠。廖亦武為《沉淪的聖殿》一書寫的「楔子」有言：「『朦朧詩』概念的出現意味著整個六十、七十年代的地下文學的『集體自殺』。……」我想未必如此吧。既然許多人還在、還活得很起勁。我想頂多是重新遮蔽，是「總為浮雲能蔽日，長安不見使人愁」。至於更多的，就說不上了。

　　——但是，重新洗牌、重新遮蔽，或者規誡在一度鬆弛、局部鬆弛後重新全面加強是事實。如果用一句老話，則屬於「鐵一般的事實」。即以蔡楚的詩而言，館藏「反動詩」共六首。是否他一九六〇年代總共寫了那麼多？大概不是。很難想像，一個酷愛詩歌的青年，在一個人愛情最旺盛的16到25歲間會寫那麼少。據檔案中謝××〈揭發蔡天一〉材料稱：「……（蔡）60年到62年寫了很多攻擊新社會的詩，如〈我不要飢餓，我渴望自由，奔出了這破碎的家，媽媽瞪著我，把眼睛鼓得老大、老大〉，共寫了幾十首。」當然，你可以說是孤證。可對照他「後出」的紙質本（《雞鳴集》還有《別夢成灰》），則起碼有〈致燕子〉（1964年9月）、〈依據〉（1968年8月）兩首，幾個月的審查中他並沒有吐出來。〈致燕子〉貌似問題不大，倒是〈依據〉一詩，我能夠想像他為什麼「打死不說」：

　　……縱然是死無輪迴

　　我也要直問到——

　　那絞刑架上的

　　久已失去的

　　——依據

　　當然今天，我們可以表彰它表達了獨立意識、和艱難中的

持守。有股子咬定青山不放鬆的勁。（也不盡然，聰明人會說「死腦筋」）可在那時啊，只配叫「花崗岩腦袋」。

問題還有：對照紙質本，館藏中的〈贈某君〉、〈別上一朵憔悴的花〉未收進去。後出的《別夢成灰》網路版，這兩首倒是收進去了。不過一對照，發現2008年中國文聯版《別夢成灰》中，有15首詩作未收進去，如：〈廣場夜〉、〈槍桿子下面〉、〈嗩吶〉、〈如果風起〉、〈黃色的悲哀〉、〈孔形拱橋〉、〈最初的啼叫──獻給《野草》20週年〉……等。我猜對於作者來講，是「非不為也、乃不能也」。50年的寫作，那麼薄的詩冊，簡直慘不忍睹。為什麼談論這個？我突然意識到，有「文革時期的地下文學」，有文革前的地下文學，還有文革後的地下文學。──無論它叫什麼名稱，都是那麼回事。當我看到一封書信，逐漸認定了這一點。那是公元2002年，著名老詩人牛漢在跟研究者交心：「從我的寫作狀況來看，這『潛在寫作』的狀態並未真正結束，而且沉潛得更深，難言的苦楚與無奈，時時在困擾著我。……我相信仍有不少作家（其中一定有許多從來不是作家的人）仍默默地寫著另一種心靈的面對歷史的自白。」（《春泥裡的白色花》第436頁，武漢出版社，2006年）

這才是讓人揪心的地方。從好的方面看，你可以為民族元氣不喪失而高興，所謂「岩漿在地下運行」等待。可是，我擔心時間久了，所謂深水魚會成化石。我擔心時間久了，地下河會成內陸河。就像成都詩人陳墨1964年所寫的〈蚯蚓〉一詩：「誰能看得見你喲／黑暗深處的躬耕者？／誰能聽得見你喲，／沉默在愁苦之中的光棍？／出來吧！／小小的靈魂。／四周的壓力使你不能奮進，／陰暗會腐爛掉你的青春。……」可呼喚歸呼喚，「出來」見光談何容易。再舉個例。人們承認，「林昭在獄中寫過不少的詩。那是用倒流的淚順流的血寫

成的，至今還大約封閉在提籃橋監獄的檔案裡。」（林斤瀾）可其實流布出來又如何？就拿林昭的血詩〈獻給檢察官的玫瑰花〉——「向你們，我的檢察官閣下，恭敬地獻上一朵玫瑰花。這是最有禮貌的抗議，無聲無息，溫和而又文雅。人血不是水，滔滔流成河……」——來說，早就大白於天下了。可我就沒見到，哪部《中國當代文學史》把它寫進去了。只能感嘆著陳偉斯《林昭之死》中發的感嘆：「……林昭的詩，每一首幾乎都是這樣交織血淚。儘管她有禮貌地呈現給這時代，但誰敢接受這些開在血泊裡的玫瑰花？」

——屈指一算，距陳偉斯先生感慨，又30年過去了。最後想說，那寒氣逼人的地方，有地下文學的藏經洞。

從蔡楚的「反動詩」檔案，想到還有大量地下文學材料，在各地庭院深深的檔案館裡。尤其公元1970年的檔案。當然此前的也有（如1968年林昭），此後的也有（如1973年岳重），可地球人都知道，1970年有雷厲風行的「一打三反」。說到「一打三反」，我竟有些微微顫抖。雖然那時我還很小。看到一則報導，說剛去世的歷史學家高華，那麼勇敢卓絕的人，提起「一打三反」紅色恐怖，尤其是大規模槍斃人，「現在想來，他都心有餘悸」。是啊，說起來誰不害怕：「該管的管！該關的關！該殺的殺！」我們知道，很多著名人物是那年被殺的：遇羅克、王佩英、蔡鐵根、杜映華、陳卓然、馮元春、毛應星……，張志新也是那年被判無期，後來被殺的。我們所不知道的，就更多了。說起來，得感謝遺忘的力量，讓我們休養生息。

對研究「異端文學史」的人來說，1970這一年意味著什麼？據宋永毅先生的研究，那時打擊「現行反革命活動」，其中包括地下讀書活動，上千個地下讀書會被打成「反革命小集團」，許多參與者被捕入獄或受到迫害。（《從毛澤東的擁護

者到他的反對派》）事實上他們正是那次，他們所從事的，正是今天人們所津津樂道的「地下讀書活動」。不過如此。還有別的例子：1970這一年，南京知青任毅因《知青之歌》判刑，手抄本《第二次握手》作者張揚被捕，異端詩人黃翔被打成「現行反革命分子」。1965年底走出秦城監獄的反革命分子胡風，那年1月因在報紙的空白處寫詩，「但報紙上有毛主席的畫像，胡風又成了『現反』。四川省革委會以『在毛主席像上寫反動詩詞』的罪名將他判了個無期徒刑」。還從網上看到一個帖子：〈寒氣逼人的歲月：1970年十三個犯人的死刑判決書〉，披露了一份題為「中國人民解放軍大同市公安機關軍事管制委員會刑事判決書（70）軍刑字第29號」的文件，一次性槍斃十三個人。主犯湯福璽罪行中，有「大量書寫反動詩詞」；同案犯魯少山罪行中，有「書寫反動文章兩篇，反動詩詞多首」；孟源罪行中，有「書寫反動文章和詩詞90多首」。從這個判決書，不能不產生聯想。

　　容我提出自己的猜想：如果說六〇、七〇年代的中國地下文學好比敦煌莫高窟，是一條方外的長河寂靜無聲，那寒氣逼人的歲月，1970年全國各地的檔案就是藏經洞。我當然不能說，國家不幸詩人幸的話。可對有志於勘查地下文學現場的人來講，不失為一個契機。去年謝世的現代文學專家、深得學界敬重的樊駿前輩20多年前就提醒：「如果說過去主要是檔案館向我們關上大門，那麼如今倒是更多的在於我們沒有邁向它的大門了。」（《關於中國現代文學史料工作的總體考察》）當然我們會感到，迄今還是芝麻難開門。

　　蔡楚還在寫。2003年寫了首〈秋意〉，在結尾他緩慢說：

　　我到哪裡去？又從哪裡來？
　　人生已秋卻弄不明白

問天地，問鬼神，問自己
一池鄉思爬滿青苔
心是秋衣，用蒼茫去剪裁

　　　　　　　　　　　　　　　李亞東
　　　　　　　　2012年3月26日於川西山中

語言文學類　PG2566　秀文學46

油油飯
——蔡楚詩文集

作　　者／蔡　楚
責任編輯／陳彥儒
圖文排版／蔡忠翰
封面設計／劉肇昇

發 行 人／宋政坤
法律顧問／毛國樑　律師
出版發行／秀威資訊科技股份有限公司
　　　　　114台北市內湖區瑞光路76巷65號1樓
　　　　　電話：+886-2-2796-3638　傳真：+886-2-2796-1377
　　　　　http://www.showwe.com.tw
劃撥帳號／19563868　戶名：秀威資訊科技股份有限公司
　　　　　讀者服務信箱：service@showwe.com.tw
展售門市／國家書店（松江門市）
　　　　　104台北市中山區松江路209號1樓
　　　　　電話：+886-2-2518-0207　傳真：+886-2-2518-0778
網路訂購／秀威網路書店：https://store.showwe.tw
　　　　　國家網路書店：https://www.govbooks.com.tw

2021年11月　BOD一版
定價：440元
版權所有　翻印必究
本書如有缺頁、破損或裝訂錯誤，請寄回更換

讀者回函卡

國家圖書館出版品預行編目

油油飯:蔡楚詩文集/蔡楚著. -- 一版. -- 臺北市：
秀威資訊科技股份有限公司, 2021.11
　　　面；　公分. -- (語言文學類 ; PG2566)(秀文
學 ; 46)
　　BOD版
　　ISBN 978-986-326-964-9(平裝)

848.6　　　　　　　　　　　　110014079